CW00594755

UNE GRANDE PETITE FILLE

Ecrivain et scénariste, Janine Boissard, mère de quatre enfants, est l'auteur d'une suite romanesque pleine de tendresse et d'expérience vécue, L'Esprit de famille; L'Avenir de Bernadette; Claire et le bonheur; Moi, Pauline; Cécile la poison *et* Cécile et son amour. *Un feuilleton pour la télévision a été tiré des quatre premiers volets de cette saga; il a été plusieurs fois diffusé avec un grand succès.*
Janine Boissard a publié plusieurs autres romans : Une femme neuve, Rendez-vous avec mon fils, Une femme réconciliée, Croisière *et sa suite :* Les Pommes d'or; La Reconquête, L'Amour, Béatrice, Belle grand-mère, *ainsi qu'un essai :* Vous verrez, vous m'aimerez.

« Je m'appelle Patricia, " Patriche " pour les intimes. Quand j'avais quatre ans, maman est partie " pour une autre vie en Californie ", m'a expliqué papa. Depuis, plus de nouvelles! Toutes ces nuits où j'ai rêvé qu'elle revenait me chercher : la plus belle, la plus douce des mamans...
« J'ai vingt ans, je viens d'apprendre que ma mère était de passage à Paris : on parle d'elle dans les journaux. J'ai décidé d'aller me présenter. Il me semble que je l'attendais pour grandir. »
Voici donc Patricia face à sa mère, face à son rêve. Qui va-t-elle choisir? Un père qui l'a élevée avec toute la tendresse possible mais qui lui propose une vie qui lui semble grise, où parfois elle a l'impression d'étouffer; ou une mère-fée qui lui offre une grande vie aux États-Unis, mais loin peut-être de l'essentiel : un amour vrai?
Voici Patricia obligée de grandir.
Avec gravité, avec humour, entre rires et larmes, Patricia parle à tous les adolescents qui se cherchent en cherchant leur avenir. Elle s'adresse aussi aux parents inquiets que nous sommes.
Mais, surtout, Patricia va découvrir qu'une mère, ça ne s'efface pas. « Une mère, ça n'est jamais fini. »

Dans Le Livre de Poche :

UNE FEMME NEUVE.
RENDEZ-VOUS AVEC MON FILS.
UNE FEMME RÉCONCILIÉE.
VOUS VERREZ... VOUS M'AIMEREZ.
CROISIÈRE.
CROISIÈRE 2 : *Les Pommes d'or*.
LA RECONQUÊTE.
L'AMOUR, BÉATRICE.
CRIS DU CŒUR.
BELLE-GRAND-MÈRE.
CHEZ BABOUCHKA (Belle-Grand-mère 2).

L'Esprit de famille :

1. L'ESPRIT DE FAMILLE.
2. L'AVENIR DE BERNADETTE.
3. CLAIRE ET LE BONHEUR.
4. MOI, PAULINE.
5. CÉCILE, LA POISON.
6. CÉCILE ET SON AMOUR.

JANINE BOISSARD

Une grande petite fille

ROMAN

FAYARD

CHAPITRE PREMIER

Chaque fois que je disais « maman » c'était pour mentir. Aux petites filles de l'école qui me demandaient où elle était, pourquoi elle ne venait jamais me chercher, pourquoi elle n'organisait pas des goûters d'anniversaire comme faisaient leurs mamans à elles, avec des saucisses chaudes, des chips, des tartelettes, des cadeaux pour tout le monde et parfois un clown pour nous faire rire, un vrai comme au cirque.

Je leur répondais : « Ma maman à moi elle voyage, elle est comme ces dames à la télé avec des cheveux qui volent lorsqu'elles bougent la tête, des sourires comme des parfums et des voix qui caressent le cœur. » Même la maîtresse, Mme Salmon, m'avait interrogée un jour : « Mais enfin Patricia, dis-moi la vérité, ta maman, tu la vois oui ou non ? » J'avais juré : « Je la vois tout le temps » et, en un sens, à cette époque, c'était vrai.

Tout le temps une porte s'ouvrait, celle de la cuisine, par exemple, quand on était en train de dîner avec papa : c'était elle ! Ou alors le téléphone sonnait, papa allait répondre, c'était encore elle ! Tout le temps je trouvais une lettre d'elle dans la boîte, ou le facteur montait un paquet avec des timbres étrangers que j'échangeais. Et chaque jour, à l'heure des mamans, elle m'attendait à la sortie de l'école. Je remarquais très calmement, comme sans mourir de bonheur : « Tiens, la voilà ! », je marchais vers elle en retenant mon cœur et les méchantes crevaient de jalousie parce qu'elle était la belle des belles.

En attendant, comme je ne la voyais que dans mes désirs, c'était Constance, la sœur de papa, qui venait me chercher à l'école, une vieille mal attifée dont j'avais honte. « La voilà, sa maman, la voilà, c'est elle... », rigolaient les autres. Et je répondais : « Non, c'est la bonne, parce que moi, j'ai une bonne comme dans *Les Petites Filles modèles* quand leurs mamans prennent le thé. » D'ailleurs, je refusais d'embrasser Constance, je cachais ma main dans ma poche, je marchais devant comme une princesse indifférente et papa me suppliait de faire un effort car j'étais la raison de vivre de cette pauvre femme.

Il m'avait dit que ma maman était partie en voyage, un grand, très loin, en Amérique et quand nous avions déménagé j'avais eu peur qu'elle ne nous retrouve plus quand elle reviendrait. Je n'aimais pas le nouvel appartement, il était moins bien que celui d'avant et surtout il n'y avait pas de dressing : la chambre à odeurs, peuplée des robes dans lesquelles je m'enroulais, que je m'amusais parfois à marier avec les costumes de papa, et dont je ressortais avec la tête qui tournait comme à l'hôpital quand on m'avait coupé les végétations. Et pourquoi ne les avions-nous pas emportées, les robes de maman, quand nous avions changé de maison ? Que dirait-elle lorsqu'elle ne les retrouverait pas ? « C'étaient les robes de tous les jours, elle ne les aimait plus », répondait papa. Et je pensais : « Alors, nous aussi nous étions de tous les jours, voilà pourquoi elle nous a laissés. »

Plus tard, au CM1, je n'étais plus arrivée à prononcer « maman », mais il m'arrivait de dire « ma mère ». Il y avait deux autres élèves dans mon cas, qui vivaient avec leur père. D'abord Marie dont la mère venait de mourir d'une fracture du cœur en jouant au tennis et que j'enviais parce qu'elle était devenue précieuse pour la classe. Tout le monde était particulièrement doux avec elle, on n'osait pas rire trop fort en sa présence et j'aurais aimé pouvoir, moi aussi, parler de ma maman, pleurer sur une photo glissée dans mon cahier de texte et avoir l'indulgence des professeurs le temps de faire mon deuil. L'autre monoparental s'appelait Thomas. Son père avait obtenu sa garde. Un samedi sur deux, sa mère venait le chercher à l'école dans une voiture de sport : « Allez vite, on file à Deauville. » Et j'aurais bien voulu, comme Thomas, filer à Deauville un samedi sur deux avec ma mère.

À cette époque, je ne cessais d'interroger papa. Pourquoi était-elle partie en nous laissant tous les deux ? Pourquoi ne revenait-elle pas de son voyage ? Il avait beau m'avoir déjà répondu cent fois, j'avais l'impression de ne pas le savoir vraiment. Cela ne voulait pas rentrer une bonne fois pour toutes dans ma tête.

J'avais quatre ans quand c'était arrivé.

– Elle est partie pour son travail en Amérique. Elle est restée là-bas, disait papa avec patience.

– Parce qu'elle ne voulait plus être avec nous ?

– Elle avait envie d'une vie différente.

– C'est comment une vie différente ?

Papa hésitait :

– Avec du changement tout le temps, sans attaches.

Cela me paraissait plutôt bien, cette différence.

– On aurait pu partir tous les trois ensemble pour cette Amérique.

– Elle a préféré y aller seule.

– Elle ne nous aimait pas ?

– Elle voulait être libre.

C'était alors que je posais la question importante.

– Est-ce qu'elle reviendra ? Même dans longtemps ? Même dans très longtemps ?

– Je ne sais pas, répondait papa et, presque toujours, il me prenait dans ses bras, il embrassait mes yeux en criant : « Arrête, c'est salé », sa barbe me piquait et je passais des larmes au rire.

Puis je n'avais plus dit ni « maman » ni « ma mère » et je l'avais appelée Ava, comme lui. Un jour, il m'avait emmenée déguster une banana-split pour m'expliquer le divorce. Il arrivait qu'un membre du couple s'en aille sans laisser d'adresse, sans même répondre aux lettres recommandées. Alors, au bout de quelques années, le mariage s'arrêtait automatiquement et c'était le divorce. « Même si le membre du couple revient une minute après ces quelques années ? » demandai-je. « Même si elle revenait », avait-il répondu.

Quelques années plus tard, nous étions allés à nouveau manger une sorte de glace avec des fruits et papa m'avait demandé si je voulais bien qu'il se remarie avec cette amie si gentille qui venait parfois à la maison et m'avait offert mon premier parapluie. J'avais rigolé : « Tu es libre, non ? » mais après je m'étais méfiée des glaces.

Elle s'appelle Marie-Laure. Elle a trente-cinq ans. J'ai une demi-sœur de huit ans, Lucie. Nous vivons dans un pavillon à Bourg-la-Reine. Je me demande si le mot que j'ai le plus prononcé dans mon enfance n'est pas celui-là : « revenir ».

Je garde un souvenir. Je ne vois plus vraiment les visages mais il a l'odeur de la chambre aux robes et j'entends des rires quand j'y pense. C'est sur le grand lit, papa est couché sur maman et moi je suis sur papa. C'est un jeu que j'ai inventé, j'appelle ça : « faire le fagot ». Maman crie qu'on l'étouffe. Elle rit quand même. Oui, je suis sûre qu'elle rit quand même. Moi, je pèse tant que je peux pour entrer en elle à travers lui. J'adore « faire le fagot », je voudrais qu'on nous attache avec un fil de fer tous les trois. Et même qu'on nous mette le feu, tant pis si c'est ensemble.

Voilà ! Je viens d'avoir vingt ans. Je m'appelle Patricia, « Patriche » pour quelques-uns. C'est l'hiver, janvier. Ce soir, l'oncle Jacques et sa femme Claire sont venus à la maison. J'avais chorale et je n'ai pas pu dîner avec eux. Quand je suis rentrée, les femmes étaient à la vaisselle, les hommes discutaient au salon. Alors que je retirais mon anorak dans l'entrée, j'ai entendu le nom.

– Sais-tu qu'Ava est à Paris ? disait l'oncle Jacques.

– Mais non ! s'est exclamé papa.

– Elle est venue pour Robertson. Ils vont lancer une boutique. Je l'ai appris par hasard dans le journal.

Avant que papa ait répondu, les épouses sont revenues au salon.

– Il faudra que tu me prêtes ta pince anglaise, je ne

sais pas ce que j'ai fait de la mienne, a vite lancé oncle Jacques en changeant de voix.

Je suis montée dans ma chambre. « Ava est à Paris. » Je ferme les yeux. J'ai quatre ans, la porte s'ouvre et c'est maman ! Le téléphone sonne, et c'est maman ! Maman m'attend à la sortie de l'école. Elle est revenue ; elle y aura mis le temps : seize ans !

CHAPITRE 2

– Patriche, c'est plus que l'heure !

Lucie escalade mon lit, se faufile sous la couette, me prend dans ses tentacules, suce ma joue, mon nez, mes yeux, aspire mon rab de sommeil.

– Maman l'a dit : plus que l'heure !

Je sors la tête de ma grotte. La vie sent le jour de semaine, le trop tôt, l'école. Et tout de suite les mots me sautent à la gorge : « Ava est à Paris. »

– On dégage, *please*.

Tête la première Miss-sangsue dégouline sur la moquette. Elle rit. Elle rit tout le temps, ma demie ! Demi-sœur, demi-portion. Quand j'avais ton âge, ma petite, il n'y avait pas de maman qui tienne. C'était moi qui allais réveiller papa. Histoire d'être sûre qu'il n'était pas parti, lui aussi, pour l'Amérique.

J'ouvre la fenêtre et pousse les volets. Attention ! Il faut qu'ils claquent contre le mur tous les deux à la fois, sinon… Ce coton gris, ces arbres fantômes, ce jardin qui pleure, c'est bien janvier. Lucie me suit côté cabinet de toilette : ça l'intéresse de me voir toute nue.

– Des poitrines, j'en aurai aussi ?

– Si tu es sage.

– Et en bas, les petites boucles ?

– Alors là, il faudra faire tout ce que je dirai. Et sans discuter.

À la cuisine, papa sirote son café en écoutant les *news*. On n'a pas ouvert les volets puisque personne ne sera là dans la journée. Les samedi-dimanche, c'est voir le jour en prenant son petit déjeuner.

Marie-Laure tartine les sandwiches du grand. Elle garde les tickets-restaurant pour les repas pris à la maison ; elle a un arrangement avec la charcuterie mais il ne faut pas le dire, c'est interdit.

Sa joue lisse sous mes lèvres. La joue rugueuse de papa.

– Bien dormi, fillette ?

– Jamais assez.

Il rit et emplit mon bol – sa tâche depuis toujours. Autrefois, c'était lait froid sur céréales, puis cela a été lait chaud sur chocolat en poudre. Depuis que j'ai mal au cœur le matin, c'est eau bouillante sur thé.

« Ava est à Paris. » Je le regarde. Il a l'air comme d'habitude. Huit heures sonnent au salon. Lucie a déjà enfilé anorak et passe-montagne. Marie-Laure la dépose au CM2 en allant à son boulot. Marie-Laure est secrétaire de direction dans la literie, papa travaille dans l'assurance : spécialisé en épargne-retraite. « Deux cadres faits pour occuper le même », a dit l'oncle Jacques dans son discours de mariage et tout le monde a applaudi.

Lucie tire ma manche :

– Tu viens me chercher ce soir ?

– Pas ce soir, je bosse tard.

Pour la consoler, je me penche vers son oreille. « Et toi, du nerf ! Pense aux poitrines et aux petites boucles. » Elle pouffe.

– On y va, cocotte ? dit sa mère. Patricia, n'oublie pas de fermer la porte et de mettre le cadenas au portail.

– Je fermerai le portail et je mettrai le cadenas à la porte, promis.

Lucie rit. Marie-Laure hausse les épaules, papa me lance un regard de reproche. Je n'ai pas pu m'empêcher. Mais Marie-Laure non plus de me resservir tous les matins la même phrase. Pensez donc ! Si un voleur venait piquer nos merveilles : la copie de Picasso – période bleue – la pendule suisse naine avec son carillon gros comme une montagne qui fait se tordre les invités, les couverts en inox, les napperons brodés !

Le mari et la femme s'embrassent. « Tes sandwiches sont sur le buffet, mon chéri. Aujourd'hui, pâté de campagne. J'ai mis les cornichons dans du papier d'argent. » « Mon chéri » exprime un « merci » reconnaissant et la mère et la fille dégagent. À côté des sandwiches, il y a la boîte de bière. C'est moins cher en *pack* et en grande surface. Mes déjeuners à moi sont à la pomme. Seule Lucie a droit à la cantine. Il n'y a pas le choix dans son école.

Je regarde, sur le rebord du vaisselier, les quatre assiettes préparées pour le dîner, avec les couverts dessus et les verres à côté. Je me tourne vers la fenêtre, les volets fermés. J'étouffe.

– Alors comme ça, Ava est à Paris ?

Le regard de papa ! Comme si j'avais cassé les assiettes et ouvert les volets à coup de pied. Il y a de ça : je respire mieux.

– Comment le sais-tu ?

– J'ai entendu oncle Jacques hier en rentrant de la chorale.

– C'est donc pour ça que tu n'as pas dîné…

– Je n'avais pas très faim, tu vois.

Il farfouille dans ses poches, pour rien, cherchant le paquet de cigarettes d'autrefois. Je demande.

– Qu'est-ce que c'est, Robertson ?

– Une marque de vêtements américains. Ava a toujours travaillé dans la mode.

– Et c'est la première fois qu'elle revient en France, depuis…

– Que veux-tu que j'en sache !

Il a peur, mon père. Que je cherche à la retrouver ? Mais c'est ma mère, c'est maman ! Et depuis hier je ne sais plus où j'en suis, où je suis. On dirait que ces seize années se contractent, elles comptaient pour du beurre. Ava est revenue. Je l'attendais pour grandir vraiment.

– Papa, j'ai envie de la voir.

Il se lève.

– On en reparlera ce soir, tu veux ? Je dois y aller. Il regarde sa montre : Toi aussi d'ailleurs.

Il attrape nos deux bols, les passe à l'eau, éponge la toile cirée. Papa, je t'en supplie, ne mets pas le couvert du dîner, pas aujourd'hui. Il ne met pas le couvert du dîner, il choisit mes pommes dans le compotier : une verte acide, une rouge douce, qu'il vient poser devant moi, avant de glisser ses sandwiches dans son cartable.

– Ne te mets pas en retard.

Il va chercher sa canadienne. Pour Jean-Baptiste Forgeot, l'heure c'est l'heure ! Gare aux mauvaises notes, on dégraisse dans sa boîte, il n'a pas tous ses trimestres pour la retraite et à quarante-cinq ans c'est trop tard pour se recaser.

Je me lève. Pauv'papa ! J'ai un regard injuste. Il paraît que c'est l'âge. Mais âge ou non, ça manque de poésie d'avoir vingt ans dans un pavillon à Bourg-la-Reine où l'on n'arrête pas de faire les comptes à cause des traites à payer, en oubliant un peu trop de faire ceux de son existence. Je dis « existence » exprès, parce que pour moi, exister, cela veut dire ces bouffées venues d'on ne sait où qui vous soulèvent parfois rien qu'à l'idée d'être là, sur terre, avec tant à voir, faire, aimer, si…

Si quoi ?

Papa se penche sur ma joue.

– Moins 3° ce matin, couvre-toi bien, petite.

Je me lève et prends dans mes bras ce monsieur grâce à qui j'existe mais qui sent de moins en moins le héros de mon enfance, le cow-boy que j'admirais et faisais souffrir en même temps pour être certaine qu'il m'aimait quand même. Je l'embrasse très fort pour me faire pardonner de le voir tel qu'il est : un père seulement.

– À propos, Marie-Laure ignore qu'Ava est là. Inutile de lui en parler, d'accord ?

– D'accord.

À la porte, il se retourne. C'est souvent à ces moments-là, juste avant de disparaître qu'on fait passer le message.

– N'oublie pas de fermer à clé.

Ces bouffées d'existence… Trois petits mots et puis s'en vont.

CHAPITRE 3

J'ai fermé la porte à double tour, sauté la marche qui porte malheur – celle au chat retrouvé gelé l'hiver dernier –, j'ai pris du recul jusqu'au pommier et je l'ai regardé au ventre, not'pavillon.

Un pavillon, c'est aussi un drapeau qui flotte sur la mer. Une maison affiche les couleurs de ceux qui l'habitent. J'ai regardé les volets fermés du rez-de-chaussée, les rideaux au crochet de la chambre matrimoniale et ceux, marrants, de Lucie, mes fenêtres nues, les murs crépis sous le toit de tuiles mécaniques. C'était propre, carré, sans histoire. C'était nous. Moi itou.

« Toi aussi, Patriche, tu dois être d'accord », m'avait dit papa, il y a quatre ans, avant de se décider à se mettre sur le dos quinze ans de remboursements mensuels. Le pavillon demanderait des sacrifices à toute la famille : plus question de louer pour les sports d'hiver, de changer de voiture, d'aller au restaurant le samedi soir, de se fringuer cher. Mais question, ah ! question d'avoir pour nous tout seuls une vraie maison avec gazon, cave et garage ! Question d'être au large et, pour moi, de ne plus partager ma chambre avec Miss-crampon !

Nous l'avions visité un dimanche, guidés par une grand-mère en deuil qui tenait à tout nous montrer. Je crois que cela lui faisait du bien, mais quand elle ouvrait les placards et qu'il en sortait ces odeurs de passé, j'étais gênée, j'avais l'impression de regarder sous les jupes de sa vie.

Salon, salle à manger, cuisine au rez-de-chaussée. « On fera une grande cuisine-salle à manger », avait soufflé Marie-Laure à l'oreille de papa. Chambre à lit double, salle de bains et chambre de Lucie au premier. J'aurais pour mon importante personne tout le second étage, moins la pièce de débarras si je voulais bien la laisser à la communauté : une sorte de *loft* comme dans les films américains, avec poutres apparentes et cabinet de toilette incorporé.

Après la visite, nous avions tenu conférence sur la pelouse.

– Qu'en pensent toutes mes femmes ? avait demandé papa, ravi de proposer un toit à sa famille.

Marie-Laure battait des mains comme une collégienne : finis les ascenseurs en panne, les boîtes à lettres saccagées, les odeurs et les bruits des voisins ! Une maison pour elle toute seule, son rêve depuis toujours. « Et Boule de gomme ? » Boule de gomme-Lucie gémissait qu'elle voulait bien changer de maison à condition de continuer à coucher dans ma chambre.

– Et Patriche ?

C'était le mois de mai, il y avait un saule qui ressemblait à un vieux marabout, une aubépine en fleurs. Ils avaient dit oui pour moi.

J'ai sorti ma mob du garage, cadenassé le portail, attaché mon casque et suivi la rue bordée d'autres pavillons semblables au nôtre, avec de jolies boîtes à lettres, des rideaux faits main : maisons sans histoire.

Quand j'étais petite et que je prenais l'ascenseur pour l'appartement numéro 2, celui sans maman, je rêvais souvent qu'il y avait un bouton de plus que j'étais seule à voir. Où me mènerait-il si j'appuyais dessus ? À un grenier magique où je serais à l'abri de tout ? Ou simplement au paradis ?

Il me semble que je n'ai jamais cessé de rêver à ce bouton supplémentaire. Mais je sais aujourd'hui où je voudrais qu'il m'emmène : vers une vie « avec histoire ».

Il y avait foule comme chaque matin sur la grande avenue qui menait à Paris. Je n'ai pas dépassé le trente à l'heure, pacte conclu avec M. l'assureur. Il adore les pactes, Jean-Baptiste Forgeot, mon père ! Ces contrats gagés sur l'honneur. Pour arriver au Cours Duguesclin-La-Stratégie-de-l'Avenir, 70 % de réussite au BTS gestion-comptabilité, j'ai mis très exactement quarante-trois minutes ; comme chaque jour depuis un an et demi.

Droit fiscal. Weber est au tableau. La salle de classe sent la poussière, la craie, les chiffres. Trente-cinq élèves, dont deux tiers du sexe masculin.

– Ça va ? me glisse Stéphane.

Il est le seul ami que je me sois fait ici. Certains l'ont surnommé Laurel parce qu'il est mince comme une allumette. On dirait qu'il brûle, sans flamme, de l'intérieur, et cela fait peur. Pas étonnant que je l'aie choisi comme voisin dès le premier cours : les éclopés de l'existence, je les flaire tout de suite. C'étaient les rares qui ne se moquaient pas de la petite fille qui parlait d'une maman trop belle pour exister. Éclopé, blessé par quoi, Steph ?

À part ça, c'est un vrai maniaque du dessin. Il crayonne partout où il y a de la place : quelques traits et la vie est là, avec la grimace pour faire rire.

J'adore.

La sonnerie retentit : le cours est terminé. Dix minutes de battement avant celui de compta. La classe se déverse dans le couloir, je reste à ma place, Stéphane aussi.

– Tu veux bien me rendre un service ?

– Votre fidèle serviteur…

Je n'ai pas le cœur à plaisanter :

– Robertson… c'est une marque américaine, ça a rapport avec la mode, ça va s'implanter à Paris. Je veux tout savoir : où, quand et comment ? Tu trouveras bien ça sur les ordinateurs de ton père ? Son père est un grand banquier international : on le voit parfois à la télévision.

– Nous ferons l'impossible. C'est pressé ?

– Urgentissime.

Le regard de Stéphane m'interroge. Mais il n'aura rien de plus aujourd'hui qu'un baiser de papillon sur le nez. Il couvre ce nez de la main comme pour l'empêcher de s'envoler. Je me tourne vers la fenêtre. C'est pour rien ! Notre salle est au rez-de-chaussée et on a peint les carreaux afin d'empêcher les distractions. Parfois, le passage d'un poids lourd fait trembler les murs. Les oiseaux aussi, lorsqu'ils recommencent à chanter. Mais autrement : plus fort ! Je croque dans ma dernière pomme, l'acide.

– Et cette chorale ? interroge Steph.

– Extra ! Tu viens quand ?

Il fait mine de se lever :

– Tout de suite. On y va ?

C'est pour dire : « Jamais... » Je fais partie d'une chorale. Nous travaillons tous les lundis et, au printemps, concert ! L'an dernier, nous sommes même allés nous produire en Belgique, pensez... Je voudrais y entraîner Steph. Il sortirait un peu de sa flamme au lieu de se brûler avec. Que vous chantiez Bach, Mozart, Schubert ou Tartempion, c'est d'abord vous que vous chantez, et même parfois gueulez. Finalement, c'est comme appuyer sur le bouton supplémentaire de l'ascenseur.

– Quand j'étais petite...

Je lui raconte pour le bouton magique. Les autres seraient pliés en deux. Lui m'écoute avec gravité, le visage légèrement détourné, comme toujours, pour éviter votre regard, ou plutôt comme s'il cachait dans le sien une maladie honteuse : la solitude, par exemple.

– Et toi, le bouton supplémentaire, où voudrais-tu qu'il t'emmène ? Il saute sur ses pieds, va au tableau, dessine un ascenseur, y arrondit des boutons, y inscrit des chiffres jusqu'au sept. Septième ciel ? Ne rêvons pas ! Celui qui clignote, il le colle tout en bas, sous le bouton « Cave ». Du pur Steph, ça ! Et il rit, bien sûr...

Je bondis et je barre tout. Les autres commencent à rentrer, ils regardent nos enfantillages.

– C'est le nouveau jeu ?

– En quelque sorte, le « jeu du pendu », ironise Steph.

– Et qui a gagné ?

C'est moi qui répond :

– En quelque sorte, personne !

Compta analytique, données prévisionnelles, données réelles, « Faites des colonnes », « Mlle Forgeot, vous êtes avec nous ou pas ? »

Je reprends mon stylo : j'chais pas, m'sieur, j'chais plus... Si j'ai raison d'être avec vous, d'avoir choisi les chiffres, la gestion, quand bien même j'avais des dispositions pour ces matières-là et qu'elles assurent l'avenir, ou si je n'aurais pas mieux fait de choisir l'avenir, ou si je n'aurais pas mieux fait de choisir l'avenir non assuré et ce qu'on appelle « les lettres », moi qui me raconte des histoires comme je respire. J'chais pas, j'chais plus, si je suis la fille qui aime entendre la pluie mitrailler le toit de son grenier, en s'imaginant à la mer, retombant en l'enfance, ou celle qui le trouve minable, not'pavillon. La fille à qui un nom, « Ava », fait voir depuis hier des feux d'artifice, ou celle qui préférerait ne l'avoir jamais entendu prononcer parce qu'il lui donne sérieusement le vertige.

Laquelle est la bonne, la vraie, la « Patriche » ? Dans quelle colonne me mettre ? Dis maman, toi la dame qui m'a larguée, qui a brouillé les calculs de la gamine, les un plus un qui font la troisième, est-ce qu'un jour j'y arriverai à n'être plus qu'une ? Une seule qui s'appellera MOI ?

CHAPITRE 4

C'était allumé à la maison. Dès que vous avez pris le tournant, vous pouvez savoir si quelqu'un est rentré. L'hiver – j'appelle hiver tous les mois où la nuit tombe tôt –, c'est la loupiote sur le perron, style lampe-tempête. Les autres mois, ce sont les volets ouverts, ou mieux, une fenêtre ; oui, quelqu'un est là ! Et vous avez beau vous interdire de vérifier, à peine avez-vous tourné, il faut que vous cherchiez. Un vrai tic de l'âme, les plus durs à déraciner.

Il n'y avait jamais personne quand je rentrais du CM1 et ensuite du collège, ma petite clé grise suspendue comme une croix glacée à mon cou, cachée profond sous mon corsage parce qu'elle avouait ma solitude. J'avais trop honte pour ramener une copine dans cet endroit vide qui sentait encore le petit déjeuner quand on ouvrait la porte, faute d'une mère pour aérer. Personne pour me dire : « Arrête de te bourrer de chocolat », ou « Allez, zou, au travail. » Personne pour mesurer mon temps de télévision : tel film, telle heure et après ça, au plume. Moi, j'aurais bien voulu avoir aussi des interdictions, on aurait marchandé comme avec Lucie-peste-noire : « Encore un peu, papa... – Alors cinq minutes, pas plus. – Non, dix, s'il te plaît, mon petit papa... » Mon petit papa, à l'époque, c'était moi qui aurais dû les lui mesurer ses heures d'abrutissement : il s'endormait devant le poste et avant d'aller au lit, moi la grande, lui l'enfant, je mettais une couverture sur ses jambes.

Personne dans cette baraque pour m'embêter, mais c'était sans lumière.

J'ai garé mon deux-roues en laissant la place pour papa, refermé le portail, sauté la marche qui porte malheur, pendu mon équipement dans l'entrée.

À la cuisine, Marie-Laure repassait, un œil sur Miss-chipie qui faisait des additions en tirant une langue de fourmilier au cas où une solution passerait par là. Je me suis approchée sur la pointe des pieds, j'ai soulevé sa natte et je l'ai mordue là où c'est le meilleur. Elle a crié. « Si tu la laissais travailler », a dit sa mère qui s'était fait une mise en plis, et, avec son joli tablier, ressemblait au pavillon-rêve-de-sa-vie : soignée, coquette. Je suis venue présenter ma joue comme chaque soir.

– Ça a été, chérie ? Tout s'est bien passé ?

– Ça a été.

– Luc a téléphoné, a transmis Miss-PTT, tu dois le rappeler dès que tu rentres, ce sera un franc pour le message.

– Ce ne sera rien du tout pour la bonne raison qu'il

n'y a pas eu de message puisque je ne suis pas rentrée. C'est ce que tu diras quand Luc rappellera.

– Pour les mensonges, c'est double tarif, a décrété Lucie.

Je l'ai payée en résolvant son addition puis je suis montée à mon grenier, deux marches par deux marches et trois en haut sans respirer avant d'avoir touché ma porte. Terminé, Luc ! Je l'avais compris la dernière fois qu'on avait fait l'amour, quand moi toute nue, lui tout nu, l'un sur l'autre, l'un dans l'autre, je m'étais soudain demandé : « Mais qu'est-ce que tu fous là ? » Sans aller nulle part de terrible, seulement pour pouvoir se dire qu'on a quelqu'un avec qui sortir de la maison et de soi-même par la même occasion, quelqu'un qui vous donne du plaisir en vous caressant et parfois autrement.

Luc, c'était fini. Mais il ne le savait pas encore. J'allais devoir le lui apprendre, le lui faire rentrer dans la tête et un peu dans l'orgueil. Pour moi aussi, ce serait un deuil : celui d'un garçon que j'avais cru enfin aimer pour de bon.

J'ai retiré mes bottes et je me suis réfugiée sous ma couette avec mon grand copain Camus Albert. Impossible de me réchauffer. J'attendais mon père.

Les phares de la voiture ont éclairé la nuit, la portière a claqué, à présent il refermait le portail, le cadenas, il montait les marches du perron, le « Papa ! » triomphant de Lucie a retenti, il embrassait ses femmes et demandait ce qu'on avait de bon pour dîner.

On a frappé. Hier, il aurait râlé en me voyant au lit. Il n'a rien dit et j'ai regretté. Il a rapproché une chaise. Nous étions aussi intimidés l'un que l'autre.

Quand j'étais petite et que je lui posais, sans même y penser, les questions les plus indiscrètes sur maman, ou sur les femmes et les hommes, ou sur les petites filles qui deviennent femmes et à qui cela fait si peur qu'elles décident d'épouser leur père, il me répondait : « On en reparlera quand tu seras grande. » J'étais grande et nous n'osions plus en parler. Nous avions laissé passer l'heure.

Il s'est raclé la gorge :

– Bonne journée ?

Je lui ai tendu la perche :

– Comme ça, comme ci, j'ai pensé à elle tout le temps.

Avec tendresse, il s'est penché sur moi pour réciter les mots préparés.

– Ava est à Paris, je l'ai appris hier en même temps que toi. C'est tout ce que je sais. Et je ne tiens pas à en savoir davantage. Ce n'est plus notre affaire.

– « Ton » affaire... Tu parles pour toi.

Il a cherché ma main sous la couette. Sur le dessus de la sienne, il y avait de longs poils lisses sur lesquels – quand j'étais trop petite pour avoir des réponses – j'adorais souffler, tête penchée comme pour les ricochets, jusqu'à ce qu'ils rebiquent. « Les herbes de la pampa », annonçais-je. Je ne sais pas où j'avais trouvé ça mais c'était bien, c'était étranger. « Faire lever les herbes de la pampa »... à enterrer au cimetière des gestes perdus pour toujours.

– Imagine que tu n'aies pas entendu Jacques, hier... la vie continuait comme avant. Et elle n'est pas si mauvaise que ca, non ?

– C'est vrai. Mais, maintenant, je sais qu'Ava est là et ça change tout.

Ava était à Paris et la vie d'avant m'apparaissait grise, sans relief. Une sorte de sommeil. Voici que je me réveillais. On éprouve cela au début d'un amour. On se répète : « Avant je ne vivais pas vraiment », et l'idée de perdre cette fièvre, même si elle brûle, n'est pas acceptable.

– Tu n'es pas bien ici ? a insisté papa. Tu ne t'entends pas bien avec Marie-Laure ? Et cette chambre... Il a montré mon loft avec fierté : Royale, non ? Je n'en connais pas beaucoup qui en ont une aussi vaste.

J'ai dit :

– Ce qui me fait drôle, c'est de savoir ma mère si près et de ne même pas pouvoir l'imaginer.

La douleur est montée comme si je la fabriquais en parlant. En osant dire ces mots « ma mère ». Ma mère était là. Maman était là, elle marchait dans les rues de Paris, elle parlait, riait, mangeait et dormait et je ne savais pas comment. Je n'avais jamais eu d'elle qu'une absence, un fantôme. Aucun souvenir de scènes, d'injures, de bagarres, rien de solide à mettre sous la dent de la souffrance. Comment effacer du silence, un point d'interrogation, une maman qui, un beau jour, s'envole pour la Californie même si elle a un mari et une fille, parce que ça ne lui plaît pas ici ?

– Papa, pourquoi as-tu jeté la photo ?

Il a baissé la tête. Il savait très bien de quelle photo je parlais. Toute la famille y est : lui, maman et moi. Ce jour-là, c'est Mardi gras, et je suis la reine dans mon manteau d'Arlequine. Je ne me souviens que du manteau qui traîne jusqu'à mes pieds.

– À quoi cela aurait-il servi de garder cette photo puisque c'était fini ? À te faire du mal ?

Il venait d'avouer qu'il l'avait jetée. Jusque-là, il m'avait toujours dit qu'elle avait été perdue dans le déménagement. Une autre ancienne douleur s'est éveillée, en forme de soupçon.

– Quand Ava est partie, pourquoi avons-nous

déménagé si vite, tu ne voulais pas qu'elle nous retrouve ?

Il a hésité.

– Ava avait décidé de vendre l'appartement. Il a bien fallu s'en aller.

– Il était à elle, cet appartement ?

Papa a incliné la tête. Cela aussi, je l'apprends. Le bel appartement à Paris, avec la cheminée pour la photo et les fleurs, le grand lit pour « faire le fagot », la chambre aux robes, appartenait donc à Ava ?

– A-t-elle su où nous allions ? Lui as-tu donné la nouvelle adresse ?

– Elle ne me l'a pas demandée. D'ailleurs, elle était en Californie, tu le sais bien.

– Mais si elle était revenue, si elle nous avait cherchés ?

Nous avions changé de ville, j'avais changé d'école, c'était comme une fuite et j'avais sans cesse la frousse qu'elle ne nous retrouve plus quand son voyage serait fini. « Dis, Constance, quand maman reviendra, tu t'en iras, promis ? » Constance avalait sa langue, elle faisait sa tête de bois.

– Lorsqu'on veut vraiment retrouver quelqu'un ce n'est pas bien difficile, crois-moi ! a remarqué papa.

J'ai demandé pour la cent millième fois – mais ce coup-ci c'était la fille de vingt ans qui voulait savoir, elle était grande, elle avait droit à toute la vérité.

– Pourquoi est-elle partie ?

Et pour la cent millième fois papa a répondu :

– Elle ne se plaisait pas en France. Notre vie ne lui convenait pas.

– Qu'est-ce qui lui convenait ?

– Je ne suis pas sûr qu'elle le savait elle-même. Elle appelait ça « respirer ».

Le téléphone a sonné. Maris-Laure est venue en bas de l'escalier : « Patricia, Luc à l'appareil. » J'ai crié : « Je ne suis pas là. » En un sens, c'était vrai.

– Tu aurais dû le prendre, a reproché papa.

– Je ne sais plus très bien où j'en suis avec lui.

– C'est-à-dire ?

Il était soulagé d'aborder un autre sujet. Pourtant, quand une fille parle de ses amours, elle parle forcément aussi de sa mère, qu'elle l'ait connue ou non.

– J'ai envie d'arrêter.

Papa a soupiré :

– Tu ne crois pas que tu serais plus heureuse si tu te fixais ?

Trop d'aventures, trop de garçons, pas difficile de lire dans les pensées d'un père. Mais je ne demande qu'une chose, moi : trouver le bon, bien respirer avec le bon.

Lucie est entrée. Elle nous a regardés l'un près de l'autre, jalouse un peu, puis elle a couru escalader son père, faire son liseron baveux, gluant, l'embrasser partout comme on n'a pas peur de le faire à huit ans.

– Luc est furieux. Il a très bien compris que tu étais là. Et maman demande ce que vous fabriquez avec papa. L'aérateur ne veut plus démarrer, même en lui donnant des coups avec la cuiller en bois.

Papa a souri :

– Eh bien nous allons voir ça.

Il s'est levé. Le liseron ne voulait pas lâcher prise. Cette fois, il a ri et il a été jeune. Lucie me regardait du haut de sa victoire. J'ai demandé :

– Est-ce que je lui ressemble ?

– À qui ? a interrogé Miss-portrait-de-son-père.

– À Ava Gardner, ta gueule !

Ils étaient arrivés à la porte. Papa s'est retourné avec un air noyé. J'ai ordonné, « Pas triche. » C'est le code sacré entre nous. Si vous répondez, cela ne peut être que la vérité vraie.

– Oui, a-t-il répondu avec souffrance. De plus en plus…

CHAPITRE 5

Alors, au début, juste après le départ de maman qui voulait respirer, papa s'était occupé de moi. « Tu es grande », me répétait-il. Grande pour m'habiller toute seule, sauf les boutons, pour faire la boucle de mes lacets, frotter mes dents de haut en bas, manger ma purée et mon jambon sans en mettre autant sur ma serviette, et grande pour ne pas lui briser le cœur en pleurant tous les soirs comme ça.

Mais j'avais décidé de le punir en redevenant un bébé. Je ne faisais plus que sucer mon pouce et c'était ainsi que, sans le vouloir, j'avais offert à ma tante Constance, qui n'en avait plus, sa raison de vivre : s'occuper de moi et faire tourner la maison.

C'était la nouvelle maison que je n'aimais pas. Moins belle que celle d'avec maman : un petit appartement qui sentait la punition, les gens d'avant et où il n'y avait même pas de cheminée pour ma photo d'Arlequine, un bouquet et les souliers du Père Noël.

Constance arrivait le matin avec la baguette fraîche. Elle mettait le café en route sans prendre le temps de retirer son manteau puis elle entrait dans ma chambre où elle cherchait, malgré moi, quelque chose à embrasser sous le drap. Quand j'étais lavée, habillée, la plus belle petite fille du monde, on retrouvait papa dans la cuisine. Il versait le lait froid sur mes céréales au miel en se forçant à être gai, puis tout le monde partait travailler, moi à la maternelle grande section.

Dès que nous avions traversé l'avenue, j'arrachais ma main à Constance et je galopais pour que les petites filles ne me voient pas avec cette vieille toute fripée alors que leurs mamans à elles portaient des collants noirs, des mini-jupes et des pinces de couleur dans leurs cheveux. J'avais défendu à Constance d'entrer dans la cour et à quatre heures et demie, l'heure des mamans, elle m'attendait à la porte avec mon pain au chocolat que je ne prenais jamais avant d'être arrivée à l'avenue.

Papa m'avait d'abord expliqué que maman était partie pour son travail de mode en Californie, d'ailleurs, toute sa famille habitait là-bas et Californie était devenu comme un soleil se levant au bout d'une mer tiède où je m'enfonçais à chaque fois que je l'entendais. Je passais ma vie à lui faire des dessins, des colliers de perles ou de feuilles de marronniers et, pour la fête des mères, j'avais peint des oiseaux bleus sur trois ronds de serviette : un pour chacun. Je confiais tous ces cadeaux à papa afin qu'il les lui envoie mais maman ne répondait jamais, même pour dire merci.

J'avais peur qu'elle ne nous retrouve plus quand elle reviendrait, ou que Constance refuse de lui ouvrir pour ne pas perdre sa raison de vivre, aussi je me précipitais dès qu'on sonnait, j'ouvrais à n'importe qui sans demander avant « qui est-ce ? », je m'asseyais tout près du téléphone pour dire « allô » la première et souvent j'oubliais une écharpe, un gant ou quelque chose comme ça sur le paillasson afin qu'elle sache que c'était là.

J'avais décidé de me débarrasser de Constance à cause du retour de maman. Je m'étais donc dépêchée de redevenir grande et j'avais si bien réussi que tout le monde me disait en avance pour mon âge. Je n'arrêtais pas de lanciner papa : on pouvait très bien se débrouiller tout seuls maintenant que je m'habillais sans aide et que je savais traverser l'avenue au feu rouge comme les autres du CM2. Mais papa pensait au café frais du matin, à sa baguette croustillante, à la soupe aux légumes du soir et il ne comprenait pas pourquoi j'en voulais à cette pauvre femme qui aurait donné sa vie pour moi.

Il y avait eu ce jour où j'avais entendu Constance dire tout bas à la voisine que maman était une traînée. « C'est quoi, papa, une traînée ? – Tu as mal compris, ma chérie, Constance a dit que ta maman « traînait » en Californie. » Mais il s'était mis en colère contre elle, il tenait à ce que je garde une image propre de qui l'on savait. Constance avait eu les yeux rouges et elle n'était plus venue que le dimanche pour cuire le poulet et les pommes de terre frites.

J'avais l'âge de raison et j'étais entrée à l'école primaire lorsque papa m'avait fait comprendre tout doucement qu'Ava ne reviendrait plus. Il ne l'appelait plus que comme ça maintenant, pour éteindre le mot « maman » dans ma tête. Ava avait donc décidé de rester en Californie sa vie entière. Je le savais déjà, ma cousine Gabrielle me l'avait dit en secret mais je ne l'avais pas crue tout à fait.

Gabrielle était la fille de l'oncle Jacques, mon parrain.

Ils étaient trois enfants dans la famille de papa : Constance, Jacques et Jean-Baptiste (mon père), le petit dernier, né par inadvertance longtemps après les autres, ce qui expliquait que mes grands-parents, vieux et cancéreux, avaient disparu sans que j'aie pu faire leur connaissance. Les parents malades de papa avaient été la première raison de vivre de Constance, après il y avait eu moi, voilà pourquoi elle avait laissé passer le temps de se trouver un mari.

Le résultat était que, entre le cancer et la Californie, j'avais perdu tous mes Papy et Mamy.

L'oncle Jacques était marié avec la tante Claire. Elle m'emmenait par pitié en vacances à Guéthary avec mes grands cousins Julien et Gabrielle. C'était toujours eux qui avaient le crouton de la baguette, le cœur de la salade et le gratin des plats, sauf quand oncle Jacques m'en refilait en douce.

Gabrielle avait deux ans de plus que moi. Elle portait des lunettes et un appareil pour les dents. Elle me refilait ses vieilles fringues. Bien qu'elle la ramène sans arrêt avec ses « maman par-ci, maman par-là », j'aimais bien être avec elle parce qu'elle était au courant de ma situation et que je n'avais pas à craindre qu'elle me snobe en l'apprenant. La seule chose que je lui enviais, c'étaient ses leçons de chant. Dans la famille, tout le monde aimait la musique et papa disait qu'au cours des moments difficiles de sa vie, une belle voix lui avait apporté la force de remonter le courant. Je connaissais plein d'airs par cœur et, pour le faire rire, je lui chantais *Nuit câline, Nuit d'amour* en roulant les r et prenant des pauses. Même comme ça, disait-il, sans leçons ni rien, j'avais une plus belle voix que Gabrielle.

Je m'étais inventé un rêve. J'attendais le soir avec

impatience pour m'y livrer. C'était mon rendez-vous secret. Le voici.

Nous sommes allés, papa et moi, au concert écouter une célèbre chanteuse dont il a la voix sur ses disques. La salle est pleine d'un public fervent. Un silence religieux règne. Lorsque la chanteuse fait son apparition, éclate un tonnerre d'applaudissements. Mais horreur, à peine a-t-elle commencé à chanter qu'elle ploie comme une tulipe dans les plis de sa longue jupe. Arrêt du cœur ! Deux hommes l'emmènent. Le public est pétrifié, l'orchestre ne sait à quel saint se vouer. C'est mon heure !

Je me levais et traversais la salle d'un pas léger. Me suivant des yeux, chacun se demandait : « Mais qui est cette ravissante jeune fille ? D'où peut-elle bien venir ? » Je montais sur l'estrade, je faisais signe à l'orchestre et je chantais. Je chantais si juste et avec tant de sentiment contenu que les gens avaient tous les larmes aux yeux. Moi aussi d'ailleurs. Lorsque j'avais terminé, vivement applaudie, je m'inclinais. En me relevant, je remarquais alors, au premier rang, une belle jeune femme qui me faisait signe. Maman.

« Tu lui ressembles de plus en plus », vient de me dire papa comme avec douleur. Je me regarde dans la glace et je la vois peut-être un peu. Que m'a-t-elle laissé ? Un reflet roux de ses cheveux ? Un peu de vert de son regard ? La forme de sa bouche ? Ou cette lumière indéfinissable, reflet de souterraines complicités que l'on appelle « l'air de famille » ? Papa, il ne fallait pas jeter la photo.

– Patricia, tu viens ? Maman a dit : « À table. » On a de la soupe à l'oignon gratinée, tu sais, avec de la croûte dorée. Pourquoi tu pleures ?

– Je ne pleure pas, idiote ! C'est les oignons. Tu as oublié que ça piquait les yeux ?

Surtout ceux de la reine d'un jour, en manteau d'Arlequine sur une photo perdue.

CHAPITRE 6

L'atmosphère est western : musique, photos d'acteurs, fers à cheval un peu partout. Oncle Jacques est déjà installé quand j'arrive.

J'ai appelé à son boulot : « Il faut qu'on se parle, urgent. » Il n'a pas eu l'air étonné : « Déjeuner, ça te va ? » Il m'a donné rendez-vous dans ce bar américain, près de son bureau : « Les frites sont extra, tu verras. » Les frites, ça m'a fait plaisir qu'il y ait pensé.

Il se lève pour m'embrasser.

– Aussi fraîche que belle !

Cela, jamais il ne l'aurait dit devant sa femme !

Tante Claire... J'ai sept ans, oncle Jacques m'a prise sur ses genoux : « Quelle jolie Mamzelle j'ai là, je m'en vais la croquer toute crue... » J'étouffe de rire et de plaisir. Elle entre : « Tu ferais mieux de t'occuper de ta fille... » J'ai douze ans, mon grand cousin Romain m'a défiée au ping-pong. C'est l'été, on étouffe dans ce garage, nous sommes en maillot de bain. Tante Claire surgit : « Tu n'as pas honte de jouer toute nue ? » J'ai seize ans et je danse, je danse comme une folle à la boum donnée par Gabrielle. Avoir tant de succès me grise. En passant près de tante Claire, je l'entends dire aigrement à une amie : « Avec une mère comme ça... »

– J'attendais ton coup de fil, déclare oncle Jacques lorsque nous sommes installés l'un en face de l'autre dans un box. Ton père m'a appelé hier. Il paraît qu'on écoute aux portes ?

– Je n'ai pas fait exprès de passer dans l'entrée au moment où tu parlais d'Ava ! En tout cas, je vois que les nouvelles vont vite...

Sous mon soupir, je souris : s'il y a complot de famille, c'est autour de mon bonheur.

– N'oublie pas que je suis ton parrain, cela vous crée des devoirs.

– Lesquels, par exemple ?

– Essayer de suivre ce qui se mijote dans cette caboche-là.

– Ça...

Un cow-boy pose les boissons devant nous : bière pour Mister, Coca pour Miss ; plus une soucoupe de cacahuètes sur lesquelles je me jette.

– Où est Ava ?

– Aucune idée. Je n'en sais pas plus que toi. J'ai droit à une cacahuète ?

Je lui tends l'assiette. Oncle Jacques, c'est papa en cheveux gris et mieux fringué. Et ce n'est pas lui qui se contenterait d'un sandwich et d'une boîte de bière pour déjeuner. Sans compter l'appart à Paris, les sports d'hiver chaque année. C'est mon père, en plein aux as.

– Je comprends que ça te fasse quelque chose de savoir ta mère à Paris. Mais de là à vouloir la rencontrer. Après tout ce temps…

– Pourquoi pas ? Au moins, je verrais à quoi elle ressemble ?

– As-tu pensé à la façon dont elle pourrait te recevoir ?

De quoi a-t-il peur ? Qu'elle me flanque à la porte ? Dans ce cas, je saurai.

« *Please…* » Le cow-boy place devant nous les steaks et une montagne de frites. J'aimerais bien savoir aussi si ma mère aime les *french fries*, par exemple, si elle préfère le vin au Coca-Cola, si elle a complètement oublié qu'elle avait une fille quelque part en France.

– Ça t'avancera à quoi de la rencontrer ? demande oncle Jacques.

– Peut-être à comprendre pourquoi ça n'a pas collé avec papa.

– Mais ça ne pouvait pas coller ! Ce mariage était une erreur complète.

Je revois papa, ce matin, rinçant nos bols, casant dans sa serviette de plastique les sandwiches pâté-cornichons de son déjeuner. Ava était la fée. Il n'avait pas su être le prince ?

– Et savoir aussi pourquoi elle ne m'a pas emmenée avec elle. D'habitude, c'est la mère qui a la garde des enfants.

Allons, pas triche, Patricia, tu veux savoir si elle t'a aimée un peu ou si tu as été comprise dans l'erreur.

– Ava n'aimait que bouger, voyager. Elle n'aurait pas eu le temps de s'occuper de toi. Elle était incapable de se fixer.

« Si tu te fixais ? avait dit papa hier, tu ne crois pas que tu serais plus heureuse ? »

– Mais est-ce qu'elle a demandé à m'avoir ?

Il fait « non » de la tête. Ça passe encore moins bien quand on n'ose pas le dire à voix haute. Il me tend la bouteille de sauce tomate :

– Tu tiens vraiment à manger ton steak froid ?

Je mets du rouge partout.

– Quand j'étais petite, je me disais que maman essayait de nous retrouver mais qu'elle n'y arrivait pas parce qu'on avait changé de ville. Cela me tourmentait beaucoup.

Je le dis et ma gorge se noue. L'oubli, ça n'existe pas. Vraiment, je n'y pensais jamais. Et je ne comprends plus cette fille qui s'appelle Patricia.

– On aurait mieux fait de te dire la vérité tout de suite, râle soudain oncle Jacques.

– La vérité ?

Il se trouble :

– Ta mère n'a jamais eu l'intention de revenir. Quant à l'appartement, comment voulais-tu y rester puisque ton père le lui avait donné ?

Il y a de la rancune dans sa voix.

– Et qu'elle l'a vendu, c'est ça ?

– C'est ça.

Il ne me dit pas tout, je le sens. Deux hommes entrent. Ils nous regardent puis s'installent à une table, non loin de la nôtre. Oncle Jacques rit.

– Des collègues de bureau. Me voilà dans de beaux draps, ils vont croire que je sors ma petite amie.

Cela n'a pas l'air de lui déplaire tellement. Je demande :

– Est-ce que ma mère était belle ?

Son regard se perd. Il la cherche. Il voit une jeune femme – vingt ans quand papa l'avait épousée, mon âge –, il la voit peut-être avec une petite fille dans les bras.

– Belle ? Ce n'est pas le mot. Jolie, oui. Et un charme. À l'époque, on appelait ça du sex-appeal.

– Et papa est tombé ?

– Raide ! Il rit : Tu peux le dire, il est tombé raide la première fois qu'il l'a vue.

Je ris aussi. Il a soudain l'air gêné :

– Pardon, Patriche, tu me fais dire n'importe quoi.

– Mais non, au contraire, c'est bien ! Tu es le premier qui me parle de ma mère comme de quelqu'un de vivant !

– O.K. ! mais on s'en tient là, d'accord ? Et puis tu n'as rien mangé.

– Les cacahuètes, ça bourre.

Nous avons commandé, moi un thé, lui un café. Je me sentais mieux. Chaud partout. Depuis combien de temps papa ne m'avait-il pas emmenée au bistrot ? Avant, quand nous vivions à deux, nous y allions tout le temps. Nous prenions juste un plat, moi toujours avec frites, nous regardions les gens en nous amusant à imaginer leur vie. C'était une façon de parler de la nôtre. Oncle Jacques m'a souri. Et si je suivais le conseil des frères ? Si j'oubliais ces vieux trucs une bonne fois pour toutes ? Elle n'était pas si mauvaise que ça, ma vie, papa avait raison.

Ce qu'il y a, c'est que la plupart du temps je ne la sens pas vraiment. C'est comme si je n'arrivais pas à y entrer tout à fait, que je marchais à côté. Vertigo !

– Et ton travail, ça va ? a interrogé oncle Jacques d'une voix neuve.

– Ça va.

Il s'est mis à faire les demandes et les réponses en me prenant à témoin comme papa lorsqu'il cherche à se rassurer sur mon compte. Quel bon choix j'avais fait avec la gestion ! Au moins, dans cette direction-là, pas de risque de chômage. Un bon choix ? Mais qui avait choisi ? Je n'avais aucune envie particulière ; rien ne me branchait spécialement, à part les lettres parce que j'aimais lire et écrire. Je m'étais contentée de dire oui au désir de mon père.

On nous a apporté l'addition. Le bien-être était passé. Vertigo *again*.

– Si tu es d'accord, nous ne parlerons pas de ce déjeuner à ta tante, a suggéré oncle Jacques. Il restera entre nous. Et cela nous permettra de recommencer.

– Pourquoi tante Claire ne m'aime-t-elle pas ? ai-je demandé. Même quand j'étais petite, je le sentais.

– Mais voyons, quelle idée...

J'ai posé ma main sur la sienne et tant pis pour la réputation de monsieur.

– Tu sais bien que c'est vrai. Et je ne vois plus jamais Gabrielle. Je suis sûre que tante Claire l'empêche de m'appeler.

C'était un ballon d'essai ; il est tombé pile.

– Sans doute y a-t-il un peu de jalousie là-dessous, a reconnu oncle Jacques. Tu es... très charmante. Gabrielle n'a guère de succès, la pauvre. Et puis tu connais ta tante : elle trouve que tu vois beaucoup de garçons.

– Elle a peur que je contamine sa fille ?

Il a ri :

– Contaminer... tu as de ces mots !

– Est-ce que tante Claire aimait maman ?

– Je croyais que le sujet était clos.

– Juste ça, promis.

Je souriais pour qu'il n'ait pas peur de répondre la vérité.

– Eh bien non, elles étaient trop différentes. Ava était trop... libre pour plaire à ta tante.

La question m'a brûlé les lèvres : « Et toi ? Qu'as-tu pensé de ma mère ? Te plaisait-elle ? » J'ai préféré garder dans mes oreilles le rire de tout à l'heure, lorsque Jacques m'avait raconté que papa était tombé raide. Le rire d'un homme troublé par le sex-appeal. Nous nous sommes levés. Et voilà qu'en sortant du bistrot, passant près de la table des collègues, je chaloupais des hanches. Je me prenais pour qui ? La fille de Mme Sex-appeal ?

– Si j'étais toi, je ne chercherais pas à la revoir, a-t-il dit en agrafant la bride de mon casque. Sincèrement, je ne vois pas ce que ça pourrait t'apporter. Mais quoi que tu décides, promets de me tenir au courant.

« Charmante et libre... » ces mots me couraient dans la tête tandis que je roulais vers le Cours Duguesclin-La-Stratégie-de-l'Avenir. Et moi aussi, j'étais charmante, même très, oncle Jacques me l'avait dit. Et tante Claire me trouvait trop libre. Et papa m'avait répondu hier : « Tu lui ressembles de plus en plus. »

Ma mère avait-elle des amants ? Cherchait-elle en vain le « bon » en se trompant tout le temps ? S'était-elle demandé un jour, dans les bras de papa, les yeux grands ouverts pendant l'amour : « Mais qu'est-ce que je fous là ? »

CHAPITRE 7

Cadeau ! Cette nuit, la neige est tombée sur Bourg-la-Reine. J'en ai eu la surprise en ouvrant mes volets : tout était blanc, silencieux, arrêté, chut ! Le jour pointait sous un bonnet de coton, la vie se retenait de respirer et moi j'étais poète.

Un bruit de vaisselle est monté de la cuisine. Et si, à l'étage des volets fermés, on ne s'était encore aperçu de rien ? J'ai sauté dans mon jeans en faisant l'impasse sur la toilette, je me suis glissée dans le jardin, j'ai volé à l'aubépine le gros de mes munitions et posé un beau boulet blanc sur l'assiette de Lucie : « Sorbet à l'hiver. » Elle a testé du bout de la langue, elle a crié, et avant que la voix de la sagesse nous ait arrêtées, nous dansions sur la pelouse en ameutant tout le quartier.

Les parents sont apparus sur le perron. Ils souriaient. Cette neige, il m'a semblé la leur offrir et, un moment, je me suis sentie accordée : ma petite note de musique à sa place dans la grande symphonie. J'en ai oublié Ava.

Stéphane me l'a rappelée après le cours de droit commercial. De toute façon, à Paris, la neige n'avait pas tenu.

– J'ai ce que tu m'as demandé.

Il fait glisser vers moi une feuille de papier : du beau travail, tapé à la machine, avec majuscules et mots soulignés. « ROBERTSON est une marque de vêtements style Far West, maison-mère à San Francisco, États-Unis. Ils désirent s'implanter en Europe et commencent par Paris où une boutique sera prochainement ouverte près de la Madeleine. Mme Ava Loriot est chargée du lancement. »

– C'est bien ce que tu voulais ?

Je dis tout haut : « Loriot. » Loriot comme l'oiseau. C'est joli, ça chante, et puis ça casse la cage et ça s'envole. Et un beau jour le voilà qui revient, l'oiseau, vous picorer le cœur, vous chauffer le cordon ombilical. Est-ce bien moi qui fait ce drôle de bruit ? Un hoquet ? Un sanglot ?

– Viens, ordonne Stéphane.

Nous sommes dans l'arrière-salle d'une brasserie appelée L'Étoile. Il attend que ça passe, dessine sur la nappe, écluse café sur café. J'ai envie de lui dire d'arrêter de se *shooter* au petit noir : deux, trois, dix par jour, à quoi ça rime ? J'ai aussi envie de rire de moi qui fuis par les yeux, par le nez, alors que sincèrement je ne sens rien, pas de chagrin, aucune souffrance, rien qu'un vide.

Stéphane se lève. Il complote un moment avec le garçon. Quand il revient, je lui annonce qu'Ava Truc est ma mère. Je l'ai perdue à quatre ans. J'avais fini par m'en passer. Mon père et moi, on se débrouillait très bien sans elle, je n'y pensais plus jamais, enfin presque. Et puis elle débarque à Paris et je ne sais plus qui je suis, ce que je veux ni rien. Elle avait tout fichu par terre en se barrant, elle fiche tout par terre en revenant. Je suis la gamine qui attend l'heure des mamans, et la voilà enfin, mais c'est trop tard, je n'ai plus d'ailes pour voler vers elle.

Quand j'ai fini de débloquer, il y a un croque-monsieur sous mon nez et Stéphane ordonne : « Mange ! » Parce que, à part gribouiller partout, monsieur qui n'a que la peau sur les os, n'aime qu'une chose : s'asseoir en face de vous, vous regarder manger et régler la note par-dessus le marché. Et je lui obéis, je mange quasiment pour la première fois depuis un certain retour de chorale, quatre petits mots-tonnerre prononcés par mon oncle. Stéphane ne me lâche pas des yeux, tout juste s'il ne mâche pas pour moi ; je lui tends une bouchée, c'est non ! Et non pour la salade, et non pour le dessert.

L'Étoile était bondée, il n'y a plus que nous. Deux heures dix. Le droit fiscal est en train de passer à l'as. À quatre heures, c'est le français, ça, j'adore. Lorsque j'ai fini mon thé de Chine, Stéphane demande : « Qu'est-ce qu'on fait maintenant ? » Je réponds : « La Madeleine. » Et il m'embarque.

On se doutait qu'il n'était pas fauché : les chaussures – toujours du cuir –, le loden et ces pots qu'il payait à tout le monde. Mais la voiture de sport, il nous l'avait cachée !

– Un cadeau de ma mère. On n'habite pas tout près, Saint-Cloud. Elle prétend que le deux-roues, c'est la petite chaise assurée, enfin voilà, moi j'ai une mère qui tremble pour moi.

Tandis que nous roulions vers celle qui avait oublié de trembler, je l'ai interrogé sur sa famille. Ils étaient trois enfants : deux filles plus âgées que lui, le tardillon. C'était comme ça que sa mère l'appelait : « mon tardillon », j'entendais « oisillon », on ne sortait pas de la volière ! À part ça les parents de Steph n'étaient pas divorcés, tout le monde s'entendait bien, R.A.S., et pourtant j'avais envie de demander : « Hé, le tardillon, qu'est-ce qui ne va pas ? » J'ai abrégé :

– Tu es content de faire Duguesclin ?

– La pêche... Puisque tu es là.

Jamais encore on ne m'avait dit si fort que je pouvais avoir de l'importance et je suis restée sans voix : tendresse = danger ! On se trompe de destinataire, on va me reprendre cette bouffée d'air, la petite fille sera de nouveau abandonnée, alors elle se sauve pour ne pas souffrir encore plus tout à l'heure. En attendant, comme je ne pouvais ni descendre en marche ni laisser passer un tel cadeau sans répondre, j'ai fermé les yeux et posé ma tête sur l'herbe tendre du loden.

La boutique ROBERTSON se trouvait dans une petite rue derrière la Madeleine. Sur la vitrine, on avait inscrit à la craie : « Ouverture le 5 février. » Si je voulais rencontrer mon oiseau avant qu'il reprenne son envol, mission accomplie, j'avais intérêt à me dépêcher.

Des ouvriers installaient des spots. Une toute jeune femme semblait diriger les opérations. J'ai serré très fort la main de Stéphane et nous sommes entrés.

– Je voudrais voir Mme Loriot.

– Mrs. Loriot est rentrée à son hôtel, a répondu la jeune femme avec un accent américain. Elle repassera dans la soirée. C'est pour quoi ?

Le Mrs. m'avait coupé le sifflet. Stéphane a pris le relais, très pro :

– C'est pour une interview. Et il a ajouté du ton d'un grand acteur : Mme Loriot est bien descendue à l'hôtel Meurice ?

– Mrs. Loriot descend toujours à l'Inter-Continental, a rectifié la femme.

Toujours... Je marchais vite, je courais presque. Toujours ? Chaque fois qu'elle venait en France ? Chaque année, plusieurs fois par an ? J'ai crié : « Ava Loriot est une salope ! » Stéphane n'a pas réagi, rien ! Je l'ai agressé : « Ça ne se faisait pas, à Saint-Cloud, de dire que sa mère était une salope ? » Toujours rien. Et rien dans la voiture, pas même une petite plaisanterie, un dessin marrant sur la buée du pare-brise.

Nous sommes arrivés juste à temps pour le cours de français. Et c'est là qu'il m'a répondu, devant tout le monde, et d'une façon que je ne suis pas prête d'oublier.

CHAPITRE 8

« UN GARÇON D'AVENIR. »

Guérard a écrit cette phrase au tableau, puis il se tourne vers la classe : « Qu'évoque pour nous cette expression un peu rétro ? Garçon, ou fille d'avenir, pourquoi pas, soyons modernes » (rires dans les rangs masculins).

Comme toujours en français on ne se bouscule pas pour répondre.

– Alors personne ? ironise le prof. Le sujet ne dit rien à personne ? Aucun de vous ne s'intéresse à l'avenir ?

– Moi ! dit Steph.

Tous les visages se tournent vers lui, assis à mes côtés au fond de la classe. Ce n'est pas son genre de demander la parole, c'est plutôt celui à se faire oublier pendant les cours. Sous les regards, il grimace et se recroqueville comme s'il regrettait déjà d'être intervenu.

– Monsieur de Montrembert, quelle bonne surprise ! s'exclame Guérard. Si vous voulez bien venir à ma place ?

La « bonne surprise » déroule son long corps et, épaules basses, se dirige vers l'estrade. Quelques imbéciles sifflent.

– Nous vous écoutons. Alors, vous sentez-vous un « garçon d'avenir » ?

Steph se gratte la gorge, le crâne.

– Pour moi, celui qu'on appelait un « garçon d'avenir », menait droit à un « homme arrivé », finit-il par répondre. « Admiration, décorations, génuflexions », bref, ce qu'on appelle la réussite sociale... Il s'interrompit quelques secondes : Et ce garçon-là ne m'intéresse pas, conclut-il.

Il y a des rires, quelques sifflets, Guérard sourit.

– Et peut-on savoir ce qui vous intéresse, monsieur de Montrembert ? Comment voyez-vous votre futur ?

– Justement, je ne le vois pas, répond Steph.

Il l'a dit légèrement, en souriant, pourtant mon cœur se serre.

– Vous ne le voyez pas ?

Maintenant, il regarde ses mains. Il les observe comme s'il leur demandait à quoi peuvent bien servir des mains lorsqu'elles ne dessinent pas, lorsqu'elles ne B-dessinent pas la vie.

– Quand on parlait de « garçons d'avenir », il y avait une autre expression : « vouloir la lune ».

Il relève la tête et se tourne vers la fenêtre et ses carreaux opaques.

– C'était bien de vouloir la lune. Ça m'aurait plu. Mais on y est montés et il paraît que là-haut il n'y a rien de terrible... Il montre, au fond de la classe, les ordinateurs sous leurs housses : Et puis l'avenir, on l'a rentré là-dedans, c'est plus sûr. L'ordinateur répond « plan de carrière, cible, stratégie, chômage », des mots comme ça, rien de vraiment grisant. Il répond même « retraite » avant qu'on ait démarré. Gaffe à l'avenir, plus jamais « Vive l'avenir ! » À nouveau il s'interrompt : Alors tout ça, ça vous donne pas envie de vous magner, laisse-t-il tomber.

Applaudissements dans la classe, courbette de Steph, moi j'ai peur ! Jamais encore il n'a parlé comme ça. C'est sérieux, c'est fragile et exceptionnel ce qui est en train de se passer ici. J'ai peur qu'il s'arrête, qu'il nous laisse tomber.

– Pouvez-vous nous donner une bonne raison de « se magner », monsieur de Montrembert ? demande Guérard froidement.

– L'ennui, c'est que je ne vois pas non plus, soupire Steph.

– Vous connaissez sûrement le proverbe chinois : *Qui s'arrête meurt ?* lance le prof. N'avoir pas d'avenir, ne se fixer aucun but, n'est-ce pas une façon de mourir ?

– Certainement, approuve Steph. On est entourés de morts vivants.

– Et c'est tout ce que vous avez à dire ? Rien à proposer ?

Steph hésite. Il se tourne vers moi, il me regarde brièvement :

– DEVENIR ! me dit-il.

Mon cœur s'emballe, soudain j'étouffe : c'est à cause de moi, je viens de le comprendre, qu'il est monté sur l'estrade. Sans ma petite crise à l'Étoile, ma tête sur son épaule, mon « Ava est une salope » – ce qui est la pure vérité –, il serait resté sagement à sa place. J'ai forcé, sans le vouloir, la porte blindée. Il a sorti du plus secret de lui ce mot que personne n'a certainement jamais osé prononcer dans cette petite salle grise où, si l'on souffle un peu fort, on soulève une poussière de chiffres et d'ennui. DEVENIR. Et il l'a dit, de cette voix-là, chaude, sourde : avec ferveur. Résultat, même les plus débiles sentent qu'il se passe quelque chose, personne ne moufte, silence dans les rangs, gêne aussi : la ferveur, on n'a pas l'habitude, ça vous barbouille.

– Expliquez-nous ça, dit Guérard.

– Avant, on parlait du « devenir » de quelqu'un, répond Steph. Et c'était bien parce que tout commence par là. Si on n'est pas devenu, si on n'a pas trouvé le contact avec soi-même, pas d'avenir. Ou l'avenir des moutons.

– Qui, comme celui des morts vivants, ne vous intéresse pas, je présume, reprend Guérard, l'air agacé. Et comment « devient-on », monsieur de Montrembert ?

Je n'aime pas la façon dont il répète le nom de Steph à chaque question. Je déteste qu'il lui parle comme à un gamin : de haut, de loin. Un gamin gâté.

Steph montre le tableau :

– Je peux ?

– Allez, fait Guérard.

Steph prend une craie et il dessine un bonhomme, genre petit prince sur sa planète, bonhomme ou bonne femme. Il dresse ses cheveux comme des fils électriques et, sous les pieds, il ajoute une énorme prise. À part ça, des éclairs, en veux-tu en voilà.

– Pour devenir, il faut être branché à la fois là-haut et en bas. Là-haut, à notre âge, c'est quasi automatique, constate-t-il. En bas, c'est moins évident parce que ce qu'on nous montre n'est pas toujours très excitant, c'est même parfois franchement stressant. Pourtant, il faut trouver sa prise de terre, sinon…

– Sinon ? demande Guérard.

– Sinon, boum ! crie quelqu'un dans la classe.

Boum ! Crac ! Splash ! Les explosions fusent de partout. Je crie : « Vos gueules », et je ne suis pas la seule. Ils ne voient donc pas, ces imbéciles, que c'est de nous que Steph parle ? C'est nous qu'il vient de dessiner, avec cette force qui parfois nous soulève – chouette de vie, la pêche – pour, l'instant d'après, nous expédier sur le carreau – qu'est-ce qu'on fout là ? on est qui ? on veut quoi ? Steph a mis le doigt sur le malaise, la galère, la zone. Nous n'avons pas encore trouvé notre prise de terre. Nous ne sommes pas encore DEVENUS.

Le silence est retombé. Steph efface son bonhomme, et un peu de lumière s'en va. Cette fois, il a fini ; il fait un pas pour descendre de l'estrade, Guérard le rattrape par la manche.

– Hé là, hé là, pas si vite ! Essayons d'être un peu positifs quand même. Les moutons, les morts vivants, c'est court. Citez-nous une chose, une seule qui vous branche, monsieur de Montrembert, après vous serez libre, promis !

Tout le monde regarde les mains de Steph : il va répondre le dessin, forcément. Il dit : « la poésie » et le mot tombe dans la classe comme une grenade dégoupillée, le vent commence à souffler.

– La poésie, hum… fait Guérard, sans rien sentir. Mais n'est-ce pas plutôt la prise de ciel, la poésie ?

– Justement non, murmure Steph.

Il n'a plus envie de rire, c'est visible. Il en a marre. Guérard le tient toujours par la manche, il se dégage d'un mouvement brusque.

– La poésie est partout, même dans les chiffres, dixit Queneau. Seulement vous l'avez bousillée, comme le reste, le rêve et tout…

– Moi ? J'ai bousillé le rêve et tout ? répète Guérard d'un ton faussement stupéfait.

Steph se trouble. C'est maintenant qu'il devrait plaisanter pour lutter à armes égales avec Guérard qui tente de le ridiculiser. Mais on dirait qu'il ne sait plus, qu'il n'en peut plus. Et il bafouille, et il se plante :

– Pas vous en particulier, monsieur, mais les gens, mais le fric. Il n'y a plus qu'une règle : faut que ça rapporte. La beauté comme le reste. Plus de paysages, plus de silence et la poésie, elle crève – la musique aussi d'ailleurs – d'être débitée en tranches dans la pub. Elle sent le détergent, la poésie, elle pue le pétrole, elle...

C'est là que Guérard s'est mis à rire. Il faut reconnaître qu'il était très drôle, Steph, désopilant même, pour ceux qui ne voulaient pas comprendre, avec son front tout rouge et les gestes désordonnés de ceux qui craignent que les mots ne leur suffisent pas. Guérard a éclaté de rire et cette fois, j'ai senti monter la tempête parce que ce rire, à travers notre ami, nous humiliait tous. Il a consulté sa montre.

– Bon ! Je vois qu'il ne nous reste que peu de temps : essayons d'être sérieux.

Un grand cri, un vrai cri de colère a éclaté dans la salle : « Sérieux ? » Parce que le rêve, la poésie, devenir, ce n'était pas sérieux ? « Hou, hou... » Le visage de Guérard s'est figé. Il a regardé avec mépris ces « petits vernis » auxquels leurs parents payaient Duguesclin, une boîte très chère, et qui, en plus, trouvaient moyen de râler.

– Votre génération, a-t-il lancé...

Le mot s'est perdu dans les clameurs. Steph a fait face au prof :

– L'ennui, a-t-il dit d'une voix sourde, c'est que pour les adultes, c'est cela qu'on est, c'est comme ça qu'ils nous voient : en générations, en catégories ou en statistiques, pas en « personnes », dommage !

Il est descendu de l'estrade et la classe s'est déchaînée. Tout le monde sifflait, applaudissait ou frappait sur les tables. Les murs vacillaient, les chiffres volaient, nous respirions. Nous devenions ?

– Mais qu'est-ce qui leur arrive ? a demandé Steph en reprenant place près de moi.

– On est tous d'accord avec toi ! ai-je crié.

Et il a eu beau lever les yeux au ciel, secouer la tête dans tous les sens comme s'il souffrait, je suis certaine que si j'avais eu un croque-monsieur sous la main, ce coup-ci il n'aurait pas dit non : il n'en aurait même fait qu'une bouchée.

Debout, bras croisés, un sourire condescendant aux lèvres, Guérard a attendu que le calme soit revenu. Puis il a remercié « monsieur de Montrembert de son « spirituel exposé ». Lui, au moins, avait eu la chance d'avoir une famille qui lui permette de s'exprimer et lui parle de Raymond Queneau. Certes, on pouvait dire que l'ordinateur avait pris la place des poètes et des prophètes, c'était comme ça. À chacun de trouver son chemin dans le monde qui lui était offert et, éventuellement, de travailler à l'améliorer.

Guérard a dit ensuite que nul ne pouvait devenir pour autrui. On devenait en crevant le cocon, en s'exposant, se battant, pas en chahutant, en critiquant tout. Et n'était-il pas un peu facile d'accuser la société de sa propre inertie ou de sa peur ? Quant aux enseignants, on leur demandait tout, y compris, en plus de leur travail, de jouer les baby-sitters et les directeurs de conscience. Lui, Guérard, était là pour nous aider à mettre des mots sur nos questions – en bon français et sans trop de fautes d'orthographe. C'était à chacun d'entre nous de faire l'effort de grandir, de nous brancher avec la vie, si possible ailleurs que devant un poste de télévision et sans walkman sur les oreilles.

Le vent était tombé. La petite salle avait retrouvé sa poussière. Un sourire aux lèvres, Steph gribouillait. Le pire était de penser qu'un jour, peut-être, nous serions d'accord avec ces mots-là. Nous aurions débranché la prise de ciel et, nous rappelant ce cours de français, nous dirions : « Nous étions jeunes », comme on dit : « J'étais amoureux », sans plus sentir aucun frisson.

Lorsqu'il a eu fini de nous démolir, Guérard a rangé ses papiers : puisque nous nous intéressions à ce sujet, nous serions sûrement enchantés de lui mettre noir sur blanc, pour dans une quinzaine, ce que le mot « Avenir », ou « Devenir » si nous préférions, évoquait pour nous.

Le temps que je retrouve mon anorak, le manteau de loden avait disparu !

CHAPITRE 9

– Pourquoi as-tu refusé de me répondre hier ? attaque Luc.

Il grelotte près du portail, assis sur sa moto, sous la neige qui tombe à nouveau. Sept heures. Pardon : dix-neuf. Luc habite aussi à Bourg-la-Reine. Nous nous sommes connus à la chorale. Il est ténor, moi soprano. Au début, lorsque j'espérais aimer enfin pour de bon, lorsque les heures pesaient double, que la vie avait la fièvre, nous nous retrouvions dans mon grenier, c'était l'été dernier. Et puis un matin, à l'aube, Lucie-la-fouine débarque de sa colonie de vacances et nous surprend sous la même couette : « Maman, y'a un type avec Patricia… »

« Désormais, tu feras ça ailleurs que sous mon toit », avait râlé papa. « Faire ça »… merci pour les ailes ! Nous nous étions retrouvés sous le toit de Luc, au-dessus de la croix verte clignotante de la pharmacie paternelle.

– Ça fait une heure que je t'attends, qu'est-ce que tu foutais ?

Luc me suit tandis que je gare mon deux-roues. Je suis une toupie qui tourne autour de trois mots : « Ava, avenir, devenir » : les paroles d'une même chanson qui me dévastent la tête, le cœur, et m'empêchent de penser.

– Laisse-moi monter, supplie Luc. Au moins un petit moment.

Il a des yeux de chien battu, j'ai pitié :

– Si tu veux, mais aucun bruit.

Nous nous glissons dans la maison comme des voleurs.

À la cuisine, Lucie assassine Prévert dans une odeur de soupe poireaux-pommes de terre qui achèverait le poète, si besoin était. Deux marches par deux marches et trois en haut sans respirer. Nous y voilà ! Je ferme la porte à clé. Luc ne dit plus rien. Il laisse tomber son blouson, envoie valser ses bottes. Avant qu'il retire le reste, j'annonce :

– C'est fini, Luc. À partir de maintenant, on est bons amis, c'est tout.

Il fait un drôle de bruit en avalant sa salive. Moi aussi, j'ai la gorge serrée : les points finals, je n'ai jamais su les mettre, même au bout d'une histoire terminée.

– Mais qu'est-ce qui s'est passé ? Qu'est-ce que je t'ai fait ? Je t'aime, moi !

Je viens m'asseoir à côté de lui, sur le bord du lit : il ne s'est rien passé, tu ne m'as rien fait, que du bien au début. J'ai aimé qu'il dépasse mes 1,65 m de vingt bons centimètres pour la protection, qu'il étudie la pharmacie avec sérieux, j'ai aimé ses caresses aussi, c'était l'été dernier. À l'automne, les grandes flammes baissaient déjà ; avec l'hiver, le feu s'est éteint. Nous ne devions pas, nous non plus, former un fagot de bonne qualité. Nous avons surtout partagé le plaisir, pas assez les mots. Et si je lui parle d'Ava, si je lui dis ma fatigue, il en fera du petit bois pour ranimer la flamme. D'abord, il m'embrassera pour me consoler, puis posera sa main, là. Trop vite, là. Je l'entendrai respirer plus fort, je l'entendrai s'éloigner et, soudée à lui, je me sentirai plus seule encore de ne pouvoir le suivre.

– Tu ne m'as rien fait, Luc. Seulement, je me suis aperçue que je t'aimais bien, c'est tout.

Ses épaules tombent :

– Tu m'as mené en bateau, quoi !

– Mais non,

– Mais si ! D'ailleurs, on m'avait prévenu : elle prend, elle jette !

– Qui t'a dit ça ?

Il m'a blessée. Ce n'est pas vrai : je ne prends pas, je ne jette pas. Je cherche. Et chaque fois que je crois trouver. Et la première punie, c'est moi. J'ai peur de ne jamais aimer pour de bon. Luc m'entoure de son bras :

– Regarde, tu me rends méchant. Il approche ses lèvres des miennes : Essayons, essayons encore…

Je le repousse :

– Non.

– Salope !

Il se lève, remet ses bottes, attrape son blouson et quitte la chambre. Il descend l'escalier en faisant un bruit d'éléphant. Et c'est à ce moment-là que retentissent dans le jardin les trois petits coups de klaxon : « Bonsoir, me voilà ! » du maître des lieux. On dirait que toute la maison s'ouvre : porte d'entrée, de la cuisine, du salon. Un siècle passe avant que la moto s'éloigne. *Out*, Luc ! De notre fête, il ne reste qu'une plaque de neige sale qui fond sur le plancher et un mot d'adieu : « Salope ! »

Je me cache sous ma couette. Avant Luc, Bernard. Avant Bernard, Alain. Avant Alain, Jérôme, un point c'est tout. Quatre garçons à vingt ans, le compte y est-il pour une salope ? La salope couche avec n'importe qui. Je n'ai pas cessé de dire non. La salope n'y attache aucune importance ; avec chacun j'ai espéré.

Silence au rez-de-chaussée. Qu'est-ce qu'il attend, mon père, pour venir m'engueuler ? « Tu avais promis de ne plus l'amener ici. » Pardon… de ne plus « faire ça ici ». Pourquoi ne monte-t-il pas ? Ça explose et après on n'en parle plus.

Parce qu'Ava s'était barrée, ça n'explosait jamais et l'air était empoisonné. Je n'avais pas le droit d'être punie comme les autres, privée de dessert ou de télé. Je pouvais en faire voir à tout le monde de toutes les couleurs de mon manteau d'Arlequine, je ne récoltais que des soupirs, des regards désolés. C'était tout, c'était pire que tout.

Parce qu'Ava est revenue, on ne règlera pas nos comptes et j'étouffe. Moi, j'en ai marre des traitements de faveur. Il ne monte pas ? Je descends. Il ne veut pas casser le morceau ? Je vais mettre les pieds dans le plat. Et pour commencer, je n'ai pas « fait ça » ici ce soir. Et de toute façon, c'en est terminé de « faire ça ».

Je passe côté cabinet de toilette et rassemble mes petites provisions : pilules et préservatifs. Gratos, les préservatifs ! On n'est pas pour rien fils de pharmacien. J'ai aimé que Luc prenne ses responsabilités sans que j'aie à le lui demander. Génération sida ! Tiens, il a oublié d'en parler, Steph : « Avenir : danger », « Amour : danger. » Gare à l'avenir, gare à l'amour.

L'escalier est sombre. Musique au salon : Mahler, la fête triste. Par la porte entrouverte, je peux voir papa dans son fauteuil, le large, en velours, celui où autrefois nous tenions facile tous les deux. Il écoute, les yeux fermés, dans son costume gris de semaine, celui qu'il met pour aller travailler.

L'avenir, la vie, peuvent aussi se calculer en costumes : l'année où le costume gris à rayures des fêtes est devenu le costume de semaine. L'année où le costume de semaine est devenu le vieux qu'on met le week-end pour bricoler. L'année où on est allé aux soldes acheter le complet bleu marine destiné aux grandes occasions, qui deviendra celui des petites, puis celui du bureau, puis celui du week-end, et ainsi de suite jusqu'au dernier : le costard d'enterrement.

– C'est toi, Patricia ?

Il me regarde venir, l'air las, c'est vrai, quoi, on aimerait bien au moins avoir la paix chez soi !

– Tu as encore amené Luc ici ?

– Pas pour ce que tu crois. Pour lui dire que c'était terminé. Je ne pouvais quand même pas casser sous la neige, le laisser attraper la crève en plus.

Mon humour tombe à plat. Je traîne le pouf jusqu'à ses pieds et m'y installe. J'ai toujours mes petites provisions dans la main : la vraie situation comique.

– Papa...

– Écoute, m'interrompt-il, je voudrais que tu essaies de comprendre. Marie-Laure ne te juge pas, tout ce qu'elle veut, c'est protéger Lucie. Les gosses en voient tellement aujourd'hui, à la télé et partout ! Si certaines règles ne sont pas respectées à la maison, ils sont complètement paumés.

– Mais justement, moi aussi je respecte les règles : jamais sortir avec un garçon sans l'aimer. Ne plus sortir quand je n'aime plus.

Papa hoche la tête :

– Avant de « sortir », comme tu dis, tu ferais mieux

de t'assurer un peu plus de tes sentiments. Tu fonces n'importe comment.

– Comme toi avec maman ?

Cela a fusé de ma déception. Il dit : « Écoute », mais il n'est pas fichu d'entendre, d'essayer de comprendre. Pas mieux que Guérard, finalement. Et il ne parle que de Marie-Laure. Aux oubliettes, ma mère ! Oncle Jacques a dû le rassurer : « Pat a promis de me tenir au courant. » Pas de nouvelles, bonnes nouvelles, c'est cela ? Papa, je sais où elle est, dans le même hôtel que d'habitude. Elle s'appelle toujours Loriot et, sauf en rêve, un enfant n'est encore jamais arrivé à saisir un oiseau en vol. Mais les mots restent dans ma gorge et papa me regarde, stupéfait.

– Comme moi ? pourquoi as-tu dit cela ?

– Eh bien, avec maman, vu le résultat, peut-être que tu as un peu trop foncé toi aussi ?

Il détourne la tête, regarde au loin :

– C'est vrai, reconnaît-il. Tu as raison : j'ai trop foncé.

Cela me tue. Le roi est nu. Mon père est nu à cause de moi. La musique s'est arrêtée. Je me lève. J'ai envie de faire des choses immenses pour lui.

– Je mets l'autre face ?

– Si tu veux.

Je vais tourner le disque. Il est complètement *out* notre vieil appareil, mais le rêve d'une chaîne stéréo-disques-laser et tout, comme celle d'oncle Jacques, s'est volatilisé quand Cher Pavillon est entré dans notre vie. La vie, c'est faire des choix. *Le Chant de la terre* s'élève. Si triste, Mahler ! Malheur. Je reviens sur mon pouf et je pose la tête sur les genoux du costume de semaine. Papa caresse mes cheveux.

– Allez, on n'en parle plus.

Me voilà amnistiée. En gros : pour Luc, Lucie, Ava. Ce n'est pas encore ce soir que ça éclatera. Et comme je n'ai pas le cœur à chanter *Nuit câline, Nuit d'amour,* que cela jurerait avec Mahler-malheur, que mon père n'aurait pas le cœur à en rire, je rembarque mon arsenal et passe à la cuisine.

Le regard noir de Marie-Laure me crie silencieusement mes quatre vérités : « Ah ! que la vie serait douce sans belle-fille. » « Belles-filles, belles-mères », sujet à la mode. Tous les six mois, il y a une émission à la télévision. Les belles-mères ne se sentent pas le droit d'interdire. Les belles-filles ne peuvent pas s'empêcher d'agresser. L'enjeu, c'est l'homme. Pas triche, Patricia, tu n'as rien à lui reprocher à Marie-Laure. Elle est gaie, gentille, elle fait bien le petit salé et le poulet basquaise. Elle a commandé en douce à son Club un livre intitulé : *Comment améliorer la communication en famille.* Il est caché dans le tiroir du bas de sa commode avec *Comment stimuler le désir de votre partenaire.* Je ne vais quand même pas lui en vouloir d'être la mère de Lucie et de rendre le partenaire heureux !

– Qu'est-ce qu'il avait, Luc ? demande Miss-fourre-son-nez-partout. C'est à cause qu'il a téléphoné hier et que t'as pas voulu lui répondre ?

– Pas « à cause que », à cause DE...

– Qu'est-ce que tu lui as dit ?

– Il n'y a plus d'abonnée au numéro que vous avez demandé.

– Il s'est pris un bide, quoi ! conclut Miss-branchée.

– Il s'est même pris une rupture.

Message adressé à Marie-Laure. Elle peut dormir tranquille : plus personne sous la couette de la belle-fille, la petite ne sera pas contaminée. Et pour preuve, je laisse solennellement tomber dans la poubelle mes garde-fous anti-accidents regrettables, mes munitions contre les maladies sexuellement transmissibles, l'amour entre autres.

Qu'on se le dise : désormais, je me préserve des préservatifs.

CHAPITRE 10

D'abord, comme dans les histoires que s'inventait la petite fille lors des Mille et Une Nuits où, en de lointains palais, elle retrouvait la fée Tendresse, il y avait les lumières. Celles des flambeaux brandis par les gardes de ce royaume, leurs chatoiements d'eau précieuse sur le marbre blanc du sol et, lui traçant le chemin, la lumière des lustres, flammes secrètes au cœur d'essaims de perles.

Ensuite, il y avait la musique ! Pas de la musique d'aéroport ou de restaurant à trois sous, mais de celle montant de la pièce voisine où le roi son père ferraillait contre le désespoir, dont les flots lourds l'éveillaient chaque nuit en sursaut.

Enfin, dans l'herbe si verte du jardin intérieur, il y avait toutes ces fleurs, se moquant des saisons ainsi qu'il en était, disait-on, dans le pays nommé Californie.

Et cela – ces lumières, cette musique, ces floraisons, comme autrefois, menait à Ava Loriot.

J'avais pensé qu'on m'arrêterait tout de suite : « Qui êtes-vous ? Que faites-vous là ? » Mais personne ne s'occupait de la fille, sac au dos, qui foulait de ses bottes humides les épais tapis de l'hôtel Inter-Continental et je suis arrivée sans encombre jusqu'à la réception.

Il était six heures du soir ; au fond de canapés bleu nuit, dans de larges fauteuils cramoisis, des gens discutaient, prenaient le thé ou se reposaient comme ce gros bonhomme, sommeillant derrière son journal, lunettes en équilibre au bout de son nez. On se sentait dans un autre pays, coupé du temps et des turbulences, un pays réservé, préservé, aux règles secrètes, forcément observées, et dont les habitants se reconnaissaient sans avoir besoin de parler, par leur façon de marcher, de se tenir, leur façon d'être : un pays dont je n'étais pas.

Deux filles de mon âge, en jeans comme moi, mais en talons hauts, en blousons de fourrure et, sur leur blouson, un large châle coloré, des filles de ce pays-là, pas les filles de Bourg-la-Reine, m'ont frôlée sans me voir. Elles riaient. Un garçon les a rejointes. Ici, Stéphane aurait été à l'aise. Il n'aurait pas hésité, lui, à aller poser ses questions aux employés en uniforme – veste marine et chemise blanche : la tenue de fête de papa, leur tenue de travail à eux – qui officiaient derrière le guichet de bois clair. Il m'a aidée ; l'un des employés était différent : japonais. Je l'ai choisi.

– Mme Ava Loriot, s'il vous plaît.

– Un instant, mademoiselle.

Il a consulté un registre. Il me semblait que ce n'était pas vraiment moi, là. Je ne pouvais être venue chercher ma mère dans ce grand hôtel, c'était une autre qui avait osé prononcer son nom, celle de tous ces rêves, de ces multiples attentes. J'allais me réveiller. Il n'était pas possible, après seize ans d'absence, de retrouver si facilement sa mère. Mme Ava Loriot ne serait pas là. Mme Ava Loriot ne recevait jamais sans rendez-vous. Le doigt de l'employé s'est arrêté sur une ligne.

– Mrs. Loriot, parfaitement. Qui dois-je annoncer, Mlle ?

J'ai répondu : « Patricia de Montrembert. » J'avais tout prévu. Il a décroché l'appareil. Maintenant, j'avais peur, envie de me sauver. J'ai posé ma main sur le rebord du guichet. Ridicules, ces petites bagues à chaque doigt, cette pacotille. Minables, ces ongles trop courts.

– Mrs. Loriot ? a dit l'employé au téléphone. Yes, Mrs. Loriot. Mlle de Montrembert est à la réception.

Il a écouté quelques secondes, puis il s'est tourné vers moi :

– C'est à quel sujet, mademoiselle ?

– Une interview.

J'ai cité le nom d'un journal important. J'avais aussi préparé ma retraite : « Ce n'est rien, je reviendrai. » Je marcherais dignement vers la sortie, puis je foncerais jusque sous ma couette. Et là, peut-être, me réveillerais-je enfin pour de bon.

– Vous pouvez monter, mademoiselle. Mrs. Loriot va vous recevoir : suite 408, quatrième étage, les ascenseurs sont par-là.

J'ai remercié avant de prendre la direction qu'il m'indiquait. Une suite, c'était une chambre avec un salon en plus. Mrs. Loriot réservait-elle toujours la 408 ? Je suivais le tapis à fleurs, le tapis volant, mais attention ! Comme sur les trottoirs de l'enfance, je n'avais le droit de marcher que sur la bordure. Si mon pied dépassait, gare ! Et si je respirais avant d'arriver en haut de l'escalier de notre appartement, ma mère n'y viendrait jamais.

Et si, avant de m'endormir, je ne comptais pas jusqu'à cinquante sans respirer, elle serait morte, disparue, envolée, comme tous les Loriot.

Il y avait quatre doubles portes sur le palier : deux et deux face à face. Je me suis approchée et l'une d'elles s'est ouverte, puis refermée après que je sois entrée. Le bouton magique était donc le n° 4. Bien la peine d'avoir rêvé si haut, traversé les toits, m'être forgé des ailes.

Plusieurs couloirs partaient en étoile du quatrième étage. Les portes des chambres étaient également bleu nuit avec des numéros dorés. Dans les contes d'autrefois, le héros, avant d'atteindre son but qui, en général, était l'amour, devait surmonter toutes sortes d'épreuves : passer des torrents, gravir des montagnes, traverser des brasiers, terrasser dragons ou géants. Tandis qu'en toute liberté, accompagnée par la musique, j'approchais du but, je comprenais que l'épreuve la plus redoutable était en soi-même. Le torrent coulait dans mes jambes, les paralysait, les flammes dévoraient mon cœur et, dans ma tête, géants et dragons m'interdisaient de pousser la dernière porte, celle qui sépare du rêve : derrière cette porte, l'amour peut-être… ou la mort…

Je me suis arrêtée.

– Pardon, mademoiselle.

Un maître d'hôtel m'a dépassée, poussant une table roulante sur laquelle cliquetaient deux coupes. Dans un seau à glace, il y avait une bouteille de champagne et, sur un petit plat argenté, des olives noires.

J'ai fait encore quelques pas. Il a frappé porte 408. Une voix a dit : « Entrez. » C'était une voix masculine. Il est entré, laissant la porte ouverte.

Je me suis sauvée en entendant le rire de ma mère.

CHAPITRE 11

– Moi, dit Lucie, quand je serai grande, j'ai décidé pour mon métier.

– Ah bon ? Peut-on savoir ?

– La télé. Les nanas à la télé.

– Les nanas comment ?

– Les nanas comme ça.

Elle s'échappe de la couette où elle m'a rejoint après le petit déjeuner, court au bout de la pièce et revient en se déhanchant, mi hula-hoop, mi lambada, un bout de langue pointée entre les lèvres, ses yeux de braise fixés sur moi. Ma parole, elle me drague ! Avant qu'elle envoie valser son t-shirt Mickey, je siffle la fin du jeu. La petite fille modèle remonte dans mon lit.

– Où as-tu appris ça ?

– Tu le diras pas à maman, promis-juré ?

– Promis-juré !

– Chez Anne-Sophie, tu sais, quand j'y vais dormir. On regarde Télé-zizi.

– Télé-zizi ?

– Les nanas qui se déshabillent et tout.

– Et ça te tente ? C'est ça que tu veux faire plus tard ?

Nouveau regard de braise, cette fois vers mes « poitrines ».

– Ouais ! Anne-Sophie aussi.

– On ne dit pas ouais ! on dit oui.

Les cloches d'une église annoncent que c'est dimanche : dimanche-volets ouverts.

– Et le Bon Dieu, à ton avis, qu'est-ce qu'il pense de Télé-zizi ?

Parce que la mère d'Anne-Sophie – la grande amie de Lucie, une « vieille » de douze ans – fait le catéchisme. C'est d'ailleurs comme ça que les petites se sont connues : dans la sainteté.

– Faites l'amour, pas la guerre, tranche Miss-68.

On frappe à la porte. Pantalon de velours, chandail breton et large sourire : voici le maître du pavillon.

– Que diraient mes femmes d'aller au cinéma aujourd'hui ? On donne *Le Docteur Jivago* dans le coin.

– L'amour et la guerre, les deux à la fois, dis-je en direction de Miss-Lucifer.

Elle me lance un regard suppliant – chut ! – avant de sauter au cou de son père. Mais c'est moi qu'il regarde : « Tu vois, me dit son sourire, on n'est pas si mal que ça à la maison : on fait des choses, on sort. » Alors, au lieu de le remercier, le rassurer, pourquoi est-ce que je m'entends répondre d'une voix presque indifférente : « Si ça peut te faire plaisir. »

À l'entracte, pendant que Marie-Laure emmenait Lucie aux toilettes, j'ai dit sans regarder papa :

– Je sais où elle est.

Il a cherché sa respiration.

– Et alors ?

– Hôtel Inter-Continental, suite 408, tout près de la rue de la Paix, la plus chère au Monopoly.

Près de l'écran, Marie-Laure et Lucie sont réapparues. Miss Lambada marchant comme si la terre entière avait les yeux fixés sur sa splendeur. Pourquoi avais-je choisi, pour parler à papa, ce moment où il n'aurait pas le temps de me répondre vraiment ? Il a soupiré :

– Que veux-tu que je te dise, Patricia ? Si tu as décidé de la revoir, comment pourrais-je m'y opposer ?

– Et si on y allait tous les deux ?

L'idée venait de me frapper, si pleine d'espoir qu'elle en était douloureuse. Comment n'y avais-je pas pensé avant ? Aller voir Ava ensemble. En seize ans, une blessure a le temps de cicatriser ! La preuve : papa s'était remarié. Et pour savoir qu'il était guéri, il suffisait de l'entendre rire avec sa dulcinée, certains soirs, derrière la porte de leur chambre. Alors pourquoi ne ferait-il pas la paix avec Ava ?

– Jamais ! m'a-t-il répondu entre ses dents. Ne me demande jamais de revoir cette femme.

La rangée de spectateurs s'est levée pour laisser Marie-Laure et Lucie nous rejoindre. L'obscurité s'est faite et le film a commencé. Papa s'était trahi : dans sa voix, j'avais pour la première fois entendu la haine.

La grande scène a éclaté dans la soirée, après que

Marie-Laure ait découvert, au fond du cartable de son cher ange, une plaquette de pilules et un paquet de préservatifs. Lucie et moi faisions un puzzle au salon : cinq cents pièces, un paysage de montagne, un chalet, des sapins, vaches à cloches et edelweiss. C'était le ciel, comme toujours, qui nous posait le plus de problèmes : uniformément bleu sur les monts enneigés.

– Qu'est-ce que c'est que ça ?

Mes petites provisions sont tombées sur le puzzle.

– Les ballons, c'est contre le sida, les pilules contre les bébés, a récité Télé-zizi.

K.O., Marie-Laure ! Son journal à la main, papa est venu aux renseignements. Il a pris les objets du délit et chaussé ses lunettes de lecture pour mieux voir de quoi il s'agissait.

– Où as-tu trouvé ces machins ? a-t-il demandé à Lucie dans un souffle.

Lucie s'est tournée vers moi.

– Ce n'est pas ma faute si mademoiselle fait les poubelles, ai-je dit. C'est moi qui les ai balancés l'autre soir.

– Tu les as « balancés » ? a répété papa.

– Puisque c'est fini avec Luc. On veut que je sois sérieuse ou non ? Faudrait savoir.

Marie-Laure me regardait comme la dernière des sidaïques. Papa a posé la main sur son épaule pour la calmer.

– Tu n'aurais pas pu les balancer plus discrètement ?

Un rire nerveux m'a saisie. J'avais voulu rassurer ma belle-mère, c'était réussi. Elle a cru que je me moquais d'elle.

– Je n'en peux plus, a-t-elle explosé. Vraiment, je n'en peux plus, c'est trop !

Et elle a couru pleurer dans la belle cuisine-salle-à-manger-rêve-de-sa-vie.

– Regarde ce que tu as encore fait... a soupiré papa.

Il a laissé tomber sur le puzzle les pièces à conviction, puis il a rejoint sa femme. Lucie-poubelle, Lucie-fouille-merde, a levé les yeux aux ciel :

– J'en ai marre. On me croit encore au biberon et aux couches-culottes.

– J'ignore où tu en es, mais je te préviens que si tu continues à me couler comme ça, on finira par me vider de la baraque.

Il ne manquait plus qu'elle se mette à pleurer, se sauve elle aussi, me laissant seule devant mes cent pièces du ciel bleu, moi qui ai toujours préféré la nuit, de préférence après la pluie, les nuits mouillées comme mes joues sur lesquelles les lèvres de papa prononçaient sans le savoir le mot de passe : « Arrête, c'est salé », m'ouvrant la porte – toutes larmes versées – des palais des Mille et Un Rêves.

CHAPITRE 12

Les choses avaient commencé à se gâter avec papa quand ma poitrine gauche – qui avait démarré plusieurs semaines avant la droite – s'était mise à me piquer et me brûler à la fois. J'avais une frousse d'enfer qu'il découvre cet horrible bouton rouge ; je l'enterrais sous mon plus gros pull de ski, je m'enfermais à clé dans la salle de bains pour faire ma toilette et le soir, quand il venait m'embrasser, je relevais mon drap jusqu'au menton.

Le jour où cela avait commencé à pousser en bas, je n'avais plus osé le regarder en face. J'avais seulement onze ans, je venais d'entrer au Collège unique et, devant ces phénomènes dont personne ne m'avait parlé, je craignais d'être unique moi aussi.

En plus, à cette époque, l'odeur de papa, surtout le matin quand il se baladait dans son pyjama tire bouchonné avant de prendre sa douche, me dégoûtait complètement. Je m'empêchais de respirer quand il s'approchait, je serais morte plutôt que d'aller manger mon croissant du dimanche dans le lit de cet homme, je ne soufflais plus sur les herbes de la pampa et j'évitais de me laver les dents dans le même verre que lui.

« Je ne suis pourtant pas pestiféré ! » protestait-il en riant.

À qui confier mes inquiétudes ? Côté amies, c'était toujours zéro, comme à la maternelle ou au cours moyen grande section ; je n'avais que Gabrielle, mais bien qu'elle eût treize mois et demi de plus que moi rien de nouveau n'apparaissait sur son corps, j'avais pu le constater en l'espionnant lorsqu'elle m'avait invitée à dormir. Alors, la fois suivante, j'avais pris mon courage à deux mains et je lui avais fait voir un petit morceau du bas. Elle s'était mise en colère : si je ne cachais pas tout de suite ces choses dégoûtantes, elle le dirait à sa mère et je ne serais plus jamais invitée.

Ma honte avait un peu diminué le jour où j'avais surpris, au vestiaire de la salle de gym, des filles de cinquième qui se montraient en riant leurs changements et faisaient des comparaisons. J'avais été complètement rassurée lorsque Mlle Mazagrand, le prof de natation, en passant près de la douche de la piscine que je prenais toujours face au mur, m'avait vue par surprise et s'était exclamée : « Mais ça pousse, mon trésor, bravo ! On dirait que ça pousse... » Elle avait l'air si enthousiaste que j'avais abandonné le pull de ski et même, petit à petit, je m'étais mise à bomber le torse. À présent, c'était papa qui s'enfermait dans la salle de bains pour prendre sa douche et, le soir, m'embrassait de la porte, ce qui m'arrangeait bien car, côté odeur, les choses avaient plutôt tendance à empirer.

Un samedi, où il avait eu une course urgente à faire, tante Claire était montée, en passant à la maison, pour nous dire un petit bonjour. D'une voix qui n'était pas la sienne, plus fine, un peu comme si elle récitait, elle m'avait demandé la permission de visiter ma chambre. Durant la visite, elle m'avait posé mille questions : comment cela marchait-il à l'école ? Est-ce que j'avais des amies, est-ce que je parlais avec elles de certains sujets concernant les filles par exemple, et aussi les filles et les garçons, il n'y aurait rien de mal à ça.

J'étais très intimidée qu'on soit seules toutes les deux, je guettais désespérément le bruit de la clé dans la porte et, en attendant, je répondais : « Oui » à tout, parce que mes antennes – diaboliques, disait papa – m'avertissaient que c'était ça que tante Claire attendait de moi.

Après cela – et papa qui ne revenait toujours pas de sa course urgente –, tante Claire s'était assise sur mon lit. Elle m'avait dit que j'étais une grande fille, et même en avance pour mon âge : « Alors un de ces jours tu auras mal au ventre et, en même temps, tu perdras du sang par le bas. » Il ne faudrait pas m'affoler, cela ne voudrait pas dire une maladie, cela s'appellerait « être indisposée » ou « avoir ses règles », d'ailleurs, ma cousine Gabrielle les attendait d'un jour à l'autre. Le jour où cela m'arriverait, je devrais lui téléphoner tout de suite, sans en parler à papa – affaires de femmes. Sur ce, elle avait sorti de son sac un paquet de douze barquettes autocollantes remplies de coton que je devrais mettre dans ma culotte pour me protéger et surtout, surtout, ne jamais jeter dans les cabinets après usage car c'était le meilleur moyen de les boucher.

Être indisposée… avoir ses règles… me protéger… toutes ces menaces tombaient sur moi comme la grêle. Je n'arrivais plus à respirer à fond et toujours pas de papa !

La voix de tante Claire était redevenue celle d'avant : une voix de maîtresse plutôt sévère, pour m'avertir qu'à partir du jour où l'on avait ses règles, on pouvait attendre des bébés et qu'il fallait se tenir à distance des garçons, par exemple de mon cousin Julien qui, lui, avec ses quinze ans était presque un homme. Je lui avais demandé si Jules avait eu ses règles et elle avait ri derrière sa main. Après ça, elle était enfin partie et papa était rentré presque tout de suite en m'apportant le stylo-plume dont je rêvais et me regardant avec précaution.

Ne rien lui dire, me protéger, me tenir à distance de ce gros boutonneux de Jules, cela m'avait tourné dans la tête pendant toute l'année où j'avais attendu d'avoir mal au ventre et de perdre mon sang en mettant une barquette de tante Claire au cas où, puis un mouchoir de rhume plié en quatre quand j'avais eu fini le paquet. Finalement, c'était Gabrielle qui avait commencé. Elle m'avait appelée au téléphone juste pour me l'annoncer : « Ça y est, moi, je les ai, mes ragnagnas, pas toi ? » Moi, je m'étais décidée le jour du mariage de mon père et c'était Marie-Laure qui m'avait acheté les serviettes par paquets géants à l'hypermarché.

« Tu es une grande fille », avait dit tante Claire à onze ans. « Te voilà une petite femme », m'avait déclaré Marie-Laure à quinze.

Je viens d'entrer en seconde de détermination. J'ai enfin des amis, surtout des garçons. Je m'en tiens à petite distance. J'ai juste laissé Jérôme m'embrasser et je ne suis pas sûre d'avoir aimé ça. Je commence à sortir en boum.

Un samedi – nous n'avons pas encore le pavillon et, dans notre petit appartement, avec Marie-Laure et Lucie en supplément, nous sommes serrés comme des sardines en boîtes –, un samedi encore, où, malgré la pluie, papa est allé faire prendre l'air à Miss-microbe-fierté-de-sa-mère, Marie-Laure entre dans ma chambre. Elle a un peu la même voix de tête que tante Claire pour les règles. Elle s'asseoit, elle aussi, au bord de mon lit : « Tu es une petite femme », m'annonce-t-elle. Une petite femme qui a du succès auprès des garçons, ils n'arrêtent pas de m'appeler à la maison et elle a bien vu que Jérôme Desvignes ne me déplaisait pas, mais si, inutile de protester, « j'ai des yeux pour voir, ma chérie ».

C'est pourquoi elle a parlé de moi à sa gynécologue, une personne très compréhensive, très large d'idées. Le jour où je souhaiterai prendre la pilule, ou autre chose pour me protéger, je pourrai aller la consulter et je n'aurai pas besoin de payer, juste demander la feuille de Sécurité sociale, « tu n'oublies surtout pas pour la feuille de Sécurité, voilà le papier sur lequel je t'ai mis tous les renseignements : nom, adresse et numéro de téléphone. Inutile de parler de ça à ton père : affaires de femmes. »

« Tu es grande... »

À quatre ans pour m'habiller toute seule, sauf les boutons ; à huit pour apprendre que maman ne reviendrait plus, à onze pour le sang, à quinze pour la pilule, toujours trop tôt ! Tu ES, sans me laisser le temps de DEVENIR. Finalement, pour les parents, une bonne façon de se défiler : inutile d'aider à grandir puisque c'est fait !

C'est dimanche à Bourg-la-Reine. Lucie pleure au premier, Marie-Laure au rez-de-chaussée. « Regarde ce que tu as encore fait », a dit papa. La « grande » a gâché le dimanche de tout le monde.

« On me croit encore au biberon et aux couches-culottes », a râlé Lucie. Parions que la petite aura le droit de prendre son temps pour grandir, qu'elle devra patienter pour la pilule.

Sur le mur de mon loft, au marqueur, j'ai taggué le mot DEVENIR. J'aurais voulu être peintre pour le faire exploser. Sur ma chaise, j'ai préparé un jeans propre et sans trous aux genoux. Au pied de ma chaise, mes mocassins neufs. « On devient en crevant le cocon », a dit Guérard. Message reçu ! Demain, c'est décidé, je franchis ma montagne, j'affronte mes dragons, je pousse la dernière porte. Et cette fois sans me faire annoncer.

Quitte à trouver le loup dans le lit de ma reine.

CHAPITRE 13

Elle est seule et elle rit. Dressée au centre du lit, dans un fouillis de boucles rousses, de peau et de dentelle, elle me rit en plein visage, la bouche large ouverte, avec appétit, comme si elle me mangeait.

J'ai frappé. Une voix lointaine a crié : « C'est ouvert. » J'ai poussé la porte, traversé le petit salon, je suis entrée dans la chambre obscure. Dans un bâillement, la voix a soupiré : « Enfin ! Vous en avez mis du temps. » C'était le breakfast que Mrs. Loriot attendait. Je me suis décidée :

– C'est moi, Patricia, votre fille.

Il y eut un silence, un froissement de draps.

– Si tu allais tirer les rideaux que je voie si tu dis vrai ?

Et c'est lorsqu'elle a vu que je disais vrai qu'elle s'est mise à rire. De plaisir, je crois.

Son teint, ses cheveux, même ses yeux, sont fauves. On dirait qu'elle sort du soleil. La reine garde ses bracelets pour dormir. La reine est désordonnée : le jour montre les vêtements jetés sur les fauteuils, abandonnés sur le tapis. Le soleil d'hiver caresse les roses et les lis dans les vases, les raisins noirs dans la corbeille, la panoplie de brosses et de peignes sur la coiffeuse.

– Viens plus près, ordonne-t-elle.

Je ne pense plus, je ne respire plus, je ne suis plus capable que d'obéir. Lorsque mes genoux touchent le bois du lit, elle se penche, détaille mon visage.

– Est-ce qu'on t'a dit que tu avais ma bouche ?

– On m'a dit que je vous ressemblais.

– Depuis quand vouvoie-t-on sa mère ? demande-t-elle avec une moue.

Et soudain elle me tend la joue, j'y pose mes lèvres, son parfum me saute au cœur : c'est celui du fagot.

On frappe à nouveau et cette fois le voilà, son petit déjeuner. « Bonjour, madame. Oh ! pardon, mesdames. » Le même maître d'hôtel que l'autre soir. Il est en train de s'inscrire pour toujours dans ma mémoire, avec sa veste blanche, son nœud pap'et ces grosses lunettes qui lui font des yeux marins. Toujours il poussera dans mon souvenir une table roulante, j'entendrai ce cliquetis de vaisselle. Bonjour, témoin de mes retrouvailles avec ma mère.

– Je vous sers, madame ?

– S'il vous plaît.

Madame se cale dans ses oreillers. Elle est faite pour être servie, pour se lever tard, recevoir des bouquets de roses et de lis, montrer sans y penser les roses et les lis de ses seins par l'échancrure de sa chemise. À Bourg-la-Reine, on est fait pour porter des robes de chambre molletonnées, boutonnées jusqu'au cou, pour prendre son petit déjeuner dans des cuisines décorées de fleurs en plastique.

Le maître d'hôtel pose sur ses genoux un plateau où il a disposé des œufs, des toasts, des fruits, sans compter les pots de toutes sortes et la majestueuse théière. Rien que du beau.

– Attendez !

Elle se tourne vers moi :

– Qu'est-ce que tu veux prendre, Patricia ? Thé, café, chocolat peut-être ?

– Du thé, comme vous.

– Des œufs ?

– Non merci.

– Alors nous partagerons, décide-t-elle.

– Bon appétit, mesdames.

Out, mon témoin ! Le téléphone sonne. Ava parle en anglais. Je suis comme un rocher au pied du lit. Quand elle a terminé, elle me sourit, tapote la place à ses côtés – c'est un lit très large, pour deux.

– Qu'est-ce que tu attends pour venir t'installer ? Mais d'abord, retire-moi cette horreur !

L'horreur, c'est mon anorak neuf avec capuche fourrée, prix réduit-grande surface. Lucie a le même. Ce qu'il recouvre ne semble pas plaire davantage à ma mère. Elle soupire :

– Je vois que personne ne t'a appris à t'habiller, il va falloir que je m'en occupe. Ma pauvre fille, tu es vraiment fagotée.

En picorant ses œufs brouillés, elle m'a appris qu'elle m'attendait. Lorsqu'elle avait su par son assistante qu'une jeune fille s'était présentée à la boutique, quand le réceptionniste avait annoncé une Mlle de Montrembert qui, finalement, n'était jamais montée, elle avait deviné que c'était moi. « Mes diaboliques antennes... » a-t-elle dit. Interrogé, le réceptionniste s'était souvenu du prénom de la mystérieuse jeune fille.

– Patricia ! Une idée de ton père, ce nom, alors qu'il en existe de si jolis. À propos, quel âge as-tu déjà ? Depuis tout ce temps, tu m'excuseras, j'ai oublié.

– Je viens d'avoir vingt ans.

– Vingt ans ! Et ce nom : Montrembert, où l'as-tu pêché ? Tu es mariée ?

Cela a été à mon tour de rire.

– Pas encore. Je l'ai emprunté à un ami.

– Tu as bien fait, c'est un beau nom ! Il faudra que tu me parles de ce garçon... et des autres, a-t-elle ajouté avec un sourire malicieux.

Ainsi, j'étais aux côtés de ma mère, sur son lit ! Lorsqu'elle se penchait son odeur montait – fauve, elle aussi – comme d'un puits qui m'attirait. Le téléphone sonnait tout le temps, chaque fois elle s'excusait avant de décrocher. Elle ne pouvait pas savoir que ces petites pauses m'arrangeaient, me permettaient de souffler, de me reposer le cœur.

Ainsi, je buvais le thé de ma mère, je grignotais les croissants de maman en répondant à ses questions. Lorsque je lui ai appris que j'étudiais la comptabilité, elle a d'abord ri – encore –, puis elle a dit : « Je devine qui est derrière cette idée. » Lorsque je lui ai annoncé que papa s'était remarié, elle a haussé les épaules : « Inutile de me la décrire, je vois quel genre. » Très vite, elle avait poussé le plateau sur mes genoux : « J'ai fini. » Elle n'avait rien mangé, juste grignoté un peu de tout.

– Jean-Baptiste sait-il que tu es venue ? a-t-elle soudain demandé.

– Je ne le lui ai pas encore dit.

– Il va être dans tous ses états, c'est sûr ! Mais tu es majeure, maintenant, c'est toi qui décides et tu peux bien faire ce que tu veux, n'est-ce pas ?

– Pourquoi penses-tu qu'il sera dans tous ses états ?

Le « tu » passait une fois sur deux. Oui, c'était bien ma mère ! Mais pas celle au cou de laquelle on se fait la plus lourde possible quand elle vient vous chercher à l'école. Pas celle dont on caresse en douce les cheveux lorsqu'elle se penche pour remonter la fermeture de l'anorak ou retirer le petit caillou dans la sandale, pas la mère à qui l'on fait des grimaces quand elle ne vous voit pas parce que l'amour, il faut parfois en rire si l'on ne veut pas en mourir. C'était la princesse de mes rêves éveillés, celle qui éblouissait les copines, la mère-oiseau de paradis qui s'envolait si l'on approchait trop.

– Il était si sérieux, Jean-Baptiste... a-t-elle soupiré. Si effroyablement sérieux. Et puis il tenait à te garder pour lui tout seul !

– Peut-être que toi, quand tu es partie, tu n'avais pas tellement envie de m'emmener...

– Mais qu'est-ce que j'aurais fait de toi ! s'est-elle exclamée.

Mes yeux m'ont brûlée. J'ai vite avalé un peu de thé pour dégager ma gorge et cela a fait un drôle de bruit. Elle m'a regardée d'un air étonné. Ce n'était pas une mère à aimer les larmes.

– Ne fais donc pas cette tête-là ! On s'est retrouvées, c'est l'essentiel, non ?

Elle a eu un sourire malicieux : « Attends... »

Elle a formé un numéro de téléphone et s'est mise à parler en anglais. J'ai compris le mot « surprise ». Presque aussitôt un Américain est entré : « *Hello, girl !* »

en me voyant sur le lit, il s'est immobilisé. Il était plutôt beau, cheveux poivre et sel, yeux bleus, des épaules de cow-boy, l'âge de papa. D'un doigt, elle a fermé mes lèvres.

– Jimmy, regardez bien cette fille et dites-moi qui elle est.

Jimmy m'a souri : « Alors c'est vous, la surprise ? » J'aimais bien son accent aussi. Il a détaillé mon visage, puis celui d'Ava.

– J'ai trouvé : *She is your sister.*

Ava a éclaté de rire :

– Ma sœur ? Vous brûlez... encore un petit effort. Il y avait, paraît-il, des mères qui n'aimaient pas avouer l'âge de leurs filles : cela les vieillissait. Avoir une fille de vingt ans semblait amuser beaucoup Ava. Peut-être parce qu'elle était toujours si belle. Lorsqu'il a eu deviné, Jimmy est venu embrasser ma main. « Je te présente mon boss », a dit Ava. Puis ils se sont mis à parler américain très vite et je ne savais que faire de moi ; c'était moi, l'étrangère.

Ava a regardé sa montre et elle a poussé un cri : « Onze heures ! » Elle avait un déjeuner de presse, elle devait passer chez le coiffeur auparavant. Jimmy m'a adressé un clin d'œil : « À bientôt, Pat ! » Il a disparu. « Va vite me faire couler un bain », a demandé Ava d'une voix d'enfant.

La salle de bains n'était qu'un grand miroir. J'y regardais une fille en jeans qui avait tout prévu, les larmes, le rejet, les cris, tout, sauf qu'elle serait une bonne surprise pour sa mère et se retrouverait, penchée sur une baignoire, à tourner des robinets dorés. C'est à cette fille que j'ai fait la grimace.

J'ai remis mes mocassins neufs et pris mon horreur

d'anorak sur mon bras. Ava parlait au téléphone. J'ai dit : « Je te laisse, moi aussi je dois y aller. » Je n'osais pas l'embrasser. Elle a interrompu sa conversation : « Pardonne-moi, *darling*, mais j'ai tant à faire avec cette boutique, je te raconterai, je te raconterai tout, reviens vite, n'est-ce pas ? »

Ma mère qui avait la suite 408, qui était belle, à qui je ressemblais, m'avait appelée *darling*. Ava Loriot, dont on parlait dans les journaux, m'avait dit : « Reviens vite. » Dans le hall de l'hôtel Inter-Continental, je marchais déjà autrement qu'une fille de Bourg-la-Reine. Je me suis arrêtée près d'une statue de bronze représentant une jeune femme qui tenait un instrument de musique. J'ai décidé que c'était moi et, à défaut d'inscrire mes initiales sur elle, je lui ai dit que je chantais. Même que ce soir, j'avais chorale, cela ne pouvait pas mieux tomber. Un touriste est passé, il a cru que je parlais seule et il a regardé d'un autre côté.

En poussant la porte du pavillon – il était une heure de l'après-midi, Duguesclin, impossible ! je ne parvenais plus à aligner deux idées, je tenais à peine sur mes jambes –, j'ai réalisé qu'Ava avait oublié de me demander mon adresse. « Reviens vite… »

Et si je ne revenais pas ?

CHAPITRE 14

La *Messe en mi bémol majeur* de Schubert monte comme une vague souterraine qui peu à peu s'étend, déborde, irrésistible. Elle sourd des profondeurs de l'être : « Seigneur, prends pitié. » Pitié de nous, pauvres arbres humains avec nos pieds prisonniers de la terre et notre tête avide de lumière. *Kyrie !* Le vent passe dans mes branches, la sève circule dans mon sang, brûlante.

M. Delamarre, notre chef de chœur, est ancien chef d'orchestre. Son visage est un vieux fruit auréolé de lichen blanc, ses yeux noirs volent comme deux gros bourdons de l'un à l'autre des cinglés qui, chaque semaine, au lieu de circuler sur deux ou quatre roues, dévorer de la télé ou préparer la tambouille comme tout le monde, viennent chanter à l'église. Dis, Steph, on fait quoi, là ? On branche la prise de ciel ?

Gloria... Il explose. Tempête, éclairs. « Allez-y, donnez-vous, donnez tout », tonne Delamarre. Le cri est libéré, il perce les nuages et une fois là-haut plane, tranquille, assuré : une évidence. Quand papa en avait assez de répondre à mes « pourquoi » de petite fille insatiable, il tranchait : « C'est comme ça et pas autrement. » « C'est comme ça et pas autrement », dit Schubert. C'est comme ça de vivre : le feu et la glace, le coup et la caresse, une super BD dont chacun est à la fois le héros, le bourreau et la victime. Comme ça et pas autrement parce que nous avons tous les mêmes faims, la même fin.

Luc se trouve à quelques pas de moi, parmi les basses. Ses yeux brillants vont de sa partitition à Delamarre. C'est en le voyant chanter que j'ai eu envie de l'aimer. On dirait un petit garçon, l'un de ceux qui ne chahutaient pas, dont je riais mais que j'enviais au fond. Tout à l'heure, quand je suis arrivée, il est venu m'embrasser : « Ça va ? » J'ai répondu : « Ça va ! », et la solitude m'a mordue. Avant de foncer, j'aurais mieux fait, comme disent les pères pleins d'expérience, d'attendre d'en savoir plus sur lui. Derrière le petit garçon sage, j'aurais découvert le garçon amoureux de sa moto, pas fichu de parler d'autre chose que de foot ou de ses examens tandis que la petite, là, dans ses bras, tout près, tout loin, brûlait, elle, de parler de la vie, par exemple, et pourquoi pas de l'amour ?

Le *Gloria* commençait en feu d'artifice, il tourne au pétard mouillé et je vois des plages vides, des fonds marins silencieux comme des tombes, des enfants perdus. On apprend à aimer la musique, à déchiffrer ses histoires à quatre ans, nuit après nuit, les yeux fixés sur le rai de lumière derrière lequel un père, arraché au sommeil par l'absence, cherche dans la magie des sons à trouver la force de vivre quand même, continuer pour la petite Arlequine qui, de l'autre côté du mur, se laisse rouler par le flot.

Elle apprenait que la musique, comme dans ses dessins magiques, fait apparaître ce qui est caché, qu'elle colorie les chagrins, transforme les larmes en perles, comble l'absence, délivre. La musique la menait à la source où l'amour n'est pas encore distribué afin qu'elle en prenne sa part. En l'écoutant, elle que les autres rejetaient, devenait belle et aimée. Je connaissais par cœur des débuts d'opéras ou de messes puisque le sommeil m'emportait toujours avant la fin de l'histoire. La voix des instruments m'était familière sans que je puisse citer leurs noms : celui-là, c'était la forêt, celui-ci le vent et ces autres la mer. Le violoncelle était le bon géant, le violon le prince et toutes les voix de femmes dessinaient le visage d'une seule qui, avec une petite variante, s'appelait Ève comme la première des femmes.

Et c'est ainsi que la musique vous rentre dans la peau, se mêle à votre sang et que la cousine Gabrielle – qui dort très bien, elle, merci !, dont la mère, maman, maman, vient caresser ses cheveux lorsqu'elle rêve qu'elle est perdue et crie la nuit –, peut aller se rhabiller : elle ne chantera jamais aussi bien qu'Arlequine malgré tous les cours particuliers de la terre, parce que derrière les notes, Gabrielle ne sait pas entendre la mer, ni le vent ni l'attente, elle n'a pas vu qu'au cœur même du chagrin peut briller l'espoir comme le diamant d'une secrète couronne.

Et un jour, à Bourg-la-Reine, vous venez, dans tous vos états, demander à un chef de chœur la permission de chanter sous sa direction, quand bien même vous êtes brouillée avec vos clés, vos blanches, vos rondes et toutes ces fourmis les croches, et après vous avoir entendue, il dit : « Oui », un grand oui brûlant et un peu humide en même temps. « Mais où as-tu appris à chanter comme ça, petite ? Tu veux me faire chialer ou quoi ? »

Dans cette messe de Schubert que nous interpréterons bientôt en public, le passage que je préfère se trouve dans le *Credo*, oh ! écoutez-le ! Le violoncelle l'introduit et déjà je décolle ; la voix du premier ténor entre, portée par l'archet : « *Et incarnatus est* », si calme, contenant, acceptant le sombre privilège de vivre : « C'est comme ça et pas autrement. » La voix du second ténor vient se mêler à la première pour former une flamme plus forte, monter plus haut, puis la soprano les rejoint et je crois mourir. Elles disent, ces voix, qu'une femme nommée Marie a donné naissance à l'amour et que l'amour a été crucifié. Nous, le chœur, nous répondons que cet homme percé de clous et d'épines était le fils de Dieu, venu nous apprendre qu'une lumière appelée l'âme ne s'éteindrait jamais. Et que l'on croie ou non à ces choses, on s'en fout. Ce qui compte c'est que tout à coup cette lumière, on y est. Oubliés les pieds dans la glaise, écrasées les bêtes noires des grandes et petites douleurs, est-ce que ça compte vu du soleil ? Et au roulement de timbales, on serait même à deux doigts de se sentir géants pour avoir accepté le « comme ça et pas autrement » de notre foutu destin. Stéphane, il faudra que tu viennes : on parle encore de prophètes ici et la poésie n'est pas morte.

– Mlle Forgeot !

Delamarre me fait signe : la répétition est finie, chacun cherche son vêtement dans les piles. On entend déjà des bruits de moteur sur le parvis. Ce salaud de Luc a filé sans me dire au revoir ; comme si, à partir du moment où je ne voulais plus b… je ne l'intéressais plus, c'est ça ?

– S'il vous plaît, Patricia, deux mots, venez !

Notre chef de chœur prend mon bras et m'entraîne à l'écart. A-t-il remarqué que j'étais distraite, ce soir ? M'a-t-il entendu gueuler – il n'y a pas d'autre mot – oui gueuler : « Donnez-nous la paix », alors que pas une voix ne doit dépasser : ferveur, discrétion, fusion totale ! Mais la paix, monsieur, c'est si beau, j'aimerais tant, c'est pour ça que chaque fois je ne peux m'empêcher de réclamer un peu plus fort que les autres, on ne sait jamais, au cas où on m'entendrait.

– Patricia, voilà, j'ai pensé à vous pour l'un des rappels.

– À moi, monsieur ?

Mon cœur s'emballe.

– Pour le premier – à condition que l'on nous bisse –, je pense aux *Trois Beaux Oiseaux du Paradis* de Ravel, mais ce n'est pas pour vous. Pour vous, je verrais bien la *Nuit* de Rameau.

Je m'arrête :

– Moi, monsieur ? Moi, chanter ? Moi toute seule ?

Mon « petit nègre » le fait sourire.

– Si mes souvenirs sont bons, il n'y a pas trente-six solistes dans ce morceau. Je crois même qu'il n'y en a qu'une. Cela vous ferait-il peur, Patricia ? Vous refusez ?

– Oh ! monsieur...

Sous les yeux incrédules du pauvre chef de chœur, je fonds en larmes. Et quand il m'ouvre les bras, je m'abats sur sa poitrine.

On apprend à vingt ans que la mère perdue peut rire en vous retrouvant. Monsieur, vous venez de me rendre mon rêve. Seule sur le devant de la scène, je chanterai toutes ces nuits où mon cœur éclatait à la vue de quelques perles d'eau aux paupières de la fée. On dit que le bruissement d'une aile de papillon peut, à sa façon, bousculer l'univers et déclencher une tempête. Je veux que ma voix fasse exploser le cri de solitude noué aux tripes de chacun. Tiens-toi bien, le monde ! Et vous tous, préparez les mouchoirs pour que, vous ayant fait pleurer, je puisse rire un peu à mon tour !

CHAPITRE 15

J'ai fait un grand nettoyage de chambre. « Déménager, c'est l'occasion de se débarrasser de ses vieilleries », m'avait seriné papa avant le décollage pour Pavillon-mon-amour. J'avais tout emporté : mes jouets pourris, mes fringues râpées, mes stylos-plumes sans plumes, mes montres sans aiguilles. Jeter, c'était m'arracher de la peau, avoir un peu moins chaud. C'était accepter de grandir ? J'ai bourré deux gros sacs-poubelle de mes vieilleries et je les ai soigneusement rangés dans la pièce débarras à côté des vieilleries de papa : ses pulls en loques, ses pantalons de clodo, ses cartables sans poignée et le très cher tourne-disque pété de ses quatorze ans.

J'ai cédé à Lucie-casse-pieds ! Depuis des lustres, elle me suppliait de lui apprendre une chanson pour la fête des mères, genre *Roses blanches*. Lucie n'a ni voix, ni oreille, ni mémoire, la catastrophe. Devant ma résistance, elle avait été jusqu'à proposer de me payer (on paie bien les pros). Lucie monnaye tout : elle se fait une fortune en louant à ses copains l'ordinateur-jeu que lui a offert oncle Jacques pour Noël, cassettes perdues ou abîmées à la charge de la famille. J'ai accepté gratos pour la chanson et nous avons pris rendez-vous chez moi tous les soirs, toilette faite et leçons récitées. Ce qu'elle mijotait, c'était de chanter en canon avec moi : « Les deux filles ensemble, la tête de maman, j'te dis pas, le vrai glamour ! » Je lui ai dit que pour le glamour, je réservais ma réponse.

J'ai fait un dessert-surprise : un gâteau de carottes à la noix de coco qui a étouffé tout le monde et dont j'ai retrouvé le reste – que papa avait emporté pour son déjeuner – dans la poubelle du voisin.

« Pour ta pénitence, tu réciteras une petite prière », m'avait ordonné le curé quand je m'étais confessée avant ma profession de foi. Je faisais pénitence sans m'être confessée. Coupable de triche, Patriche. Le matin, quand papa versait l'eau bouillante sur mon thé, je me revoyais sur les draps brodés d'Ava, partageant son royal petit déjeuner et le remords me pinçait la conscience. Quand il me regardait avec une question inquiète dans les yeux, je me tournais vite d'un autre côté et le soir où il avait dit : « Patricia se métamorphose en ange », l'ange était devenu écarlate et s'était bien gardé de répondre.

J'ai embarqué Steph direction café de l'Étoile, salle du fond, petit coin de moleskine, lequel, allez savoir pourquoi, alors que je l'avais inondé de mes larmes, s'était rangé à mon insu dans le tiroir aux bons souvenirs. Les yeux secs, cette fois, je lui ai raconté la suite des événements, le breakfast à l'Inter-Continental, la reine dans le lit, les rires de la reine et, depuis, cette sorte d'anesthésie, ce flou dans ma tête, même pas la force de l'appeler, pas sûre d'avoir le désir d'y retourner alors que j'aurais dû jubiler d'avoir retrouvé ma mère, une mère qui, en plus, m'avait bien reçue, souhaitait que je revienne, « et maintenant, Steph, dis quelque chose, n'attends pas le prochain cours de français pour me sortir un mot géant qui explique tout mais ne règle rien ».

Pendant que je parlais, Steph avait dessiné sur la nappe une chambre d'hôpital avec, en réanimation, le même petit bonhomme-bonne femme qu'avec Guérard. L'ennui, c'est que la perfusion – un gros flacon contenant des étoiles – était branchée dans le cerveau.

– Après l'anesthésie, il y a le réveil, a-t-il constaté. Et la souffrance post-opératoire.

– Et de quoi ai-je été opérée ?

– Peut-être bien du dernier bouton de l'ascenseur.

Dans la *Nuit* de Rameau que je répète comme une malade, walkman sur les oreilles n'en déplaise à Guérard, cette *Nuit* que je chanterai, si tout se passe bien, en l'église Saint-Germain-des-Prés, moi toute seule face à l'univers – et chaque fois que j'y pense c'est le coup de poing au cœur –, il y a ces paroles : « Est-il une beauté aussi belle que le rêve ? » Et, un peu plus loin : « Est-il de vérité aussi belle que le rêve ? »

Il me semble que Rameau a écrit ce morceau pour moi. Derrière la porte 408, la vérité m'attendait : je n'en suis pas encore revenue.

– Et toi, est-ce que tu rêves ? ai-je demandé à Stéphane qui sirotait son troisième expresso. Je veux dire, est-ce que tu rêves éveillé ? Est-ce que tu t'inventes des rêves ?

Il a eu ce rire que je n'aime pas.

– Éveillé ou non, je rêve noir, alors j'évite, tu comprends !

Est-ce que j'avais rêvé trop rose ?

J'ai commencé le devoir sur l'avenir. L'avenir, pour moi, c'est avant tout une question d'appétit, de voir, apprendre, faire. Blanc, beur ou black, dans la dèche ou plein aux as, tout commence par la faim que tu as de la vie. Devant l'avenir, il y a ceux qui ne sont jamais rassasiés, ceux qui se suffisent de peu et ceux qui ont perdu l'appétit. Je me suis amusée à faire des colonnes. Appétit moyen : papa et Marie-Laure : pavillon, bœuf-carottes, belote avec les amis le dimanche. Pour papa, la musique quand même. Lucie ? boulimique. Steph ? je me suis empêchée de répondre anorexique, comme ces gens qui se privent de manger parce qu'ils ne savent pas comment manger la vie. Quant à moi, entre Pavillon et Inter-Continental, grenadine et champagne, je ne savais plus comment désirer mon avenir, dans quelle direction tirer ma flèche. De toute façon, je n'avais jamais su. De ce côté-là, pas de changement.

Et Ava ? Je l'ai revue, picorant son petit déjeuner, une miette de çi, une gorgée de ça et on repousse le tout sur les genoux de la voisine. Les yeux plus gros que le ventre, Ava ? J'ai réservé mon jugement et, en attendant, je me suis défoncée tous azimuts : Duguesclin, fée du logis et vocalises.

Elle a appelé dimanche. Il était neuf heures du soir et nous regardions un polar à la télévision. C'était mon tour de me déranger pour répondre, une chance ! Quand j'ai reconnu la voix, le ciel m'est tombé sur la tête, j'étais pétrifiée, rassemblée autour de mon cœur qui cherchait à s'échapper de ma poitrine. Depuis mon premier amour, je n'avais plus jamais ressenti ça.

« Une minute », ai-je murmuré.

J'ai tiré l'appareil dans l'entrée et refermé la porte du salon.

– Mais qu'est-ce que tu fabriques ? a demandé Ava. Tu débarques et puis plus de nouvelles ! Je t'attendais, moi ! L'inauguration de la boutique a lieu mercredi prochain, dans trois jours. Au moins tâche de venir.

Tout bas, j'ai répondu :

– Le mercredi, c'est impossible, je garde Lucie toute la journée.

– Lucie ? Qui est Lucie ?

– Ma petite sœur.

J'ai reconnu le rire. Je l'ai imaginée dans sa chambre, sur son lit. Je me suis revue près d'elle. Champagne ?

– Voilà qu'elle a une sœur maintenant ! C'est tout ? Rien d'autre à déclarer ? Eh bien, tu n'auras qu'à l'amener, ta sœur.

– Je n'ai rien dit à personne. Comment veux-tu que j'explique ?

– Tu n'auras rien à expliquer, a tranché Ava. Tu diras que vous êtes allées chez une amie qui donnait une fête, c'est tout. Tu as une voiture ?

– Je n'ai pas encore mon permis.

Il était convenu que je travaillerais dans la boîte d'oncle Jacques l'été prochain pour me le payer. Ruineux, le permis.

– Vingt ans et pas son permis ! Dire qu'il va falloir que je m'occupe de ça aussi, a soupiré ma mère, mais, en même temps, elle avait l'air contente. Eh bien, tu n'auras qu'à prendre un taxi, je te rembourserai. C'est à cinq heures.

Marie-Laure rentrait à six, papa à sept et, taxi ou non, cela faisait une trotte de Bourg-la-Reine à la Madeleine. J'ai hésité.

– Si tu ne viens pas, tout sera gâché pour moi, s'est plainte ma mère d'une voix de petite fille, n'oublie pas que cette inauguration, c'est un peu ma fête !

– Alors je viendrai, ai-je décidé, mais pas longtemps.

– Si tu parlais plus fort, je t'entends à peine.

– Je viendrai, ai-je répété un peu plus fort.

Je mourais de peur que quelqu'un débarque et me demande qui c'était. J'étais prête à raccrocher à tout instant. Mais si elle rappelait ?

– Comment as-tu trouvé mon numéro ? J'avais oublié de te le laisser.

Elle a ri :

– Quand on veut retrouver quelqu'un, ce n'est pas bien difficile, tu sais ! D'ailleurs, tu m'as bien retrouvée, toi. Il faudra que tu m'expliques comment.

– Par le journal. J'ai une mère célèbre.

– Sais-tu que tu as beaucoup plu au boss ? m'a-t-elle appris d'un ton ravi. Il t'appelle « la sauvageonne ».

– Le boss ?

– Jimmy.

À ce propos, il l'attendait pour aller dîner avec des amis, elle allait devoir me quitter. Dîner, nous, c'était fait depuis belle lurette, c'était Bourg-la-Reine. « Je compte absolument sur toi, viens le plus tôt possible. » Elle a raccroché.

Je suis restée quelques secondes sans bouger. Comme un cri de bonheur m'étouffait : Ava m'avait appelée, ma mère s'était donné la peine de chercher mon numéro, maman avait des projets pour moi. À côté une pétarade nourrie a éclaté et Bloody-Lucie a applaudi. J'ai retrouvé mes esprits. Et mes remords. Impossible de les rejoindre tout de suite, ils liraient ma fourberie sur mon visage.

Je suis allée à la cuisine prendre une boisson fraîche. Quand je me suis glissée au salon, trois têtes se sont tournées vers moi.

– C'était qui ? C'était Luc ? a demandé Miss-met-les-pieds-dans-le-plat.

– C'était une amie. Elle donne une petite fête mercredi, une sorte de goûter d'anniversaire. Elle veut que je vienne.

– Tu m'emmèneras ?

– On verra ça.

– Quelle amie ? a interrogé Marie-Laure.

– Une fille de la chorale.

Papa s'est poussé pour me refaire place près de lui. Il a passé son bras autour de mes épaules. Il avait l'air tout content dans cette famille. Je me suis sentie la pire des dégueulasses.

CHAPITRE 16

Le tapis rouge s'étale, du trottoir à la porte, entre une haie de petits sapins enrubannés. Sur le dais blanc à galons dorés, le nom ROBERTSON clignote. Projecteurs partout, musique western, badauds, embouteillages.

Lucie agrippe ma main :

– C'est là qu'on va ? Tu es sûre ? C'est là qu'elle habite, ton amie ?

– Mais non, idiote, elle n'habite pas là. Là, c'est juste pour la fête.

– Ben dis donc, sa mère, elle doit être riche !

J'ai eu tout le temps, entre RER et métro, de lui raconter ma petite histoire : c'est la mère de mon amie qui donne une fête dans son magasin. « Pour son anniversaire ? – Non ! Pour celui du magasin. » Heureusement, le seul vrai souci de Miss-mandibules était le buffet et j'ai aiguillé sans peine la conversation vers la gastronomie.

Nous nous engageons sur le tapis. C'est nous, les

privilégiées que les curieux suivent avec envie du regard et je n'en mène pas large moi non plus.

« Mesdemoiselles, vos cartons d'invitation s'il vous plaît ! »

Un homme en uniforme de Ranger – chaussures montantes à lacets et chapeau à large bord – nous barre le passage. Le feu prend à mes joues, yeux affolés de Lucie, j'essaie d'expliquer : « Nous avons été invitées par téléphone : Mme Loriot elle-même... » On nous bouscule, des gens qui ont leur carton, eux ! Malgré son sourire, le Ranger n'a pas l'air de me croire : « Désolé, je ne peux pas vous laisser entrer sans invitation. – Alors appelez-la ! » Je me dresse sur la pointe des pieds pour tenter de trouver ma mère. Impossible dans cette foule.

– Pat ! Ava va être *happy* !

Le sauveur : Jimmy. Il m'attrape par le bras, j'empoigne Lucie et nous voilà à l'intérieur, naviguant entre fourrure, smokings, pantalons ou tailleurs de soie, complètement ringardes dans nos petites vestes, nos minijupes et nos bottes. Il me semble que tout le monde nous regarde. Quelle idée d'avoir pris mon sac à dos ! Et puis la voilà !

Elle parle, vive, animée, au centre d'un petit groupe, une coupe de champagne à la main, agitant une masse de boucles rousses. Avec son chemisier de soie dorée, son gilet et sa longue jupe de daim, ce collier de pierres vertes – vertes comme son regard –, qui éclate sur sa peau blanche, elle resplendit, c'est la plus belle !

Et c'est ma mère !

– Ava..., l'appelle Jimmy.

Elle se retourne, me voit, lâche tout : la conversation, les amis, sa coupe qu'elle plante dans la main d'un voisin. Elle lâche tout pour moi.

– Patricia, enfin ! Tu es en retard.

Ses boucles effleurent mes joues, son parfum me caresse et me mord.

– C'est Lucie ?

– Ma petite sœur.

– Le portrait de son père, celle-là !

– Vous connaissez papa, madame ? demande Lucie très poliment.

Ma mère rit :

– Même plutôt bien, figure-toi. Mais voilà un moment qu'on ne s'est vus.

Je retombe sur terre : elle ne devrait pas dire ça ! Comment expliquerai-je, moi, quand Lucie racontera ? « On a vu une dame qui te connaissait... » Lucie finit toujours par raconter. Seul son silence n'est pas à vendre.

– As-tu faim, petite ? lui demande Ava.

Le visage de Miss-doryphore s'éclaire :

– Je n'ai pas goûté, madame, Patriche a dit qu'il fallait se réserver pour le buffet.

Le rire encore, si gai :

– Patriche ? Eh bien Patriche a eu raison.

Elle se tourne vers son voisin, un jeune homme en smoking, ce qui n'empêche ni la queue de cheval, ni les boucles d'oreille :

– David, emmène cette demoiselle au buffet, s'il te plaît. Et veille à ce qu'elle goûte bien. Tout ce qu'elle veut.

Lucie adresse à son chevalier servant un sourire envoûtant, il lui offre son bras, la foule n'en fait qu'une bouchée. Le regard de ma mère s'empare de moi.

– Toi, viens !

Elle a pris ma main et elle m'a entraînée dans un tourbillon. J'ai cessé de penser, je n'avais plus le temps, tout allait trop vite, me frappait trop fort. « Ma fille »... « Patricia »... « *My daughter* »... Ava me présentait à tout le monde, j'attrapais des réflexions au vol : « *charming* », « si jolie », « *délicious* »... Je me savais jolie, charmante, mais pas à ce point-là. On m'offrait du champagne. Qu'était devenue Lucie ? Je n'en revenais pas d'être là, d'être moi : la fille de cette femme que tous fêtaient. Je m'étais dit : « On y va, on dit bonjour, on mange trois gâteaux après cela on file. » Et puis voilà ! Parfois, le visage de papa, Marie-Laure en tablier, venaient troubler le rêve, je remettais à plus tard.

Des mannequins ont défilé entre les invités qui avaient formé une haie : d'immenses filles, chapeaux de cow-boy sur le dos, faisant claquer des lassos ou pointant, souriantes, des armes vers les hommes. Robertson, c'était de la peau très légère : daim, cuir, de toutes les couleurs, avec des clous, des étoiles, des paillettes. On avait envie de toucher, caresser, humer. Robertson ressemblait à ma mère.

Après le défilé, des journalistes l'ont entourée et Jimmy m'a conduite vers le buffet : « Je suis sûr que vous non plus vous n'avez pas goûté... » En effet, et il était temps : le champagne me faisait tourner la tête. Je me suis attaquée aux canapés. Jimmy me regardait d'un air ravi, me désignant ce qui lui semblait le meilleur : « C'est un plaisir de vous voir manger, enfin une fille qui ne fait pas de régime. »

Je l'aimais bien, Jimmy. Il ressemblait à un héros de western, ceux qui sauvent des méchants les filles en danger. Étais-je une fille en danger ? « Dites-moi, Pat, vous ne vous maquillez jamais ? a-t-il demandé, même pas les yeux ? Et vos cheveux, jamais eu idée de les couper ? Je vous verrais bien toute bouclée, comme Ava. »

Je portais des cheveux mi-longs que j'attachais avec un élastique ou un ruban. Aujourd'hui, c'était le ruban. J'ai demandé : « Vous aussi, vous trouvez que je lui ressemble ? – *Terribly* », a-t-il répondu. Vous savez, c'est troublant lorsqu'on vous voit l'une près de l'autre : la grande et la petite. Mais le regard est différent. Le vôtre est... tout neuf. »

Je n'ai pu m'empêcher d'insister – le champagne – « À part les boucles et le maquillage, comment est-elle ? » Il a pris une large inspiration : « *Dangerous... a very dangerous woman.* Tout ce qu'elle veut, elle finit par l'obtenir. *The french seduction.* »

Un soir, quand je ne pouvais pas encore imaginer le visage de ma mère, j'avais interrogé papa : « Est-ce que je lui ressemble ? » Il avait répondu : « De plus en plus » et, dans sa voix, il y avait une souffrance. Jimmy ne me quittait pas du regard. D'une voix douce, il m'a interrogée : « Et vous, Pat, comment êtes-vous ? »

« Mais voyez ce monstre qui fait la cour à ma fille ! s'est exclamée Ava surgissant près de nous. Elle a entouré mes épaules de son bras, rapproché sa joue de la mienne, des flashes ont crépité, des types nous prenaient en photo. Je me suis vite écartée. Le mot de Jimmy résonnait dans ma tête : « Dangereuse. » « Alors, tu t'amuses bien ? » m'a-t-elle demandé. Et, sans attendre ma réponse, elle a dit avec une grimace : « Les gens qui ne savent pas s'amuser sont déjà au cimetière. »

Quand j'ai regardé ma montre, il était presque sept

heures du soir, papa et Marie-Laure devaient être rentrés et je n'avais laissé ni mot ni rien à la maison. L'angoisse m'a dégrisée.

– Où est Lucie ? On doit partir !

– Mais cela ne fait que commencer, a protesté Ava. Il va y avoir un souper...

– Je t'avais dit que je devrais rentrer tôt, tu étais d'accord...

– Ça, certainement pas... Et puis arrête de t'affoler comme une gamine, tu es majeure, non ? À ton âge...

À mon âge, elle me portait dans son ventre. Soudain elle m'a fait peur, je ne l'ai plus aimée. J'ai senti les larmes monter.

– *Let her go home*, a ordonné Jimmy.

Pour lui, elle a retrouvé son sourire : « O.K. ! O.K. !... » Ses boucles ont à nouveau chatouillé ma joue : « Va vite, *darling*, et cette fois n'attends pas trop pour m'appeler. »

Louis I, Louis II, Louis III...

Hip ! hop !, Lucie faisait le singe au milieu d'un petit groupe d'admirateurs. Elle « rappait » Prévert, *Les Belles Familles*, qu'elle avait l'intention d'offrir à Marie-Laure pour la fête des mères, en plus de la chanson que je me tuais à lui apprendre.

Louis IV, Louis V, Louis VI...

Elle aussi avait apprécié le champagne. Elle s'exerce à la maison en vidant le fond des coupes après les fêtes. « Tout ce qu'elle veut », avait dit Ava. Le chevalier servant avait oublié son âge.

Louis XV, Louis XVI, Louis XVIII
Et plus personne, plus rien.
Qu'est-ce que c'est que ces gens-là
qui ne sont pas foutus
de compter jusqu'à vingt.

Hip ! hop ! Les rires ont explosé, les applaudissements. Je l'ai embarquée, aidée par Jimmy. Dans le taxi, payé à l'avance par la maison, elle s'est endormie. Elle a même ronflé.

Moi, je n'arrêtais pas de supplier tout bas : « Plus vite, plus vite... » Il était presque neuf heures quand le chauffeur m'a aidée à transporter Miss-pompette dans le pavillon. Les parents s'apprêtaient à appeler la police.

CHAPITRE 17

– D'où venez-vous ? aboie papa. Où as-tu emmené la petite ?

Cent ans ! Il a l'air d'avoir cent ans, mon père. La « petite » ? Marie-Laure est montée la mettre au lit. Je n'hésite pas une seconde.

– On est allées à l'inauguration.

– L'inauguration ?

– La boutique de maman : ROBERTSON. Il y avait un buffet, du champagne, tu connais Lucie.

C'est dit et je suis soulagée. On va peut-être enfin pouvoir parler tous les deux. Papa me tourne brusquement le dos. Il arpente la cuisine. Tiens, on a ouvert les volets, ce soir : une première ! Une première aussi, M. Forgeot est toujours en costume de bureau. Il n'a même pas troqué chaussures contre babouches. À part ça, le couvert est mis, les serviettes à droite des assiettes, le verre de Lucie rempli d'eau, ses petites pilules contre la bronchite asthmatique à côté.

Papa revient se planter en face de moi.

– Comment as-tu osé ?

– Ava avait insisté. Elle tenait beaucoup à ce que je vienne. Je ne pouvais pas laisser Lucie seule ici.

– Ava tenait à ce que tu viennes..., répète-t-il en un souffle. Tu l'as donc revue, sans m'en parler ?

– J'ai essayé de t'en parler. Chaque fois, tu coupais court, tu changeais de sujet.

À présent, il va vers l'évier, fait couler l'eau, s'en asperge le visage, boit un peu au passage. À la Madeleine, c'est le champagne qui coule et la vie pétille. Il revient, s'asseoit sur une chaise :

– Eh bien parle maintenant, vas-y, je t'écoute.

Je m'asseois près de lui :

– J'avais peur qu'elle me renvoie. Au contraire. Elle a été contente de me voir. Elle m'a présentée à ses amis. Je crois que je lui plais bien.

Il fixe le sol. Sur ses mains croisées, il y a des petites taches brunes. Déjà ! Je me sens coupable. Je le blesse. Et c'est de mon côté que ça bloque. Je voudrais lui dire : « Elle est belle, elle est gaie, elle est d'un autre monde. J'ai besoin de la voir et, en même temps, elle me fait peur. Toute une part de moi-même s'éveille, je ne sais plus où j'en suis mais une chose me paraît certaine : l'avenir, devenir, c'est parti ! Je suis en plein dedans. Je voudrais aussi lui dire : Aide-moi. »

– Papa, essaie de comprendre, c'est important. Savoir ma mère là et ne pas la voir, ce n'était pas possible. Je DEVAIS y aller...

– D'accord, dit-il d'une voix sourde. Je peux comprendre ça. D'ailleurs, je me doutais que tu la verrais. Mais y emmener Lucie, tu n'avais pas le droit. As-tu pensé à Marie-Laure ?

Lucie, Marie-Laure, toujours. Et moi ?

– Lucie ne sait rien. Elle croit qu'Ava est la mère d'une amie. Tu ne seras même pas obligé d'en parler à Marie-Laure...

Il relève brusquement la tête :

– Tu me demandes de mentir à ma femme maintenant ?

« Ma femme. » Mais Ava Loriot aussi a été ta femme, que tu le veuilles ou non. Et on ne s'en sortira jamais si tu continues à la nier, l'effacer. Qu'est-ce qui te fait si peur, en elle ? sa liberté ? sa fantaisie ? Je m'oblige au calme.

– Écoute papa, Lucie est venue avec moi à l'inauguration d'une chouette boutique de mode, un point c'est tout. Nous sommes rentrées en retard, O.K. ! Et elle a bu du champagne. Mais je n'ai pas commis un crime. Et si tu veux savoir, ça fait du bien de sortir un peu de sa petite vie, de voir autre chose, des gens différents, qui vivent autrement.

Le visage de papa est de marbre. Le problème est bien là : il n'a pas envie que j'en sorte, de notre petite vie où tout est calculé, réglé, décidé. Où on met le couvert le matin pour le soir, où ça sent le sommeil. Notre petite vie-volets-fermés. Et soudain je m'en sens prisonnière, j'ai envie de retourner là-bas, où j'ai une mère belle et fière de moi, où Jimmy me demande comment je suis, qui je suis, ce que personne ne songe plus à faire ici depuis belle lurette. Là-bas où l'on sait s'amuser.

– Les gens qui ne savent pas s'amuser sont déjà au cimetière !

Mes mots le frappent en pleine poitrine, ses yeux s'agrandissent, le souffle lui manque. Durant quelques secondes, il ne dit rien.

– Oui, finit-il par murmurer. C'est cela qu'elle disait,

c'est bien cela... Je m'en souviens : le cimetière... Elle disait aussi : « À quoi bon être un jour le plus riche du cimetière. »

Son regard me glace :

– Il ne lui aura pas fallu longtemps, constate-t-il.

– Pas longtemps pour quoi ?

C'est moi qui ai aboyé, cette fois. J'ai peur.

Il hésite :

– Pour rien, dit-il en baissant la tête.

Mais c'est trop tard, j'ai lu le mot dans son regard : « contamination ». Il était aussi dans celui de Marie-Laure lorsqu'elle m'accusait de polluer Lucie avec mes pilules. Un dangereux virus vient du côté d'Ava Loriot, ça y est, je suis prise, protégeons la petite !

Et justement voilà la mère éplorée, brushing en bataille, yeux rouges. Nous nous levons d'un même mouvement papa et moi.

– Alors ? demande-t-il anxieusement.

– Je lui ai donné un bain avant de la coucher. Un bain froid. Elle divaguait : « Louis XI, Louis XII, Louis XIII... »

– Jacques Prévert, dis-je, pas grave.

Marie-Laure se tourne vers moi comme une furie.

– Pas grave ? Qu'est-ce qu'elle a pris pour être dans un état pareil ?

– Rien que du champagne, pas de la dope, juré.

– Patricia ! gueule papa.

De la poche de son tablier, Marie-Laure sort des pièces : il y a de tout, même des dollars.

– Et ça ? Elle l'a eu comment ?

Un rire nerveux me tord le ventre : Lucie-Picsou ! Le spectacle n'était pas gratuit, j'aurais dû m'en douter. Décidément, je l'adore, ma demi-sœur.

– Ne t'en fais pas, dis-je. C'est du travail honnête. Ta fille n'a pas vendu son corps.

– Patricia !

Cette fois, papa a hurlé. Marie-Laure me regarde comme un monstre : pestiférée !

– Désormais, je la ferai garder le mercredi, décrète-t-elle. Tu ne t'en occuperas plus.

– Mets-la donc directement au couvent, elle aura une petite chance de s'en tirer, dis-je.

La gifle de mon père brûle ma joue. Il me pousse vers la porte.

– Va-t'en ! Fous le camp ! Et qu'on ne te voie plus !

Il la claque derrière moi.

CHAPITRE 18

J'avais onze ans et demi et c'était juste après que tante Claire m'ait parlé pour les règles que je ne voyais toujours pas venir.

Elle m'avait invitée, comme chaque été, à passer deux semaines à la mer dans la villa qu'ils louaient en Bretagne, toujours la même parce que les propriétaires n'avaient rien à craindre avec des personnes si soigneuses. Papa était venu nous rejoindre pour quelques jours, la maison débordait, aussi Gabrielle et moi avions eu la permission exceptionnelle de coucher sous la tente au fond du jardin. Généralement c'était Julien et son copain de vacances, mais le copain avait une angine blanche.

J'adorais camper. Cela m'était souvent arrivé avec papa : le toit c'est la nuit, les lumières ce sont les étoiles, le moindre craquement réveille votre instinct comme chez vos ancêtres les premiers hommes. On chauffe sa boîte de lentilles aux saucisses sur un feu qu'on éteint scrupuleusement après.

Là, nous avions seulement emporté un paquet de gâteaux enrobés de chocolat et une Thermos de lait.

Le lendemain matin de cette permission spéciale, Gabrielle avait un rallye où je n'étais pas invitée. Elle s'était levée dès l'aube pour se faire belle parce qu'il y avait des garçons. J'avais entendu la voiture qui venait la chercher, des rires, les portières qui claquaient. Avant de me rendormir j'avais mangé un gâteau et bu quelques gorgées de lait chaud pour me consoler.

Tout à coup, je me réveille en sursaut avec un cœur qui bat très fort. Quelqu'un est entré sous la tente, il ouvre mon sac de couchage et se glisse près de moi. « Dors, ordonne la voix de Julien, ne t'occupe pas, je suis venu à cause des voleurs. »

À la fois, je suis soulagée que ce soit lui et mal à mon aise. Je me souviens des recommandations de tante Claire : se tenir à distance des garçons, surtout de Julien qui est presque un homme. Et bien que je ne sois pas encore tout à fait une femme, quelque chose me dit qu'il ne devrait pas être là. Mais, en même temps, je suis flattée : Julien est en général une vraie brute avec moi. Il n'arrête pas de me rembarrer toute la journée. C'est vrai que je suis toujours à l'asticoter pour une chose ou une autre : la planche à voile, la moto, le ping-pong... une vraie sangsue. J'adore jouer et, quand Gabrielle ne lit pas de romans d'amour ou ne se regarde pas dans la glace, elle fait la gueule. En attendant, Julien souffle très fort sur ma nuque et se serre contre moi ; il a quelque chose de dur dans sa poche, il n'arrive pas à rester en place, je n'ose pas lui dire de partir.

Enfin il avait arrêté de gigoter et nous nous étions endormis tous les deux.

Le jour m'aveuglait. Tante Claire hurlait au-dessus de nos têtes, Julien sortait précipitamment du sac de couchage en renversant la Thermos. Il disparaissait. Papa entrait à son tour sous la tente. Il était en pyjama et tante Claire en robe de chambre.

– J'en étais sûre, criait-elle. Quand je n'ai pas vu Julien dans son lit, j'ai deviné tout de suite. C'est elle qui l'a attiré.

Papa s'approchait. Il était trop grand pour cette tente d'enfant et se tenait plié en quatre.

– Tais-toi, avait-il ordonné à tante Claire. Arrête ! Patricia n'est qu'une petite fille, tu le sais bien.

– Une petite fille, parlons-en ! Tante Claire se mettait à rire, un méchant rire qui mordait : Il n'y a qu'à voir son manège. Gabrielle ne s'y est pas trompée, elle ! Pareille que l'autre avec mon Jacques. Toutes les deux les mêmes.

Alors papa giflait tante Claire, une gifle du tonnerre qui me faisait fermer les yeux et, à son tour, elle disparaissait.

Je versais toutes les larmes de mon corps en répétant : « Ce n'est pas de ma faute. » Papa s'était assis près de moi et m'avait d'abord suppliée de me calmer. En même temps, il entrouvrait mon sac de couchage pour voir comment j'étais dessous. J'avais mon pyjama de froid, mon pull de bateau et mes chaussettes. Il avait eu un soupir.

– Que s'est-il passé avec Julien ?

– Gabrielle est partie à son rallye. Il est venu me défendre des voleurs.

– Qu'est-ce qu'il a fait ?

– Il est entré dans le sac et après on s'est endormis.

– Il n'a pas essayé de t'embrasser ? m'avait demandé papa en regardant le toit de la tente.

Je n'avais pu m'empêcher de rire :

– M'embrasser ? Certainement pas. Tu connais ce vieux Jules... C'est plutôt le genre à vous mordre ou à vous faire des pinçons tournants.

Alors papa m'avait serrée fort contre lui, comme s'il craignait que moi aussi je me sauve en courant et, bien que ce fût l'époque où son odeur me dégoûtait, je n'avais rien montré parce qu'il avait l'air d'être tombé à la mer. Nous nous étions offert le restant de gâteaux avec un gobelet de lait tiède, avant de reprendre le chemin de la maison en marchant dans l'herbe mouillée de rosée qui piquait les chevilles.

– Qui c'est « l'Autre » ? avais-je demandé à papa. Et pourquoi tante Claire a dit qu'on était toutes les deux les mêmes ? Les mêmes que quoi ?

Au fond de moi, peut-être avais-je ma petite idée mais je voulais qu'il me rassure. Il avait serré ma main.

– Oublie ce qu'a dit ta tante. Tu la connais, quand elle est en colère elle raconte n'importe quoi.

Je n'avais plus été invitée en Bretagne.

Tout à l'heure, à la cuisine, quand papa m'a giflée, il a donné raison à tante Claire. La gifle était adressée à celle qui ne valait pas mieux que l'autre, l'autre qui s'appelait Ava et qui était ma mère.

CHAPITRE 19

Du trottoir face à Duguesclin, oncle Jacques me fait de grands signes. Je lâche les copains et le rejoins. Baiser sec sur le front. « Où peut-on être tranquilles ? » demande-t-il.

L'Étoile ? Pas question ! C'est l'astre du petit prince dessinateur qui, magiquement, transforme les mauvais moments en bons. Je désigne un autre bistrot au hasard, la denrée ne manque pas dans le coin. Nous nous frayons un chemin parmi la foule : embouteillage généralisé. Des femmes courent vers le métro, pressées de rentrer chez elles où, sans doute, d'autres travaux les attendent. Ma vie demain ?

– Comment as-tu su que je sortais à six heures ?

– J'ai appelé ta boîte ce matin.

Il y avait donc urgence. Mon père a cafté, c'est ça ? Nous nous installons dans la salle du fond. Toutes les brasseries ont la même odeur : café, bière, carrelage, passage. Certains jours, on la supporte, d'autres pas : les jours où l'odeur de passage l'emporte. Oncle Jacques me désigne une banquette près d'une rangée de plantes vertes en plastique. Chez ma mère, c'étaient des vraies, dans de la vraie terre. Il s'assoit en face de moi, sort un magazine de sa serviette, le déploie sous mon nez. Mon cœur bondit :

INAUGURATION D'UNE BOUTIQUE ROBERTSON

Plusieurs photos accompagnent l'article. Sur l'une d'elles, Ava et moi : nous sommes joue contre joue, nous sourions aux anges. Légende toute simple : « Mère et fille. »

–As-tu décidé de détruire complètement ton père ? demande oncle Jacques.

– Je ne savais pas… Je ne voulais pas…

– Facile de dire ça après ! En tout cas, ce soir-là, c'était plutôt la forme. L'inquiétude n'avait pas l'air de te ronger !

Elle avait entouré mes épaules de son bras, approché son visage du mien : c'était à ce moment-là que les flashes avaient crépité.

– Ta tante est tombée là-dessus par hasard chez son coiffeur, poursuit mon parrain. Imagine que cela ait été ton père ? À part ça, je croyais que tu devais me tenir au courant.

– Mon père ne va jamais chez le coiffeur, c'est Marie-Laure qui officie. Et pour l'inauguration il est au courant : la grande scène a déjà eu lieu.

– Arrête de parler comme ça, rugit oncle Jacques. Arrête de plaisanter sur tout. C'est grave ce qui se passe, figure-toi. Et qu'a dit Jean-Baptiste quand il a su que tu l'avais revue ?

– Rien de bien nouveau. Si ! Une gifle, la première, il faut un début à tout. J'avais emmené Lucie et elle est revenue bourrée.

Oncle Jacques me regarde, et il n'insiste pas. Le garçon vient prendre la commande. En passant, il admire la belle dame sur le magazine. Ava Loriot est sur toutes les photos, ses sourires éclairent la page entière. Elle est comme l'été vu de quatre murs gris. Quand on la contemple, on se sent prisonnier. Elle est la liberté ?

– Apparemment, papa a peur qu'elle déteigne sur moi. On se demande pourquoi.

– Puisque rien ne peut le décider à te parler, je vais m'en charger, déclare oncle Jacques. J'aurais d'ailleurs dû le faire depuis longtemps.

Soudain, j'ai peur.

... Ava Loriot avait dix-huit ans lorsqu'elle avait rencontré papa. Elle était dactylo et vivait dans un foyer. La famille aux États-Unis, cela faisait partie du conte qu'il avait inventé pour me protéger. De père inconnu, de mère évaporée, Ava Loriot était une enfant de la DASS.

C'est là que j'ai commencé à pleurer : « De mère évaporée... » J'avais l'impression qu'oncle Jacques parlait de moi. Il a poursuivi d'un ton moins sévère : malgré les mises en garde de la famille, il l'avait épousée. J'étais venue un an après.

La voix de mon parrain s'est emplie de colère mais, cette fois, ce n'était pas contre moi : lorsque mes grands-parents étaient morts, papa avait mis l'argent de l'héritage dans le bel appartement dont rêvait Ava. Elle s'était débrouillée pour qu'il l'achète à son nom à elle. Peu de temps après, elle avait filé avec un Américain et, de là-bas, sans avertissement, avait tout vendu. Jean-Baptiste s'était retrouvé abandonné et sans un sou.

Le garçon est revenu avec la commande. J'ai vidé mon verre d'un trait.

– Quel Américain ? ai-je réussi à demander. Je ne sais pas pourquoi, je voyais Jimmy.

– Un type dans la mode, un grand industriel plein aux as. Beaucoup plus âgé qu'elle. Je crois qu'il est mort.

Il a allumé une cigarette et, les yeux mi-clos, il s'est offert une profonde bouffée bien polluante. Lucie interdit à papa de fumer. Pour elle, il a décidé de faire un effort. Avec le prix des cigarettes, dans quelques années, il pourra s'offrir la chaîne hi-fi de ses rêves.

– Ton père aurait pu se défendre, au moins essayer, reprend oncle Jacques. Mais pour te garder, il lui aurait laissé sa chemise. C'est d'ailleurs ce qu'il a fait.

– Parce qu'elle voulait m'emmener ?

– Penses-tu ! Elle a dû le lui faire croire. Il lui a tout laissé, à condition qu'elle n'essaie jamais de te revoir.

C'est maintenant, le réveil dont a parlé Stéphane, la fin de l'anesthésie, la souffrance post-opératoire. Terminée, la transfusion d'étoiles. Reste un marché sordide : « Échange gamine contre appart. » Je comprends enfin pourquoi nous avons toujours été fauchés, pourquoi Gabrielle avait toutes les leçons de musique qu'elle voulait, pas moi. Finalement, j'ai été le seul héritage de papa.

Je murmure : « Est-ce que je pourrais boire quelque chose de fort ? » J'ai envie de me péter la gueule. Oncle Jacques hésite, puis il fait signe au garçon et commande un cognac et du sucre. Le cognac est pour lui, j'ai juste droit à deux « canards ». On assume chez les Forgeot. On ne fuit pas du côté des paradis artificiels.

– Pourquoi papa ne m'a-t-il rien dit ?

– C’est l’homme le plus généreux que je connaisse : il voulait que tu gardes une image propre de cette…

– Cette salope ?

Il ne nie pas. Il prend sa tête dans ses mains, comme Steph quand il joue les désespérés :

– Quand je pense que c’est moi qui t’ai mise sur la piste… un comble.

J’ai quatre ans et c’est l’heure des mamans. J’attends la mienne, la plus belle, la plus douce, une fée. « Elle avait envie d’une vie différente, elle voulait être libre », répond inlassablement papa à mes questions. Aucune rancœur apparente, jamais de mots sales. Et la porte pour Constance qui a parlé de « traînée », la gifle pour tante Claire qui m’a comparée à « l’autre ». Pour lui seul, les larmes. Pour la petite fille, tous les rêves possibles. Ma mère était une absence en moi mais, grâce à mon père, c’était une absence lumineuse, le beau passage d’une étoile filante partie au pays de l’éternel printemps. La musique, chaque nuit, me la rendait ; mon espoir d’elle me tendait malgré tout vers l’avenir.

Elle aurait pu être le silence et la nuit.

– Il a bien fait de ne rien me dire.

– Et moi, aurais-tu préféré que je me taise ? demande oncle Jacques d’une voix inquiète.

– Mille fois. Mais je t’aurais bassiné jusqu’à ce que tu me dises la vérité.

– Patriche… dit-il tendrement.

– Hélas !

Je montre la photo. J'ai envie de la mordre, de la déchirer, de la serrer sur mon cœur.

– Qu'est-ce qu'elle est belle quand même !

– Encore plus belle qu'autrefois, soupire oncle Jacques. Je suppose que c'est une femme comblée.

– Mais elle a peut-être changé ? Elle aurait très bien pu me mettre à la porte. Elle m'a accueillie formidablement.

– Se découvrir une fille vive, jolie, intelligente, cela a dû être une bonne surprise.

Je me l'étais dit le premier matin, lorsqu'elle avait ri en me voyant : « une bonne surprise ». Elle avait confirmé en appelant Jimmy.

Oncle Jacques prend ma main :

– Crois-tu que si tu avais été un laideron elle t'aurait bien reçue ?

« *My daughter* »... « Ma fille »... « *so pretty* »... « *délicious* »... C'est non, bien sûr.

– Et maintenant, que comptes-tu faire ?

– Lui balancer ses quatre vérités.

Il sursaute :

– Mais...

– Et personne ne m'en empêchera, je te préviens.

– Tu tiens vraiment à la revoir après ce que je t'ai dit ?

– Encore plus ! Et au moins, je suis avertie.

– Méfie-toi quand même, dit-il en regardant la photo.

– Tu es comme papa ? La contamination te fait peur ?

– Je ne suis pas spécialement croyant, répond oncle Jacques, mais si les mauvais anges existent, elle pourrait bien en être un : un exquis mauvais ange.

« Pareille que l'autre avec mon Jacques », avait hurlé tante Claire sous la tente.

– L'exquis mauvais ange aurait-il essayé de draguer mon parrain ?

Il a un rire :

– À sa façon, Ava draguait tout le monde : hommes, femmes. Dans chacun, elle cherchait son intérêt. Dans chacun, elle prenait ce qui pouvait servir.

– Elle avait des amants ?

– Je ne peux pas te l'affirmer. À part l'Américain, bien sûr.

– Qui sait, je ne suis peut-être pas la fille de mon père.

– Toi ?

Le cri de mon oncle me rend la vie.

– Vas-tu arrêter tes conneries ? Ces yeux qui me regardent sont copie conforme de ceux de ma mère, une sacrée tête de bois, celle-là aussi ! Et je ne compte pas les autres marques de fabrique. Essaie un peu de dire à ton père que tu n'es pas de lui ! Il t'étrangle.

– J'aimerais bien, dis-je.

Oncle Jacques regarde sa montre. Il est plus de sept heures.

– Tu ne veux pas appeler chez toi pour avertir que tu seras en retard ?

– Chez moi, à condition que je ne touche plus à Lucie, on me fiche une paix royale. Et même, moins on me voit...

Ma gorge s'obstrue à nouveau. Je me lève et lui pique son magazine :

– Souvenir...

– Au moins planque-le bien, je t'en supplie.

Les rues sont plus calmes, finie la cohue : chacun chez soi. Oncle Jacques regarde mon petit cube tout rouillé avec inquiétude.

– Tu ne veux pas que je te raccompagne ? La tête ne tourne pas trop ?

– Avec tout ce que tu m'as fait boire, plus le pavé que tu m'as assené, la tête est complètement défoncée, mais on essaiera de survivre quand même.

Il se penche vers moi, m'embrasse longuement, en appuyant, comme on embrasse quelqu'un qui vient de subir un deuil et à qui on essaie de dire un peu plus que les mots complètement usés.

– Veux-tu que j'appelle ton père pour lui parler de notre entretien ?

– Je préfère m'en charger. Il paraît que je suis une grande fille.

– Grande fille ou non, *take care*, dit-il comme je démarre.

Traduction : « Prends soin de toi », ou « prends garde à toi. » Au choix.

CHAPITRE 20

Pourquoi ? Pourquoi ? Pourquoi ? Pourquoi elle est partie, dis ? Pourquoi elle revient pas ? Et qu'est-ce que c'est qu'une « autre vie » ? Et pourquoi la nôtre ne lui plaisait-elle pas ? Pendant des années, j'avais assailli papa de questions auxquelles, patiemment, il appliquait sa médecine douce, et voilà qu'aujourd'hui c'était moi qui donnais les réponses, les dures, les crues : parce que Ava Loriot voulait une vie brillante et pleine de fric, parce que, nous, elle s'en fichait comme de sa première chemise, qu'elle n'écoutait que son bon plaisir.

Parce que personne ne lui avait appris à aimer ?

Quand, après le déjeuner, j'avais rejoint papa dans le jardin, il était en train de « donner de l'amour » à ses rosiers, ça tombait bien. « Donner de l'amour », c'est retourner la terre pour aérer les racines : il en resterait peut-être un peu pour moi. J'avais dit : « J'ai à te parler. » Ma voix ? Il avait dû sentir que, cette fois, il ne s'en tirerait pas en changeant de sujet.

– Vas-y, je t'écoute.

La DASS, l'Américain, l'appartement, j'avais tout déballé. Je croyais en avoir pour l'après-midi, en cinq minutes, terminé ! C'est vite résumé, l'histoire d'un homme quand on ne s'arrête pas aux détails, les chansons le montrent bien : amour, départ et larmes. Et maintenant, nous marchions en silence dans notre parc et, pour me rassurer, chaque fois que je passais près du saule, mon arbre à lire, je m'arrangeais pour frôler ses branches et je me disais : « Bientôt, oui, très bientôt, tout ça ce sera du passé, de l'hiver, je bouquinerai à ton ombre, tu me berceras avec le bruit de papier de tes feuilles. » Par la fenêtre de la cuisine, on voyait aller et venir Marie-Laure. Dans le salon, on entendait les piaillements du dessin animé de Miss-télévore. Cela ressemblait quand même à une famille mais je la regardais comme si j'étais en train de la perdre.

– Maintenant que tu sais, a demandé papa d'une voix sourde, as-tu toujours l'intention de la voir ?

– Plus que jamais ! Faut que j'aille jusqu'au bout.

– Au bout de quoi ?

– Des questions. Toutes les liquider, n'avoir plus à t'en poser, ni à moi : que la situation soit vraiment claire.

Il a soupiré :

– Ma pauvre Patricia, rien n'est jamais vraiment clair dans la vie parce qu'il n'y a pas de réponse unique.

J'avais prévu de le remercier de s'être ruiné pour moi, mais cela n'a pas voulu passer. J'ai demandé :

– Est-ce que tu en veux à oncle Jacques de m'avoir parlé ?

Il a posé sur moi un regard fatigué :

– Je ne sais plus à qui j'en veux.

Soudain, l'angoisse m'a labouré le ventre. Fatigué,

mais surtout résigné, le regard. À me perdre ? J'ai eu envie qu'il gueule un bon coup, qu'il m'interdise de revoir Ava – quand bien même je ne l'aurais pas écouté –, qu'il lutte pour me garder comme autrefois.

Mais mon roc, mon protecteur, mon roi, demeurait immobile, la tête basse, l'air de dire : « J'aurai fait l'impossible, Inch Allah » et je me suis sentie complètement larguée. J'ai crié : « Je t'aime, figure-toi, voilà une réponse claire et, que tu le veuilles ou non il n'y en a pas deux », et je me suis sauvée parce que dire à haute voix « Je t'aime » à son père, quand ça ne vous est pas arrivé depuis des années, qu'on s'est contenté de parler santé, boulot, pluie et beau temps, je ne connais rien de plus difficile, de plus explosif. Et après on a envie de courir se cacher au fond d'un placard, de se boucher les oreilles pour ne plus entendre les détonations dans son cœur.

Enfin, je ressens ça comme ça.

Dimanche, il est allé à Rouen voir Constance qui a la maladie d'Alzeimer. On s'est aperçu de cette catastrophe, il y a un an. Ouvrant sa porte à oncle Jacques qu'elle avait invité à passer le week-end Constance lui avait demandé : « C'est pour quoi, monsieur ? »

Marie-Laure ne l'a pas accompagné : elle est restée protéger Miss-blanche-colombe des dangereuses influences locales. Papa est revenu tout triste. Il a à peine touché au potage Saint-Germain : pois cassés-croûtons-crème, dont il avale d'habitude la moitié de la soupière. « Le pire, a-t-il expliqué, c'est qu'elle a des moments de lucidité. Elle souffrirait moins si elle avait tout à fait perdu la mémoire. »

J'avais été pour Constance une petite fille cruelle. Persuadée que tant qu'elle serait à la maison, ma maman ne pourrait pas y revenir – ma maman qui frapperait des poings et des pieds à la porte et pleurerait de bonheur quand on lui ouvrirait –, j'avais tout mis en œuvre pour qu'elle s'en aille. N'était-ce pas faute de raison de vivre qu'elle avait laissé couler sa mémoire ?

Dans mon devoir sur l'avenir, j'ai marqué : « Il n'y a pas d'avenir sans raison de vivre et la seule raison de vivre ce sont les autres, au moins UN autre. Le regard de l'autre, c'est le soleil et l'eau qui permettent de devenir, le geste de mon père "donnant de l'amour" à ses rosiers en retournant la terre pour que les racines puissent respirer. »

Mais je ne suis pas arrivée à continuer : il coulait de la bile de mon stylo, il me semblait tout à coup n'avoir plus de vrai regard sur moi et ma prose est partie à la corbeille avec la tentative précédente : « L'amour est une question d'appétit. »

Papa a raison : il y a trop de réponses. Donc aucune à laquelle s'accrocher.

– Alors, rien à me rendre, mademoiselle Forgeot ? demande Guérard.

Il lui manque deux copies sur trente-trois : la mienne et celle de Stéphane de Montrembert, absent aujourd'hui, Steph qui me lâche lui aussi ?

– J'ai essayé de faire ce devoir, monsieur, j'ai vraiment essayé, je n'y suis pas arrivée.

– Ne me dites pas que c'est le temps qui vous a manqué : quinze jours !

– Ce n'est pas le temps, monsieur, c'est la lumière. L'avenir, je n'y vois pas très clair en ce moment. Faut que les idées décantent.

Quelques rires.

– Le but de ce travail n'était-il pas, justement, de donner une chance à vos idées de décanter ? remarque Guérard. Si vous veniez nous en exposer quelques-unes, mademoiselle Forgeot ?

Là, il me cloue ! Il n'espère tout de même pas recommencer le petit jeu de l'autre jour ? Il veut se venger ou quoi ? Prouver qu'il est le plus fort ? Trop facile, en l'absence de Steph !

– Non merci, monsieur. Et puis, moi, je ne sais pas dessiner.

Il a un vilain sourire :

– À propos, où est donc passé notre inénarrable humoriste ? Aurait-il eu peur ?

– Mais de quoi ?

Le cri m'a échappé. Que Guérard puisse laisser entendre que Steph a peur de lui me révolte.

– C'est à vous de nous le dire, mademoiselle Forgeot. Moi, je regarde, je vois, je constate. Et, comme par hasard, notre brillant orateur est absent aujourd'hui. Lui... et son devoir.

À nouveau des rires : les lâches ! Le directeur est passé avant le cours pour nous avertir qu'il n'accepterait pas un nouveau chahut. Effacé, l'enthousiasme de l'autre jour, oublié le vent de liberté. Je suis seule.

– Alors, mademoiselle Forgeot ?

Tous les yeux sont tournés vers moi, ironiques me semble-t-il. Seul le regard de Steph me voyait vraiment. Et mal dormi cette nuit... et mal au cœur... Je me lève, rassemble les affaires.

– Alors merde !

Je sors dans l'explosion des murs.

C'est Lucie qui a découvert le pot aux roses dans la pièce débarras. Je ne sais pas ce que les parents lui avaient dit après la soirée catastrophe, mais depuis, Miss-champagne me regardait d'un œil précautionneux et fouinait partout. Croyant fouiller dans mon sac à vieilleries, elle est tombée sur celui de papa et, dans une chemise en loques, elle a trouvé des lettres, des dessins et quelques objets en bois ou en carton, barbouillés de peinture. Les cadeaux pour Noël ou la fête des Mères qu'on faisait de ses mains à la maternelle grande section et ensuite au CM1. « Tu les enverras à maman dans sa Californie ? Promis ? – Promis, ma chérie, demain. – Mais pourquoi elle répond jamais pour dire merci ? – Elle te dit merci dans son cœur. »

La mine gourmande, Lucie-vampire a posé son butin sur ma couette :

– Regarde ce que j'ai trouvé.

Quand j'aurai quatre-vingt-dix ans, mettez-moi sous le nez trois ronds de serviette avec des oiseaux peints et je recommencerai à attendre. Les couleurs avaient plutôt bien tenu.

– C'est de quand tu étais petite ?

– C'est de quand j'étais petite et débile comme toi.

– J'ai juste lu un peu les lettres, a avoué Lucie, dis donc, bonjour l'orthographe.

L'œil hypocrite, elle a pris – soi-disant au hasard – l'un des ronds de serviette : « Cet oiseau-là, c'est le papa, n'est-ce pas ? » J'ai acquiescé. Les plumes étaient d'un brun uniforme, il avait un gros œil rond et un long, long bec. Le doigt de Lucie est venu se poser sur le second rond : « Et celui-là, c'est l'enfant ? » J'ai ri : « Qui veux-tu que ce soit d'autre, le grand-père ? » Une espèce de poussin tout jaune, sans ailes. J'avais bâclé.

À présent, elle hésitait : nous abordions le vif du sujet. Du menton, elle a fini par désigner, sur le dernier rond, l'oiseau aux couleurs foudroyantes. Lorsque je l'avais peint, je ne savais pas encore que, dans la nature, la femelle est toujours moins colorée que le mâle car, pour protéger la couvée des prédateurs, elle doit se confondre avec l'environnement.

Comme elle ne se décidait pas, j'ai parlé pour elle.

– Celui-là, c'est la mère. Regarde bien sous l'aile...

– Ah oui, l'œuf ! Il dépasse un petit peu, s'est exclamée Lucie-faux-jeton, comme si elle le découvrait seulement, comme si elle n'avait pas étudié le problème avant de m'apporter les pièces à conviction.

Les yeux brillants, elle m'a regardée bien en face :

– Tu sais, Patmouille, elle est vraiment magnifique, la mère ! Tu as vraiment du pot d'avoir une mère extra comme ça, moi j'aimerais bien.

Sa façon de m'avertir qu'elle savait chez qui elle avait assassiné Prévert mercredi dernier. Sa façon aussi de me tendre un mouchoir : Miss-bonté d'âme...

J'ai d'abord envisagé une incinération dans un coin de notre parc, là où Jean-Baptiste-le-jardinier brûle avec ardeur ses trois feuilles mortes, ses quatre mauvaises herbes, les brindilles pourries de sa majesté le saule ou de Mlle l'Aubépine. Mais quand Ava Loriot a appelé pour me demander si je l'avais complètement oubliée, lorsqu'elle m'a suppliée de venir déjeuner avec elle, j'ai changé d'avis. Je remettrai mes cadeaux à leur destinataire.

La fête des Mères n'a pas de saison !

CHAPITRE 21

Elle m'accueille avec un sourire heureux : « Viens, je t'offre un bon déjeuner. »

À l'entrée de la salle à manger, un maître d'hôtel me débarrasse de mon anorak. « Vous gardez votre sac, mademoiselle ? » Mon sac à dos, mon sac-cadeaux. « Je garde. »

On nous installe à une table près de la verrière, avec vue sur jardin, fleurs printanières, bassin d'eau bleue, femme de pierre blanche. On présente à nos précieux postérieurs des fauteuils de velours rouge. Ava porte une robe de soie légère, je suis en chandail de sports d'hiver. À Bourg-la-Reine, au réveil des Forgeot, il faisait moins cinq degrés.

– Comment es-tu venue ? demande ma mère en dépliant sa serviette.

– Sur ma Harley-Davidson.

– J'espère que tu mets de la crème sur ton visage, sinon à trente ans, tu ressembleras à une vieille paysanne bretonne.

Je ne peux m'empêcher de rire :

– Tu en as connu beaucoup, des vieilles paysannes bretonnes ?

Son visage se rembrunit.

– Quand j'étais petite…

Il faut attaquer tout de suite sinon je n'aurai plus le courage. Et en gardant le silence, en répondant aux sourires d'Ava Loriot, j'ai l'impression de trahir tout le monde, surtout le monsieur aux rosiers à qui j'ai dit que je l'aimais : y aurait-il, pour cet amour-là aussi, plusieurs réponses ?

– Oncle Jacques m'a parlé de toi, dis-je. Oncle Jacques, tu sais ? Le frère de papa.

Le regard de ma mère devient dur :

– Pas difficile de deviner ce qu'il t'a raconté : il me détestait. Il m'a détestée dès le premier jour ! Et sa femme encore plus. Comment s'appelle-t-elle déjà ?

– Claire ! Si ça peut te consoler, elle ne m'aime pas moi non plus.

– Prends ça pour un compliment.

Le garçon pose devant nous deux coupes de champagne, olives, noisettes.

– J'ai fait le menu d'avance, m'annonce ma mère. Je ne voulais pas qu'on soit dérangées, j'ai plein de choses à te dire.

Je ne réagis pas. Elle me regarde, soupire :

– Allez, vas-y, vide-le, ton sac ! Que t'a sorti saint Jacques sur l'affreuse Ava ?

L'angoisse me noue la gorge. J'ai envie de crier : « Arrête de plaisanter sur tout, c'est grave, ce qui se passe », comme « saint Jacques » l'autre soir.

– Il m'a dit que tu m'avais laissée à papa contre un super appart.

– Ça peut se raconter de cette façon, admet-elle en hochant la tête. Ce qu'il a oublié d'ajouter, c'est que le « super appart », ton père avait insisté pour le mettre à mon nom. Je n'avais jamais rien eu à moi. Quand je suis partie, je l'ai vendu.

– Et moi, je n'étais pas à toi ?

C'est la petite fille qui a crié. Décidément, elle est incorrigible, cette petite fille ! Elle crâne auprès de son oncle, joue les blindées avec son père : « Vous allez voir ce que vous allez voir », et puis mettez-la en face de sa mère et boum badaboum, ça recommence à revendiquer, ça refuse d'accepter les faits. En plus, elle ne sait pas se tenir, la gamine, les gens commencent à la regarder d'un drôle d'œil, elle gêne, elle dérange.

Ce dont – et c'est tout à son honneur – se fout visiblement Ava.

– Je croyais t'avoir déjà expliqué que je ne pouvais pas t'emmener, dit-elle calmement. Je circulais tout le temps. Et puis zut, c'est vrai, je ne me sentais pas mère !

– Parce que tu n'avais pas eu de mère ?

Son visage s'éteint, elle n'est plus belle du tout.

– Je vois qu'on ne t'a rien caché.

– Non ! Même pas la DASS.

– Je n'ai pas envie d'en parler, se plaint-elle. Tous des salauds, là-dedans. Et dans les familles, c'était encore pire. Ils ne pensaient qu'à profiter de moi, les hommes surtout.

Deux garçons en veste blanche posent devant chacune de nous les assiettes de hors-d'œuvre : « Salade de homard », annoncent-ils d'un ton solennel. Les médaillons sont posés au centre d'un jardin de poupée, petites feuilles rouges et vertes, œufs de caille, légumes miniatures.

– Et que t'a dit d'autre ce cher Jacques ? interroge ma mère.

– Que tu t'étais fait enlever par un Américain... Je m'entends rire : Tu es sûre que je suis bien la fille de mon père, au moins ?

Malgré ce que m'a dit oncle Jacques, l'idée n'a cessé de tourner dans ma tête, la nuit surtout. Le regard stupéfait d'Ava me rassure une fois pour toutes.

– La fille de Jean-Baptiste ? C'était le premier homme propre qui me touchait. Tu ne crois quand même pas que je me serais amusée à aller avec un autre.

– Tu l'as donc un peu aimé ?

À nouveau, j'ai crié. Elle met un doigt sur ses lèvres.

– Le prince charmant ! Seulement, à peine la bague au doigt, il a voulu me mettre un tablier et des chaussons : que veux-tu, ce n'était pas pour moi.

Je demande plus bas :

– Et l'Américain, il était pour toi ?

– Lui, il n'a jamais cherché à m'enfermer. C'était un grand bonhomme dans la mode, il m'a mis le pied à l'étrier. T'ai-je dit que Jimmy était son neveu ?

Je n'ai plus de mots, plus de questions. Ce serait tellement plus facile si elle cherchait à s'excuser, ou à maquiller la vérité. Mais non ! Elle dit tranquillement : « Voilà, je suis comme ça, je n'y peux rien », et vous vous retrouvez désarmée.

– Ça te va maintenant ? demande-t-elle avec un sourire. Le sac est vide ? On peut passer à des choses plus gaies ?

– Juste un détail...

De mon sac, je sors tout le mélo : lettres d'amour, dessins et ronds de serviette. J'expose autour de la salade de homard. Elle écarquille les yeux.

– Bonne fête ! dis-je. J'ai retrouvé ça au grenier. Apparemment, le prince charmant oubliait de faire suivre.

Elle prend un rond au hasard, le regarde, gratte l'oiseau de l'ongle. Nous n'avons toujours pas entamé nos hors-d'œuvre et le maître d'hôtel fixe notre table d'un œil désapprobateur. C'est le souk sur sa belle nappe. Cela ne s'est jamais vu d'étaler ainsi ses petites misères au restaurant de l'Inter-Continental ! Et qu'attend Ava Loriot pour rigoler en lisant ma prose pleine de fautes ?

– Quand j'étais môme, dit-elle d'une voix crispée, moi aussi je faisais des trucs comme ça pour ma nourrice : la Bretonne toute ridée, justement. Son cœur aussi devait être ridé, le jour où j'ai découvert mes petites merveilles dans la poubelle, je n'ai plus recommencé.

Elle pose sa main sur la mienne, sa main faite, main de fée qui n'a qu'à lever sa baguette pour obtenir tout ce qu'elle veut.

– Je suis contente de t'avoir retrouvée, Pat. Tu es ma seule famille. La première.

C'est là que j'ai cessé de contrôler. *Out,* la colère, les grandes résolutions de froideur, de distance. Ne restait qu'un gros chagrin. Avec cette découverte : l'amour perdu ne se rattrape pas. Je ne serais jamais une petite fille heureuse courant vers sa maman à la sortie de l'école. Je ne lui tendrais jamais, morte de timidité, éperdue de fierté, des objets minables et uniques confectionnés en cachette pour sa fête. Je ne caresserais jamais en douce les petits frisons sur sa nuque tandis qu'elle attacherait la bride de mes sandales. J'aurais mieux fait de brûler ces objets, c'était du mort et enterré.

Sans rien dire, elle m'a tendu ses mouchoirs en papier. Tout le paquet y est passé.

Nous avons quand même fini par le manger, ce homard, et la lumière est revenue sur le visage d'Ava. Elle avait une bonne nouvelle à m'annoncer : le week-end prochain, nous allions à Deauville, elle, Jimmy et moi. Nos chambres étaient réservées au Grand Hôtel, la voiture louée. Pendant que Jimmy jouerait au golf, nous ferions du shopping toutes les deux.

– Tu m'as souhaité la fête des Mères, ce sera la fête des Filles, a-t-elle déclaré avec enthousiasme.

Ma réponse semblait ne faire aucun doute pour elle. J'ai parlé avec précaution.

– Cela ne va pas être facile ! Quand papa a su que je t'avais revue, cela ne s'est pas très bien passé, alors tout un week-end...

Elle a pris sa voix enfantine : d'ici une quinzaine, elle serait repartie pour les États-Unis, je n'allais tout de même pas lui refuser deux jours ? Deux petites journées avec moi ? « Tout ce qu'elle veut, elle finit par l'obtenir, avait remarqué Jimmy, *the french séduction.* » En ce qui me concernait, c'était plutôt *the mother seduction* et, alors que je discutais encore, je savais parfaitement que, pour rien au monde, je n'aurais manqué ces deux jours à Deauville avec elle. Mais, des deux, qui était la mère ? Avec ses yeux suppliants fixés sur moi, elle renversait les rôles : elle était la gamine qui espérait, j'étais l'ingrate qui voulait mesurer l'amour. Je n'ai pas tenu très longtemps.

– C'est d'accord, je viendrai.

Elle a battu des mains. Elle m'a dit : « Merci. » J'ai compris le plaisir que l'on pouvait éprouver à céder à Ava Loriot. Elle devenait encore plus belle lorsqu'elle avait gagné, elle pétillait de tous côtés : jack-pot !

Il a été convenu qu'elle me prendrait à Duguesclin

samedi à midi. Je lui ai fait promettre de ne pas me rappeler à la maison. « Je vois que ton père me déteste toujours autant », a-t-elle remarqué. Je n'ai pas répondu.

Après le homard, nous avons dégusté de minuscules et fondantes côtes d'agneau et elle a tenu à ce que je prenne un dessert. L'heure passait. Comment lui dire : « J'ai cours », me lever et la planter là avec ses ronds de serviette et ses lettres d'amour ? Au point où j'en étais, j'ai accepté le café. C'était fichu pour Duguesclin, je rentrerais direct à la maison et travaillerais Schubert, et travaillerais Rameau.

J'ai été sur le point de lui apprendre que je chantais, quelque chose m'a retenue : la peur qu'elle n'en sourie. Pourrait-elle jamais comprendre que c'était grâce à elle, ou à cause d'elle, que la musique faisait partie de ma vie ? Qu'elle s'était engouffrée comme un torrent, nuit après nuit, dans le vide laissé en moi par l'absence ? Que la plus légère des sonates, comme le plus grave des opéras, brilleraient toujours pour moi de l'éclat perlé des larmes, du clair obscur de l'attente, de l'or lointain de l'espoir. Et que si aujourd'hui je chantais, en criant quelquefois un peu trop fort, c'était encore et toujours pour elle.

Pour Ava qui, finalement, n'était ni la fée ni la salope, mais simplement une petite fille qui n'avait pas eu de mère. Comme moi.

CHAPITRE 22

Les uns avaient surnommé Schubert « petit champignon », ceux qui ne voyaient en lui que l'amuseur, le gentil garçon qui se mettait au piano, histoire de faire danser les amis. Quelques autres, qui savaient aller au-delà des apparences, l'appelaient « le voyant », l'homme qui, par son génie, ouvrait la voie à cette mystérieuse émotion qu'on appelle la beauté.

Schubert composait comme il respirait. Il composait pour respirer. Il était pressé. On aurait dit qu'il savait que le temps lui était compté, alors vite, il lui fallait devenir tout à fait celui qu'il était : un créateur. Vite, pouvoir dire JE, à lui-même et à tous. Schubert est mort à trente-deux ans.

J'ai repris mon devoir sur l'Avenir. J'avais à me faire pardonner le gros mot de lundi dernier. J'y ai balancé toutes mes idées : l'appétit plus ou moins grand de la vie, le regard indispensable des autres. J'ai aussi écrit qu'avec notre musique personnelle et unique, notre faim d'être compris, notre difficulté à devenir nous-même, nous étions tous un peu « petit champignon ». Titre du devoir : « Moi, Schubert. » Tête de Guérard !

Plus que trois semaines avant le concert du siècle en l'église Saint-Germain-des-Prés, mon cœur explose lorsque j'y pense. Je veux que l'église déborde, que le monde entier m'entende. À cet effet, je me suis portée volontaire pour déposer des affichettes chez tous les commerçants de Bourg-la-Reine. Le journal du coin parlera de nous, la radio locale aussi.

Après la dernière répétition, notre chef de chœur m'a retenue :

– Alors, cette *Nuit ?* Fin prête pour la prochaine fois ?

L'église s'était vidée, nous y étions seuls à présent. J'ai dit :

– Je peux vous montrer tout de suite.

– Chiche ! a-t-il répondu.

Il s'est mis dans l'ombre pour m'écouter.

Oh nuit, viens apporter à la terre,
Le calme enchantement de ton mystère.
L'ombre qui t'escorte est si douce,
Si doux est le concert de tes voix chantant l'espérance…

C'est difficile de chanter *a cappella*. On se sent nu, fragile, presque indécent. Heureusement, Delamarre avait fermé les yeux.

Est-il de vérité aussi belle que le rêve ?
Est-il de vérité plus douce que l'espérance ?

Lorsque j'ai eu fini, il m'a fait signe de venir près de lui et il a commenté : grosso modo, c'était ça ! Sûr, j'allais faire des jaloux et il ne regrettait pas son choix, mais attention : j'avais tendance à me laisser un peu-beaucoup emporter par l'émotion, je devais mettre la pédale douce, mieux tenir la bride à mes sentiments.

– Si tu cries, ils n'entendront que toi, pas eux.

Car tel était le rôle de l'artiste : faire vibrer en chacun la corde sensible, exprimer son chant le plus profond.

– Et qu'exprime-t-il, ce chant ?

– Pour les plus vernis, l'espoir de ne pas voir la vie se terminer sur rien. Aux autres, au commun des mortels, il dit qu'ils ne sont pas complètement seuls : la beauté rassemble.

J'ai demandé :

– Croyez-vous que j'aie une petite chance de chanter ? J'ai peur qu'on ne nous bisse pas. Et je n'ai pu m'empêcher d'ajouter : C'est très important pour moi.

En souriant, il a désigné le cierge tout neuf qui brûlait devant une statue de la Vierge. Avec ses cheveux blancs moussant autour de son visage, il aurait fait un saint Joseph extra.

– Est-ce pour ça que tu te fends d'un cierge à chaque répétition ?

J'ai ri :

– Ça ne peut pas faire de mal.

– Allez, tu la chanteras ta *Nuit*, a-t-il promis d'une voix d'ogre et je me suis sentie rassurée.

J'ai annoncé à papa que je passerai le week-end

prochain à Deauville avec Ava. Je l'appelais Ava exprès et non ma mère, ou maman, pour lui faire moins de peine.

– Tu comprends, bientôt elle retournera aux États-Unis, alors je ne pouvais pas lui refuser ces deux petites journées avec elle.

Il n'a pas fait de commentaire. Il ne m'a posé aucune question ni sur elle ni sur moi, pas même cherché à savoir si nous avions eu la fameuse explication que je souhaitais. Ah, ce n'est pas lui qui m'aurait dit : « Allez, vide-le, ton sac ! » D'une voix sèche, il s'est seulement inquiété pour mon travail :

– Je croyais que tu avais cours le samedi matin ?

J'ai sauté sur cette petite amorce de dialogue. Bien sûr, nous avions cours ! Et il n'était pas question pour moi de sécher. Je m'étais organisée : Ava viendrait me chercher à Duguesclin à midi, je ne manquerais pas une précieuse minute de compta et je serais rentrée, « promis-juré », dimanche soir.

– À propos, ai-je ajouté pour prolonger l'échange. Nous avons un devoir à faire sur l'avenir, pas facile.

– L'avenir est ce que chacun décide d'en faire, a tranché papa d'une voix sombre.

– Mais justement, ce qui est difficile, c'est de décider : on ne sait pas vraiment ce qu'on veut, ni quel est le meilleur choix.

C'était peu de temps avant le dîner et je faisais des prières pour que Lucie ne débarque pas ou que Marie-Laure ne beugle pas son : « À table, venez vite, ça va être froid. » Si je répondais : « Une minute, on parle d'avenir », elle me soupçonnerait encore de me payer sa tête.

– Veux-tu dire que tu regrettes les études que tu as entreprises ? a demandé papa d'un ton crispé.

– Pas forcément ! Seulement, je n'ai pas envie de

rouiller dans un seul truc. Quand je vois les gens enfermés dans leur petite vie, bavant sur leur belle bagnole ou leur super micro-ondes, ça me fait peur. Je n'ai pas envie de… de leur ressembler.

Voilà que je bégayais maintenant. C'était le regard de mon père, lointain, méfiant. Chaque fois que j'ouvrais la bouche, j'avais l'impression qu'il voyait Ava Loriot derrière moi, que tout ce que je disais, il l'attribuait à la contamination. Pourtant, avant de l'avoir retrouvée, ma mère, il m'arrivait déjà d'étouffer, d'avoir envie d'envoyer valdinguer les volets, de donner des coups de pied aux portes blindées et c'était bien pour ça que je chantais. Moi, Schubert !

– Nous avons choisi ensemble ton orientation, a remarqué papa. Je suis heureux de pouvoir t'offrir ces études. Si tout se passe bien, dans dix-huit mois, tu auras ton diplôme en poche. Tout ce que je te demande est d'aller jusqu'au bout, de ne pas compromettre ton avenir sur un coup de tête.

– O.K., ai-je promis, je l'aurai, ce diplôme en or, parole de Patriche !

« C'est prêt, a crié Marie-Laure. Venez vite avant que ça ne soit froid. »

Nous nous sommes levés ; papa a mis la main sur mon épaule, j'y ai appuyé ma joue. Allons, il ne me larguait pas complètement ! Il ne désespérait pas tout à fait de sa fille.

CHAPITRE 23

Nous sommes sur la terrasse de ma chambre, au Grand Hôtel à Deauville.

– Regarde, dit Ava.

Elle ouvre les bras et, fièrement, elle m'offre la mer : une mer lisse, dont le tissu pétille sous le soleil, une mer sage, au sable net, à la digue tracée à la règle, gardée par une rangée de maisons en uniforme, coiffées de rouge, rayées de brun. Rien à voir, cette mer, avec ma sauvage, hirsute d'îles, de rochers et de voiles, ma bretonne parfumée aux algues et au goémon, dans laquelle on mord en croquant vifs un chapeau chinois ou une poignée de bigorneaux.

– Alors, qu'en penses-tu ?

– C'est une mer chic, comme toi !

Elle rit et regagne la chambre où l'on a frappé. Je reste un peu pour m'habituer. Ma tête tourne. À midi, Jimmy attendait devant la porte de Duguesclin. « La voilà ! » avait crié Ava de la belle voiture de location, garée en double file. Le temps s'était rembobiné à toute vitesse : « Dépêche-toi, on file à Deauville », criait de sa voiture la mère de Thomas, au CM1, et j'avais tellement envie, moi aussi, de me dépêcher pour filer à Deauville avec une mère.

« On peut dire que tu y auras mis le temps à venir me chercher à l'école », avais-je dit à Ava.

Je reviens dans la chambre. Un maître d'hôtel est en train de dresser une table.

– J'ai commandé un petit pique-nique. Tu dois mourir de faim !

Nous n'avons pas déjeuné : nous sommes venus directement, en moins de deux heures, et plus on approchait de la mer, plus le ciel se faisait limpide, comme lavé. Durant tout le trajet, Ava n'a parlé que de la Californie, me vantant sa maison, sa piscine, son tennis, le plaisir de vivre là-bas. Après nous avoir déposées à l'hôtel, Jimmy a filé au golf où il avait « réservé un parcours ».

Saumon fumé, toasts, tarte, fruits. Le samedi, à la maison, c'est un repas léger ; le repas important, le vrai, le grand, c'est le dimanche. On s'ennuie. Avant le dessert, Lucie file à la télévision, moi, sous le saule ou dans ma chambre avec un livre.

– J'ai interdit à Jimmy de venir nous chercher avant neuf heures ce soir, annonce Ava. Cela va nous laisser tout le temps de flâner.

J'interroge :

– Qui est exactement Jimmy pour toi ? À part ton patron ?

– Mais qu'est-ce qu'elle suggère là : qu'il pourrait être

autre chose que mon patron ? s'amuse maman. Eh bien, non. Jimmy était le neveu de celui que tu appelles « mon Américain ». Il a repris l'affaire lorsque Bob est mort et il a eu la gentillesse de continuer à m'employer, un point c'est tout.

– Il est marié ?

– ...et père de deux enfants. J'ai oublié leur âge.

Elle a une moue : Ça ne va pas fort avec sa femme.

Je crois qu'elle le trompe. En arrivant à Paris, il était d'une humeur de dogue. Elle me sourit : J'en connais une qui lui a redonné goût à la vie.

C'est mon tour de rire :

– Moi ?

– Parfaitement, *darling*, TOI ! Il dit que tu es *genuine*. Cela veut dire : authentique.

J'ai fini ma tranche de saumon. Elle émiette la sienne sur son assiette. « J'adore vous voir manger », m'avait dit Jimmy au buffet Robertson. Il n'arrêtait pas de me tendre des victuailles. De là à lui redonner goût à la vie...

– Et toi ? demande ma mère. Où en es-tu côté cœur ?

– Calme plat.

– Ne me dis pas que tu n'as jamais eu personne...

– Quelques personnes... de passage.

– Et ce Montrembert ?

– Quelle mémoire ! C'est un copain de Duguesclin, pas plus. Mais on s'entend bien.

Elle a tout à fait renoncé à manger, elle m'observe, songeuse. Il me semble qu'elle est plutôt satisfaite du « calme plat ». Elle verse un peu de champagne dans ma coupe. L'ai-je jamais vue boire autre chose que du champagne ? Ce matin, à Bourg-la-Reine, papa a failli à la tradition : il n'a pas versé l'eau chaude dans mon bol. En représailles, je suis partie sans avoir pris de petit déjeuner.

Et soudain elle se lève :

– Je pense que tu n'as pas oublié ? Aujourd'hui, c'est la fête des Filles !

Elle a commencé par ouvrir sa valise et elle en a sorti une tenue Robertson : jupe de daim bleu pâle, gilet assorti, chemisier vif à carreaux.

– Passe-moi vite ça.

J'étais gênée de me déshabiller devant elle qui n'avait jamais vu que mon corps d'enfant. Les filles qui présentaient sa collection étaient si belles, longues, élancées. Je craignais de la décevoir. Elle a regardé ma poitrine, plutôt menue, le reste, plutôt rond. Sous son regard, j'avais la chair de poule.

– Comme tu as un corps jeune, on en mangerait ! s'est-elle exclamée.

Je suis venue lui tendre ma joue.

– Vas-y.

La tenue m'allait parfaitement, seule la jupe était un peu longue.

– On va arranger ça.

Elle a décroché le téléphone et demandé la femme de chambre. C'est elle qui a placé les épingles. Ma mère à mes pieds !

J'ai remis mon jeans et nous sommes allées faire du shopping. Il me fallait une tenue habillée pour le dîner de ce soir, au Casino. Dans une très belle boutique, que nous avait indiquée le Grand Hôtel, j'essayais des robes. Nous nous sommes arrêtées à celle, en soie noire, au décolleté plongeant, si légère qu'elle était comme une caresse sur la peau. « Pas de slip surtout, on verrait la marque », a recommandé la vendeuse. Et, bien sûr, pas de soutien-gorge. Ava ajustait les bretelles, faisait relâcher un peu l'ourlet, cette fois pour rallonger : au ras du genou.

– Tu comprends. Trop court, c'est vulgaire ; trop long, ça fait dame.

Elle avait l'air de beaucoup s'amuser. J'ai remarqué :

– On dirait que tu joues à la poupée.

Son visage s'est rembruni :

– Je n'ai jamais eu de poupée à moi, seulement les cassées.

J'ai accepté la robe.

Pour aller avec, il fallait des collants très fins, des escarpins, un sac. J'ai refusé le sac. Je n'ai pas pu refuser de l'accompagner chez le coiffeur où elle avait pris rendez-vous pour nous deux.

Dans ce salon aux murs-miroirs, où tout le personnel était impeccable, vêtu de blanc des pieds à la tête, je me suis sentie gauche, intimidée. À la maison, le Figaro, c'était Marie-Laure. Un très bel Italien, aux gestes d'acteur, m'a prise en charge. Lorsqu'il a commencé à agiter ses ciseaux, j'ai voulu protester, il m'a arrêtée d'une voix autoritaire : « C'est la Mamma qui l'a décidé. » Je n'ai plus rien osé dire et, après la coupe, tandis qu'il séchait mes cheveux, j'ai vu apparaître la coiffure de la « mamma » : des boucles en cascades, fauves les siennes, châtain aux reflets roux, les miennes. J'ai compris qu'elle m'avait voulue à son image, et à la fois je me suis trouvée plus jolie et j'ai eu envie de me passer la tête sous l'eau.

La nuit était tombée depuis longtemps lorsque nous sommes rentrées au Grand Hôtel. La jupe de daim, raccourcie, était étalée sur mon lit. On avait livré la robe et les escarpins. J'avais aussi droit à une corbeille de fruits avec les compliments du directeur.

Ma chambre communiquait avec celle de ma mère, mais nous disposions chacune d'une salle de bains. Dans l'eau mousseuse, j'ai fermé les yeux et essayé de faire le point, mais impossible de rassembler mes idées, elles éclataient ou se dissolvaient comme les bulles de savon dans lesquelles j'étais plongée. « Au moins es-tu heureuse ? me suis-je demandé, et pas triche !... » Je n'ai pu répondre. Il aurait fallu que je puisse m'arrêter un instant avec Stéphane, sur notre banquette dans la salle du fond de L'Étoile. Tandis que je lui aurais tout raconté, il aurait dessiné mes états d'âme sur la nappe en papier, et cela aurait été exactement ça !

– Qu'attends-tu pour venir te faire admirer ? a appelé maman.

Assise devant sa coiffeuse, elle se poudrait le visage avec un gros pinceau. Je me suis approchée dans ma robe noire.

– Je n'ai pas trop l'air d'une orpheline ?

– Dire ça à une mère qu'on vient de retrouver ! a-t-elle protesté en riant.

Elle m'a fait asseoir à sa place et elle a mis du rose sur mes joues, du sombre sur mes cils :

– Pas trop : Jimmy t'aime nature.

Elle m'a parfumée. Pour que le fagot fût complet, il ne manquait que le monsieur. Elle aussi portait du noir. L'avait-elle fait exprès ? Y aurait-il des photographes comme l'autre jour pour prendre la mère et la fille ?

– Je suis fière de toi, Pat, a-t-elle dit d'une voix émue. C'est comme si j'avais quand même réussi quelque chose.

Et je m'en suis voulu de l'avoir soupçonnée de je ne sais quel calcul.

– Tu sais que tu ne m'as encore jamais appelée « maman » ?

Avant que j'aie pu lui répondre, Jimmy est entré. Le

smoking allait bien avec ses cheveux blond-blanc et son teint hâlé. En me voyant, il s'est figé. Tout son visage s'est durci. Jamais je n'avais senti si fort le désir d'un homme, j'en suis restée paralysée. J'ai pensé « désir », mais un instant plus tard, dès qu'il m'a souri, je me suis dit que je m'étais trompée, que je me faisais des idées.

Ava nous regardait. Elle a rompu le silence :

– Alors, comment la trouvez-vous, ma fille ?

– Pat, c'est toujours vous, n'est-ce pas ? m'a demandé très doucement Jimmy.

CHAPITRE 24

Mais laquelle était moi ? La fille d'hier dans la robe de soie noire qui, la première timidité passée, éprouvait du plaisir à attirer les regards avec son corps presque nu, celle qui, légèrement ivre, après avoir soupé à la chandelle au Casino, entraînait Jimmy sur la piste de danse et, sa joue collée à la sienne, s'étonnait de se trouver si bien dans les bras de cet homme qui « aurait pu être son père » et, de surcroît, était marié ? Celle qui avait accepté – « tu vas me porter chance » – de lancer pour sa mère sur le tapis vert des plaques représentant une telle fortune qu'elle ne pouvait croire que c'était « pour de vrai », que l'on pouvait ainsi, en quelques secondes, perdre ou gagner tant d'argent ? Patricia du Grand Hôtel à qui, ce matin, on avait porté au lit un royal petit déjeuner…

Ou la fille en jeans et baskets, courant en ce début de matinée d'hiver à la rencontre de la mer, rêvant de s'y plonger et nager loin, à en perdre le souffle, à s'y perdre elle-même : Patricia de Bourg-la-Reine ?

Je suis revenue sur le sable sec, je me suis assise en tailleur, j'ai coiffé mes écouteurs et engagé la cassette. J'étais celle qui chantait ! Celle qui gueulait Schubert – pardon M. le chef de chœur – mais la petite voix intérieure, on peut aussi crier pour l'étouffer.

– Soudain, j'ai vu là-bas, tout là-bas, une mouette aux ailes plus grandes que les autres… Je me suis approché et j'ai découvert qu'elle chantait. Pas le vilain cri des mouettes, quelque chose de très beau, dit Jimmy.

Depuis combien de temps est-il là ? Avec mes écouteurs, je ne l'ai pas entendu arriver. La tenue de jogging lui va aussi bien que le smoking. Toujours beau, Jimmy, mais surtout solide, rassurant. Pas triche, je suis heureuse qu'il soit venu. Je l'espérais ? Il s'assoit à côté de moi.

– Pat… Ava vous a-t-elle déjà entendue ?

Je lui souris :

– Je ne chante pas sur tous les toits.

– Elle serait sûrement très fière, dit-il en hochant la tête. Je le suis bien, moi ! Pouvez-vous m'expliquer pourquoi ? Nous ne nous sommes vus que quatre fois.

Je plaisante :

– On fait les comptes, maintenant ?

Nous regardons un moment la mer, d'un gris perle que picorent les mouettes.

– Ava vous avait-elle parlé de moi avant de venir à Paris ?

– Jamais, répond-il. Quand on l'interrogeait sur la France, elle disait seulement qu'elle y avait de la famille. Pas très bavarde sur le sujet, alors on se gardait d'insister. Il rit : Et maintenant, si je ne la retenais pas, elle vous appellerait dix fois par jour.

– C'est que nous venons de nous découvrir…

– Regardez !

Il tend le doigt vers le ruban brun, mouvant, qui se déroule au ras de l'eau, marquant la limite entre sable et mer : des chevaux. À présent qu'ils sont là, on se dit qu'ils étaient nécessaires au paysage, il n'y manquait qu'eux. Je les suis des yeux : et si c'était cela, la beauté ? Encore un « comme ça et pas autrement » qui s'impose soudain à vous avec un sentiment de paix : une vérité profonde.

– Est-ce que vous montez, Patricia ? demande Jimmy.

– Jamais eu l'occasion.

Trop cher pour les Forgeot, ruinés par Ava.

– J'aimerais vous apprendre.

Je ne sais que répondre. Où ? Quand ? Comment ? Mais c'est agréable quelqu'un qui fait de grands projets pour vous !

– D'ailleurs, constate-t-il, *please*, ne le prenez pas mal, vous êtes le portrait craché – surtout lorsque vous froncez les sourcils comme ça – d'une petite pouliche pleine de sang que j'ai récemment acquise en Californie. Je tiens absolument à vous présenter l'une à l'autre, O.K. ?

Tout en parlant, il fait couler du sable en fontaine sur mes pieds. Moi aussi, je m'amusais à ça quand mon papa s'endormait sur la plage après le pique-nique au thon et à la pomme, bière pour lui, Coca pour moi. Une petite fontaine fine sur son ventre ou sur les herbes de la pampa de sa poitrine. « Tiens, un pou de mer, disait-il sans ouvrir les yeux. Tiens, dix poux de mer... » J'étouffais de rire avant que le gros pou dévore le petit tout cru.

– Vous savez, remarque Jimmy sans s'occuper de mon silence, Ava a changé depuis qu'elle vous a retrouvée. Je la crois vraiment heureuse maintenant.

– Parce qu'elle ne l'était pas avant ?

– Tout le monde croyait que si. Mais, à présent,

c'est... comment dit-on... l'apothéose ? Je lui ai demandé pourquoi elle ne vous avait jamais fait venir en Californie, elle m'a répondu qu'elle n'avait pas le droit, que vous viviez avec votre *daddy* et qu'ils étaient brouillés. *Right ?*

– *Right !* C'est mon *daddy* qui a eu ma garde. Elle, elle n'a eu que l'appartement.

Il rit.

– Et à présent, la garde de la petite Pat, elle voudrait bien l'avoir pour l'emmener dans ses bagages...

Mon cœur bondit. Qu'est-ce que c'est que cette histoire ? Ma mère veut m'emmener avec elle maintenant. Voilà pourquoi, hier, elle me sortait tout le catalogue sur la Californie, sa demeure, son parc, sa piscine, sa douceur de vivre...

Je me lève et je marche. Envie de rentrer. Glacé, ce sable finalement. Blanc, ce soleil, incomplet ce paysage où les chevaux ont disparu. Incomplet, comme mon cœur.

Jimmy me rejoint. Il prend mon coude dans sa main.

– *Sorry, girl.* Je vois que j'ai fait la gaffe. Ava ne vous avait encore rien dit, n'est-ce pas ? *Please,* ne me trahissez pas.

Je dégage mon coude :

– Et mon père dans tout ça ? Qu'est-ce qu'on en fait de mon père, elle y a pensé ? C'est quand même lui qui m'a élevée, qui en a bavé pour moi ! Et vous savez, lui, les grands hôtels, les belles bagnoles, les grosses plaques au Casino, il connaîtra jamais, pas les moyens !

Jimmy ne répond pas. Il se contente de hocher la tête, laissant passer l'orage. C'est la peur qui me rend agressive : pas envie que ma maman me demande de la suivre, pas envie d'avoir des choix comme ça à faire. Elle aurait mieux fait de rester dans sa Californie ! Lui aussi d'ailleurs, avec ses beaux sourires, sa femme et ses enfants.

Je m'arrête et lui fais face :

– Vous devriez pouvoir comprendre, vous qui avez des gamins. Ça vous plairait qu'on vous les embarque sans vous demander votre avis ? Au revoir et merci ?

– Pas question !

Il sort son portefeuille, en tire une photo, me la tend :

– Loretta et Donald.

Loretta est un peu plus jeune que Lucie. Bien la tête d'une poison, celle-là aussi ! Donald Duck tient à peine sur ses palmes. Main dans la main, ils sourient devant une piscine d'eau bleu faux : un petit garçon et une petite fille inconscients du danger. Les parents, ça se promet de s'aimer pour la vie et puis ça déchire l'amour, ça ne peut plus se voir en peinture, ça se sépare, ça écorche le cœur des enfants.

Je rends sa photo de famille à Jimmy. Eh ! Patriche, il serait peut-être temps d'accepter que ces blessures-là ne s'effacent jamais tout à fait, que, selon le temps, comme les rhumatismes, ça se réveille, la douleur, parfois même ça brouille la vue, ça vous empêche de marcher droit.

– Petite Pat, ce que vous chantiez tout à l'heure, de qui était-ce ? demande Jimmy. J'ai vraiment aimé, *you know*. Votre voix vous va bien.

– C'était d'un type qu'on appelait « petit champignon » parce qu'on se figurait qu'il n'avait que des petites chansons de rien du tout dans la tête. À part ça, Schubert !

– Je peux entendre encore un peu ? *Please*...

« Ne faites pas les coquets lorsqu'on vous demande

de chanter, recommande Delamarre. Soyez naturels. Aimer, manger, pleurer, chanter, pour vous c'est du pareil au même : votre façon d'être. Alors allez-y, faites-vous plaisir et faites plaisir aux autres. »

J'engage la cassette, pousse le son au maximum, confie l'appareil à mon cow-boy. Nous en étions à l'*Agnus Dei*, un passage que le « voyant » a écrit afin, à travers les siècles des siècles, de rappeler aux mouettes paumées que le bonheur est comme le furet : il court, il court ; et, finalement, essayer de l'attraper, c'est plutôt plus confortable que de s'imaginer le tenir dans son poing. *Amen*.

Je chante pour une mère qui croit pouvoir boucler l'amour perdu dans ses bagages de grand couturier, pour un père qui a peur d'avoir donné son amour pour rien, pour la mer qui s'en fout et pour Jimmy qui prend ma main.

CHAPITRE 25

Donc, hier, elle avait gagné au Casino grâce à moi, je lui avais porté chance, alors elle tenait à m'offrir quelque chose, un souvenir de ce week-end, mais pas de vêtements, cette fois : les vêtements c'est utilitaire, cela passe de mode, plutôt un bijou, un objet que je conserverais ma vie entière et pourrais porter en pensant à elle après son départ.

« Après mon départ »... Avait-elle vraiment exprimé le désir de m'emmener aux États-Unis, ou Jimmy avait-il mal compris ?

Nous marchions dans une belle avenue bordée de maisons à colombages. C'était un dimanche limpide, au froid piquant. En regardant seulement le ciel, on aurait pu se croire à la montagne. Vous baissez les yeux et voilà que ce ne sont plus les diamants de la mer mais les cristaux de la neige. « J'ai une fille aux idées bizarres, soupirait papa. Pourquoi diable s'imagine-t-elle toujours être ailleurs ? » Et je répondais :

« Parce que diable ! »

La mère prodigue entraînait la fille bizarre devant la vitrine d'un bijoutier. Elle lui montrait de l'or, des pierres, des perles.

– Ce collier, qu'en penses-tu ? Et ce bracelet, regarde, n'est-il pas ravissant, très jeune, très toi ? Sais-tu qu'un bijou doit coller avec une peau, que certaines les rejettent. Entrons que tu puisses essayer.

Je refusai d'entrer : trop beau, trop cher pour moi.

– Alors, cette petite broche de rien du tout ? Ou ces boucles d'oreilles, tiens ! Je suis sûre qu'elles t'iraient à merveille.

– Non, vraiment, je n'ai besoin de rien.

– Alors prends au moins cette montre ! Une montre, ça sert toujours et la tienne est complètement usée.

La mienne était un cadeau de Marie-Laure pour mes dix-huit ans. Nous l'avions choisie ensemble.

– C'est le bracelet qui est usé, la montre marche très bien, j'ai tout ce qu'il faut, je t'assure, ce n'est pas la peine.

« C'est toujours la peine pour Ava... Dépenser, pour elle, c'est vivre, m'a glissé Jimmy à l'oreille. Acceptez au moins une bricole, elle ne vous laissera pas tranquille avant. »

Nous passions près d'un magasin de musique. Je me suis arrêtée. Pour trois fois moins cher que les bijoux qu'elle m'avait proposés, je pouvais avoir le rêve de papa : platine-laser, ampli-tunner, le grand jeu. J'ai tendu le doigt vers une chaîne hi-fi :

– Ça, je veux bien !

Ava a écarquillé les yeux :

– Ça, vraiment ?

– À la maison, on n'a qu'un vieux machin qui date de Mathusalem.

– Et ce que vous ne savez pas encore, c'est que vous

avez une fille musicienne, a renchéri Jimmy en m'adressant un clin d'œil.

Je lui ai fait : « Chut ! » Décidément, je n'avais pas envie de dire à maman que je chantais. Ava a poussé la porte du magasin.

– Si c'est ça qui te fait plaisir. Après tout, un cadeau, c'est un cadeau.

J'ai choisi le modèle le plus récent, miniaturisé. J'étais très excitée soudain : papa serait fou de pouvoir écouter ses sacro-saints opéras sur un appareil comme celui-là. Enfoncé, oncle Jacques !

– Pour une mouette chanteuse, m'a dit Jimmy en m'offrant une collection de disques compacts.

Schubert, Mozart, Verdi, il semblait s'y connaître. Cela m'a fait plaisir. Là, je ne me suis pas sentie la force de refuser.

– À livrer au Grand Hôtel, a indiqué Ava au vendeur. Et faites-nous un beau paquet, rubans et tout.

– À quel nom, madame ?

Elle m'a souri :

– Patricia Loriot.

D'un seul coup, mon excitation est tombée : Patricia Loriot... Je me suis vue avec les yeux de mon père : ces vêtements, cette coiffure, ce trop beau cadeau ! Comment avais-je pu accepter tout ça ? Que dirait-il ?

Dans la rue, maman s'est emparée de mon bras, radieuse :

– Et maintenant, quoi d'autre ?

C'était un haras sur une colline, près de Houlgate. Soudain, vous vous retrouviez dans l'image sans défaut d'un livre d'enfant : un ciel bien bleu, du vert bien vert planté de haies, de pommiers sagement rangés, entourant, protégeant, des maisons de nougat blanc barrées de chocolat sous leurs toits couleur pain d'épice. Et, aux fenêtres de ces maisons, ce n'étaient pas des fleurs mais de bonnes têtes de chevaux que l'on découvrait.

Ce lieu, dit « Haumont », était le rêve réalisé d'un homme qui avait fait carrière en ville, dans la poussière et les embouteillages, sans jamais cesser de promener au fond de sa tête ces espaces, cette liberté. Il avait acquis le haras récemment et y élevait des chevaux de course. L'époque des naissances commençait, il nous a menés voir la première pouliche, née de la nuit.

Collée au flanc de sa mère, pleine de grâce dans sa maladresse, elle tenait déjà sur ses jambes. Sa robe était alezan brûlé, elle avait sur le nez une lisse blanche avec, en rappel, une balzane. Elle ne semblait pas avoir peur de nous et nous fixait de ses grands yeux doux, curieux, m'a-t-il semblé.

Ava en est tombée amoureuse.

Qui étaient son père, sa mère ? Avaient-ils couru ? Avaient-ils gagné ? Elle voulait tout savoir, tout de suite. Le propriétaire subissait avec philosophie l'assaut de questions. Il répondait avec patience en tirant sur sa pipe : la mère, un pur-sang, avait remporté plusieurs courses. Le père, qui était arrivé second au Derby, faisait d'excellents produits. Je regardais Ava tandis qu'elle écoutait les réponses, ses joues rougies d'une soudaine excitation, piaffant d'impatience. « Pour Ava, acheter c'est vivre », avait remarqué Jimmy. Ma mère était donc ainsi : dépenser, posséder, était le but qu'elle s'était fixée ; c'était ainsi qu'elle se sentait heureuse. Parce que, enfant, elle n'avait rien eu ?

À Duguesclin, on nous apprenait qu'une bonne stratégie pour atteindre son but était de commencer par se libérer des entraves, des poids superflus. La stratégie d'Ava Loriot, qui ne voulait pas vivre en chaussons et en tablier, avait été de lâcher son petit Français moyen et sa fille pour un Américain très riche. Elle avait réussi : elle ne serait jamais de celles qui courent vers le métro à six heures du soir pour aller s'atteler aux tâches ménagères. Elle était servie. Quand elle avait besoin de raccourcir une jupe, un claquement de doigts et c'était fait, à vos ordres madame. Et la voyant si belle, si passionnée, je ne me sentais même plus la force de lui reprocher de nous avoir laissés.

Elle a décidé d'acheter la pouliche.

– Nous la ferons courir aux États-Unis ! La California-Oaks. Elle aura un succès fou !

Si cela avait été possible, elle l'aurait emmenée tout de suite mais il faudrait attendre le sevrage.

– C'est un moment que je n'aime pas, nous a expliqué le propriétaire du haras. Durant plusieurs nuits, séparés, les mères et les petits s'appellent sans relâche. Si je pouvais éviter de dormir là…

Ava écoutait à peine. Elle cherchait pour « sa » pouliche un joli nom français.

– Pourquoi pas, Patriche ? a proposé Jimmy en riant.

– On peut sûrement trouver mieux, a-t-elle répondu légèrement.

– Et vous, Pat, m'a demandé Jimmy tandis que nous nous dirigions vers le bureau où Ava remplirait les papiers. N'avez-vous pas envie d'un cheval à vous ? Dans ce cas, demandez, je vous l'offre, a-t-il ajouté.

Je revoyais la pouliche collée au flanc de sa mère, je pensais aux appels, la nuit. Bêtement, j'ai répondu :

– Je ne voudrais pas séparer un petit de sa mère.

Le propriétaire m'a entendue ; il s'est tourné vers moi :

– Séparer les petits de leur mère, c'est la vie, mademoiselle. Tout le monde y passe un jour ou l'autre.

J'ai été soulagée lorsqu'ils ont décidé de prendre la route seulement après le dîner afin d'éviter les embouteillages. Vers dix heures du soir, nous avons quitté le restaurant de Honfleur où je n'avais rien pu avaler – juste un peu de soupe de poisson –, tant ma gorge était serrée. Ava a insisté pour que je monte devant, à côté de Jimmy. Il a mis la radio, des chansons. Il conduisait très vite, sans parler, je préférais ça.

À Bourg-la-Reine, où le film du dimanche venait de se terminer, c'était le couvre-feu. Lorsque j'arriverais, tout le monde dormirait. Je me glisserais sans bruit dans la maison, monterais mes paquets dans ma chambre, ni vu ni connu et, au petit déjeuner, seule la coiffure risquerait de choquer. J'attendrais quelques jours avant de montrer la chaîne. J'expliquerais à papa qu'Ava me l'avait offerte sans me demander mon avis, en guise de cadeau d'adieu. Oui, le « cadeau d'adieu », cela le rassurerait. Il ferait sûrement la gueule un moment, mais ne résisterait pas longtemps au plaisir de l'essayer. Si Ava me proposait de venir aux États-Unis, je répondrais fermement : « Pour l'instant, pas question. » Je passerais mes foutus examens de gestion-compta, j'attendrais que papa ait compris que ma mère ne représentait pas plus de danger pour moi, que moi pour Lucie-perle-rare, alors seulement, à condition d'être toujours invitée, j'irais la voir là-bas. Et qui sait si, un jour, je ne parviendrais pas, avec l'aide d'oncle Jacques, à réconcilier mon père et ma mère ?

Voilà ce qui roulait dans la tête d'une fille en plein délire, cette nuit-là, sur la route Deauville-Paris.

Est-il de vérité plus belle que le rêve ?
Est-il de vérité plus douce que l'espérance ?...

Et sans doute la fille pressentait-elle le réveil brutal qui l'attendait à Bourg-la-Reine, puisque ce n'était pas : « Plus vite, plus vite », qu'elle avait, cette fois, envie de crier au chauffeur, mais : « Moins vite, je vous en supplie. »

CHAPITRE 26

– Qui est ce type qui t'a embrassée ?

Mon cœur bondit dans ma poitrine. Je me fige en bas de l'escalier. Tout est noir. La voix vient du salon ; à la fois c'est celle de papa et non : un aboiement, laid, étranglé. Lorsque Jimmy a arrêté la voiture devant le portail, pas une lumière ne brillait dans la maison. Il a monté le paquet cadeau jusqu'à la porte et là, avant de repartir, il a brièvement effleuré mes lèvres des siennes, pas vraiment un baiser, une caresse. J'ai ôté mes souliers et je suis entrée à pas de loup. J'ai tiré le paquet dans le hall. Je ne me doutais pas que l'on m'espionnait.

– C'est un ami d'Ava, un Américain. Il nous a accompagnées à Deauville.

– Pourquoi ne l'as-tu pas invité dans ta chambre pendant que tu y étais ?

Il se tient à la porte du salon, je l'entends, je le sens. C'est comme un cauchemar. Surtout, qu'il n'allume pas ! Je monte deux marches : tant pis pour le paquet.

– Je vais me coucher, papa, je suis vannée.

– Attends… Qu'est-ce que tu sens ? Ce parfum…

La lumière jaillit au plafonnier : parfum du « fagot », coiffure d'Ava, tenue Robertson ! Il laisse échapper une plainte. J'ai mal pour lui. Il prend ma manche comme avec des pincettes et me tire dans le salon, referme la porte.

– Voilà donc ce qu'elle a fait de toi !

Ce mépris… Je ne le supporte pas ! Je ne le mérite pas ! La révolte balaie ma peur. Et lui, il s'est vu ? Avec sa robe de chambre minable, ses babouches dégueulasses, ses cheveux comme de la vieille mousse, sa bouche tordue par la colère, ou le soupçon, je ne sais pas, je m'en fous, mais je la comprends d'être partie, Ava, s'il lui offrait ce spectacle-là. Où est son prince ? Où est mon roi ?

– Maman n'a rien fait de moi, papa. Je suis la même. On a passé le week-end à Deauville, c'est tout. Et je suis revenue à temps pour Duguesclin, comme promis.

– C'est cela, ricane-t-il, « à temps pour Duguesclin »… À propos, ce devoir sur l'avenir dont tu m'avais parlé, quand dois-tu le rendre déjà ?

Qu'est-ce qu'il vient fiche là, mon devoir sur l'avenir ? Je devrais me méfier : il a une voix de faux jeton, mon père ! Mais je lui fais confiance. Et je m'enferre.

– Demain, enfin aujourd'hui, vu l'heure. On a français lundi.

Une espèce de triomphe mauvais apparaît sur son visage :

– Voilà ce qu'elle a fait de toi : une menteuse ! Une tricheuse de ma Patriche !

Il sort une lettre de sa poche et me la tend. En-tête de Duguesclin, M. le Directeur lui-même : « Votre fille, y est-il dit, a manqué de nombreux cours depuis un mois. Elle n'a pas rendu son devoir de français, elle a été grossière devant toute la classe vis-à-vis de M. Guérard. Elle ne sera reprise qu'après avoir présenté ses excuses à son professeur et, au premier écart de conduite, Duguesclin se verra dans l'obligation de la rayer de ses effectifs, meilleurs sentiments. »

– Du beau travail ! constate papa en me reprenant la lettre. Rapide, bien fait. Elle n'a pas perdu son temps, ta mère !

Je pleure. C'est d'impuissance. Quelle que soit ma réponse, elle tombera dans le vide : vide de confiance, de tendresse. J'avais cinq, six ans, pas encore l'âge de raison, je ne cessais de réclamer maman, maman. Papa me prenait dans ses bras, me berçait, recueillait une larme au bout de sa langue : « Arrête, c'est salé. » Et ces trois mots, j'ignore pourquoi, ouvraient la porte des châteaux où ma mère m'attendait.

J'ai retrouvé ma mère, les châteaux me tombent sur la tête, et je peux bien pleurer toutes les larmes de mon corps, plus personne ne prononcera les mots magiques.

– Que comptes-tu faire maintenant ?

– Présenter mes excuses à ce salaud ? Jamais.

– Pourquoi « ce salaud » ? J'ai appelé ta boîte. Ton M. Guérard y exerce depuis des années avec les meilleurs résultats. Jamais le moindre problème de discipline… jusqu'à ma fille.

– Il ne nous écoute pas ! Quand on essaie d'exprimer notre avis, il rigole. Il nous humilie. Il ne nous respecte pas.

– Le respect se mérite, figure-toi ! En rendant à temps un devoir correct, par exemple.

– Je n'arrivais pas à le faire, ce devoir.

– Cela ne t'autorisait pas à lui dire merde.

– JE SAIS !

J'ai crié. Mais il est une heure du matin, je viens de passer deux jours avec une femme qui remplit de soleil trop vif, de brouillard épais, de joie qui fait mal, de doute qui écœure, les grands creux laissés au cœur d'une petite fille par l'absence. Je suis pleine d'elle, je suis vide d'elle, je n'ai toujours pas réussi à lui dire « maman » tout haut, comme si elle ne l'était pas pour de vrai, que c'était la maman des rêves qui l'était. Et tout ce que ce type trouve à faire, c'est de me parler boulot ! Il n'y a que ça qui compte pour lui : les examens, le diplôme, l'emploi. Il veut que je sois un jour de ceux qui courent vers le métro à six heures du soir, cinq avec de la chance ; il veut que j'entoure sur le calendrier, avant même d'avoir commencé l'année, les jours de congé, les week-ends, les ponts, comme le fait Marie-Laure, que les trois quarts de ma vie soient à volets fermés. Les poulains qui pleurent, les chevaux qui galopent dans ma tête, mes désirs, mes peurs, il s'en fout. Finalement, pas mieux que Guérard, papa !

– Et ça ? demanda-t-il. C'est quoi, ça ?

Il tire dans le salon mon beau paquet enrubanné. Je ris :

– Un cadeau pour toi. Une surprise.

– Un cadeau pour moi ? Payé par cette... Mais Patricia, tu as donc complètement perdu la tête ? Tu as cru que j'allais accepter ? Veux-tu que j'aille la remercier en plus ? Cette... cette salope ?

La voilà, la haine. Elle couvait comme une braise empoisonnée sous le couvercle des paroles destinées à protéger l'enfant : « Notre vie ne lui convenait pas. Elle avait envie d'autre chose... » Le couvercle saute et les vrais mots explosent, dévastateurs.

– Elle fout le camp, elle nous laisse dans la merde et puis « coucou me voilà », et c'est ma fille qu'elle veut maintenant. Elle s'attaque à toi, la garce ! Il lui faut tout, comme toujours.

Je brûle moi aussi, mais en dedans, c'est mon cœur qui se consume, ce sont mes espoirs, mes illusions. Je n'ai plus de force. Je parle machinalement :

– Elle ne s'est pas attaquée à moi. C'est moi qui suis allée la chercher.

– Elle devait refuser de te recevoir. Elle avait promis.

– Je ne lui ai pas demandé son avis, j'ai forcé sa porte. « Coucou me voilà », c'est moi qui l'ai dit. Et seize ans ont passé, papa. Et on a tous changé, elle aussi.

– Ah, non ! dit-il avec un rire. Non, elle n'a pas changé, je le vois bien. Tu en es la preuve. Elle t'a eue. Le charme même, n'est-ce pas ? La séduction. Et aussi un petit côté enfantin désarmant, c'est cela ? On lui aurait donné le Bon Dieu sans confession. Qui aurait pu se douter que c'était un monstre d'égoïsme, une femme qui ne pensait qu'à elle, incapable d'un acte désintéressé ? Sais-tu que je ne l'ai jamais vue pleurer ? Jamais la moindre petite larme, Patricia. Mais pour obtenir ce qu'elle voulait, elle faisait très bien semblant. Il donne un coup de pied au paquet, désigne mes vêtements : Elle est en train de t'acheter, voilà ! Dans quel but ? Je l'ignore, mais elle doit y voir son intérêt quelque part.

– ARRÊTE !

Je voudrais me boucher les oreilles, n'avoir jamais entendu ça, n'être pas rentrée, ne plus jamais le voir. Qu'il me laisse au moins quelques belles images : Ava fière de moi, me présentant à ses invités : « Ma fille, ma fille… » Ava agenouillée à mes pieds, bâtissant l'ourlet de ma jupe. Ava émue : « J'aurai quand même réussi quelque chose. » Quel intérêt aurait-elle à m'acheter puisqu'elle a tout ? Et même une pouliche française aux grands yeux confiants qui, après le sevrage, prendra le chemin de la Californie et lui fera honneur. Pourquoi ne se serait-elle pas mise à m'aimer un peu, à sa façon ? Moi, j'en veux bien de cette façon-là puisqu'il paraît qu'on n'a qu'une mère.

Je me lève, je vais vers la porte.

– Tu ne m'as toujours pas dit ce que tu comptais faire ? demande la voix glaciale.

– Je suis fatiguée, papa, s'il te plaît, demain…

Il me rejoint, me traque. Je le déteste. Il est laid.

– Il y a une chose que tu dois savoir : pas question que je garde à la maison une fille qui ne fout rien. Pas les moyens.

– Si tu ne veux plus de moi, je peux aller chez ma mère, elle n'a peut-être pas de cœur mais ça lui fera plaisir de m'avoir.

Il blémit, serre les poings.

– Si c'est comme ça que tu vois ta vie…

– Et je la vois comment, ma vie, pour une fois que tu t'en préoccupes ?

– À jouer les putes, dit-il.

CHAPITRE 27

Je venais d'avoir seize ans et c'étaient les grandes vacances avant les choses sérieuses : l'entrée en seconde de détermination. En seconde de détermination, les élèves décident de leur type de bac : A, B, C, D, E, ou AB, DE, ou S, ou je ne sais quoi. C'est déjà l'avenir qui se joue, bref, « une année déterminante comme son nom l'indique », disait papa en faisant semblant de sourire. « Ton amie Sophie », me faisait-il remarquer, n'a, la pauvre, que le petit choix : G1, G2, G3... Et n'oublie pas tous ceux qui, contrairement à toi, quittent l'enseignement général pour entrer en LEP, passer des CAP ou des BEP ! » Bref, j'étais vernie : bonne en math, je pouvais même viser S comme scientifique, la voie royale, débouchés assurés. « Je ne voudrais pas t'influencer, c'est ton choix, mais que penserais-tu d'un BTS de gestion-compta ? Et, qui sait, par la suite, d'un DECS, on peut toujours rêver, n'est-ce pas ? »

La mer dansait en Bretagne. Elle giflait les rochers, éclaboussait le soleil, vous grisait avec ses odeurs et, chaque fois que je m'y baignais, j'avais envie d'aller loin, plus loin, chercher la clé de ma vie.

Nous avions loué, pour le mois d'août, une maison de pêcheurs dans un petit village au nom en « ec », difficile à prononcer, comme si vous aviez un morceau de rocher dans la bouche. Le pêcheur était mort, sa femme louait pour vivre. « Tu vois, ma chérie, il faut un bagage dans la vie, on ne sait jamais ce qui peut arriver. »

Jérôme avait dix-neuf ans. Il habitait Rennes et était moniteur stagiaire au Club de Voile où papa avait accepté de m'inscrire en récompense de mon succès au BEPC. Il était grand, très blond, très doux quand il nous expliquait ; et, jamais encore, je n'avais été amoureuse comme ça, à ne penser qu'à lui jour et nuit, à avoir le vertige rien qu'en entendant sa voix ou en plongeant dans ses yeux, verts comme la mousse au fond des trous d'eau.

Jusque-là, nous nous étions seulement embrassés et, cela aussi, il le faisait autrement que les autres, qui appuient trop fort, en profitent pour fourrer leurs mains partout. Jérôme embrassait si légèrement, en s'arrêtant, en revenant, mais juste un peu, trop peu, que cela donnait envie de plus, cela créait une grande faim en vous et, pour la première fois, j'étais prête à faire l'amour, mais lui ne se pressait pas.

Cet après-midi-là, nous étions allés aux praires. Le terrain était moins favorable que lors des grandes marées de septembre, quand les rochers sont déshabillés si loin qu'on a l'impression de voler ses secrets à la mer. Nous nous étions installés au soleil, dans un bois de pins. Ça s'était passé là ; et j'avais fait les premiers pas.

Était-ce une souffrance ? Était-ce un plaisir ? Dans mon ventre, les brûlures se mélangeaient, mais, après, je m'étais sentie si bien que j'avais envie de dire merci : merci bêtement à la vie d'être une fille et Jérôme un garçon, avec des corps comme ça. Merci à l'amour d'exister.

À la maison, c'était le soir du dîner de crêpes. Tradition, tradition, chacun avait droit à trois : deux salées et une sucrée. Quand j'étais arrivée, ils avaient déjà commencé. Je planais complètement ; et retomber sur ma chaise pour choisir entre crêpe jambon, fromage, œuf ou saucisse, alors que je venais de découvrir l'amour, cela me paraissait ridicule, une sorte de sacrilège. J'avais dit que je ne me sentais pas bien et j'étais montée me coucher.

Je dormais presque quand papa avait débarqué avec sa tête des mauvais jours :

– Qu'est-ce que tu as ? Que s'est-il passé ?

Pas triche, j'avais dit la vérité. Et : « Je l'aime, je l'aime, je l'aime... »

– Le salaud, comment a-t-il osé ?

Je ne m'attendais pas à des applaudissements, mais qu'il ne trouve que ça à me dire m'avait glacée.

– Ce n'est pas un salaud, papa, d'ailleurs, c'est moi qui ai voulu, c'est moi qui l'ai dragué.

Soudain il me regarde avec terreur, comme si j'étais une autre qu'il n'aurait pas remarquée jusque-là.

– C'est toi qui lui as demandé ? Tu as fait les premiers pas ?

– Oui, moi, papa ! Je l'aime, je l'aime, je l'aime.

– Mais tu n'as que seize ans, Patricia ! Est-ce que tu te rends compte ?

J'avais trouvé moyen de plaisanter, c'était devenu une manie : comment voulez-vous vous faire des copines si vous pleurez chaque fois que vous n'êtes pas comprise ?

– Faudrait savoir, avais-je remarqué. Seize ans, c'est la seconde de détermination et tu n'arrêtes pas de me répéter que j'ai l'âge des grandes décisions : faire l'amour pour la première fois m'a semblé en être une, non ?

Il en était resté cloué, mon pauvre papa ! Sans me poser une seule question intéressante sur mes impressions, mes sentiments, sur le bonheur – et Jérôme à Rennes, moi à Bourg-la-Reine comment ferait-on pour se marier ? –, il avait quitté ma chambre.

Le lendemain matin, Marie-Laure était montée en m'apportant mon thé au lit comme si j'étais malade. Elle avait des cernes sous les yeux. « Un père est toujours un peu le premier amoureux de sa fille, m'avait-elle expliqué. Aussi, quand la fille saute le pas, ça lui fait un choc, forcément. » Bref, papa s'était agité toute la nuit, je ne devais pas lui en vouloir de m'en vouloir, ils étaient tous comme ça ! Accepterais-je de répondre à une ou deux questions ? »

J'avais accepté d'enthousiasme, mon cœur débordait :

– Toutes les questions que tu veux !

– Tu es bien sous pilule, n'est-ce pas ?

Ce n'était pas ce que j'espérais, mais j'avais répondu en attendant mieux. Sous pilule ? Bien sûr que non, puisque c'était la première fois de ma vie que je faisais l'amour, que je rencontrais un garçon aussi fabuleux, le coup de foudre, je l'aime, je l'aime, je l'aime.

– Et lui ? A-t-il pris des précautions au moins ?

Ma gorge commençait à se bloquer : « Quelles précautions ? » On avait été aux praires, on n'avait pas prévu qu'on ferait l'amour après, c'était venu comme une grosse vague de fond qui nous avait emportés tous les deux, et maintenant…

Sans me laisser terminer ma phrase, sans m'interroger sur la vague, sans que je puisse lui annoncer la bonne nouvelle – le père de Jérôme était aide-comptable comme elle –, elle s'était précipitée sur le téléphone pour prendre rendez-vous au cabinet médical de Paimpol, service gynécologie.

Je n'avais pas réussi à boire mon thé.

« Écartez, écartez bien… » disait le docteur Bourlot dans sa blouse blanche. J'écartais et il regardait dehors, dedans, c'était abominable. « Voilà un petit fourbi qui me semble tout à fait sain, avait-il déclaré en jetant dans le lavabo ses gants de tortionnaire tandis que, morte de honte, je me rhabillais en vitesse. Mais avez-vous pensé aux risques, mademoiselle ? Le sida ? Un enfant ? »

Il savait bien que non ; Marie-Laure le lui avait dit devant moi au téléphone : « La petite n'a pensé à rien. » Je n'avais pensé qu'à l'amour, au soleil et à cette brûlure, comme en velours, qui demandait à être caressée.

Avec mon autorisation, Marie-Laure nous avait rejoints dans le bureau du docteur Bourlot pendant qu'il rédigeait l'ordonnance. Pas de stérilet, il était contre : « Je dis toujours “Stérilet : stérilité”… » La pilule. Mais, comme celle-ci ne faisait pas tout de suite son effet, je devrais, chaque fois que je succomberais aux charmes de mon jeune et inconscient partenaire, mettre un gel anti-spermatozoïdes au fond de mon petit moteur avec la canule prévue à cet effet dans l’emballage. Le docteur Bourlot souhaitait également que mon poète, si ce n’était pas trop terre à terre pour lui, songe à utiliser des préservatifs.

Sur ce, il m’en avait offert un paquet gratos.

Sida, enfant, gel, pilule, capote, fourbi, moteur, il me semblait qu’on arrachait un à un les rayons de mon soleil et, pour me venger, je lui avais dit haut et fort devant tous ceux qui attendaient leur tour : « Au revoir docteur Bourreau ! » et il était devenu rouge de colère.

Le soleil s’était complètement éteint devant l’affolement de Jérôme lorsque je lui avais raconté ma matinée d’enfer, sans parvenir à rire, cette fois. « Mais pourquoi tu leur as dit ? Tu es inconsciente ou quoi ? Je suis comme un prof, moi : interdit de toucher aux élèves… et, en plus, elle est mineure ! C’est peut-être mon avenir que tu fous en l’air. »

Jérôme et moi c’était déjà fini.

Pendant deux jours, papa n’avait pas osé me regarder en face, puis il m’avait invitée à prendre un lait fraise à la terrasse du Café des Sports où, une fois par semaine, on commandait la pizza royale aux fruits de mer.

« Pardonne-moi pour l’autre soir, ma Patriche, je me suis laissé emporter, avait-il expliqué d’une grosse voix d’amoureux trahi. Mais essaie de comprendre… seize ans, c’est si jeune, et je voudrais tant que ma fille ne devienne pas une pute comme ces autres qui font ça avec n’importe qui sans y attacher d’importance. »

Le mot « pute » était allé réveiller, au fond de ma mémoire, le « traînée » prononcé par Constance un jour qu'elle racontait notre vie à la voisine. Une pute, une traînée, c'était de la même famille : celle de l'Autre – signé : tante Claire.

À force d'avoir peur que je prenne le chemin de l'Autre – la traînée, la pute : ma mère ! –, mon père est en train de m'y précipiter.

CHAPITRE 28

– Je ne veux pas que tu partes, dit Lucie. Je veux que tu restes ici avec moi, qu'est-ce qu'il t'a fait, papa ? Qu'est-ce qui s'est passé à la mer ?

– Il ne s'est rien passé à la mer, sauf qu'elle était trop froide pour s'y baigner. Et papa ne m'a rien fait. C'est à Duguesclin que ça coince : j'ai dit « merde » au prof de français.

Un œil qui rit, un œil qui pleure, Miss-première-de-sa-classe-et-fayot-sur-les-bords hésite entre joie et inquiétude. Je continue à remplir mon sac. Même pas eu le temps d'en sortir la belle robe et les chaussures neuves. La tenue Robertson les rejoint. Jeans, pulls, baskets. N'oublions pas la musique : walkman, magnétophone, cassettes, partitions, le vrai déménagement ! Dis, Patriche, comment espères-tu trimbaler tout ça ? Ne serais-tu pas en train d'en rajouter pour que ça devienne intransportable ? Pour t'obliger à rester là ? Et qui te dit qu'Ava acceptera de te recevoir ?

Bruit de casseroles à la cuisine, odeur de café, toux du fumeur repenti : « Si tu choisis la vie de pute... » Ce salaud a osé me dire ça.

– C'est à cause du « merde » que tu t'en vas ? insiste Lucie-crampon.

– C'est parce que je refuse de m'agenouiller devant le prof pour lui demander pardon.

– Et moi, qu'est-ce que je vais faire toute seule ?

– Tu ne seras pas toute seule, tu as les parents, et ta chère Anne-Sophie ! Sans compter Télé-zizi pour te consoler les soirs de spleen.

– Qu'est-ce que c'est, le « spleen » ?

– Le cafard, en anglais. Sur ma glace, j'inscris le numéro de l'Inter-Continental. Et si par hasard je te manquais, tu n'aurais qu'à appeler là, c'est l'hôtel où habite ma mère.

– Ils en ont parlé, de ta mère, dit-elle avec un gros soupir. C'est elle qui t'a coupé les cheveux ? Je t'aimais mieux avant.

– Papa aussi m'aimait mieux avant, figure-toi. C'est même là tout le problème. Qu'est-ce qu'ils ont dit ?

– J'ai pas bien entendu, je regardais la télé. Oncle Jacques était là, pas tante Claire, ouf ! Je crois que papa a dit qu'elle allait te reprendre ou quelque chose comme ça. Oncle Jacques l'a engueulé.

L'angoisse me noue le ventre : c'est bien ce qu'il me semblait, dans sa tête, mon père m'a déjà abandonnée. Et quand il a dit ça, il n'avait pas encore vu les boucles, ni respiré le parfum du fagot... Lucie demandera à papa : « Dis, pourquoi elle est partie, Patricia ? Quand est-ce qu'elle reviendra ? » Papa répondra : « Notre vie ne lui convenait pas, elle avait envie d'autre chose. » Jamais on ne dira du mal de moi pour ne pas abîmer l'image. Je serai liquidée en douceur.

– Qu'est-ce que tu as, tu pleures ? demande Lucie, pliée en deux pour voir mes yeux.

– Pourquoi veux-tu toujours que tout le monde pleure, ça te plaît ?

– C'est vrai : quelquefois, c'est agréable, remarque-t-elle d'un ton pénétré, comme si elle y connaissait quelque chose, comme si chaque nuit elle trempait son oreiller en appelant Marie-Laure.

Je me lève : assez débloqué ! Papa va monter, gueuler un bon coup en voyant mon sac, m'ordonner de rester. D'ailleurs, l'escalier craque, la porte s'ouvre…

Bourg-la-Reine dans sa splendeur ! Robe de chambre molletonnée boutonnée jusqu'au cou, chaussons, bigoudis. « Bonjour, Marie-Laure »… « Bonjour, Patricia. » Mauvais signe, le Patricia. Même machinal, le « chérie » habituel sonne mieux. Au fond, elle sera soulagée, ma belle-mère, quand j'aurai débarrassé le plancher, depuis le temps que je pollue l'atmosphère. Et puis elle n'aura rien à se reprocher, je suis témoin : elle aura mis en pratique tout ce qui est marqué dans son livre spécialisé : *Patience, Écoute, Dialogue, Communication.*

Elle tend la main vers sa fille :

– Tu ne crois pas qu'il serait temps de t'habiller, Poulette ?

Poulette ignore la main tendue, vient se coller à moi :

– Ça y est, murmure-t-elle, je l'ai, le spleen.

Je tire sa natte :

– Ding-dong, c'est l'heure, dégage.

Elle dégage en reniflant. Une demi-sœur, ça en vaut parfois une entière.

Au moment de quitter la chambre, Marie-Laure se tourne vers moi, son regard passe sur le sac :

– N'oublie pas de fermer à clé la porte d'entrée et de mettre le cadenas au portail.

À huit heures, la porte d'entrée s'est ouverte et fermée sur les femmes : premier départ ! Lucie galopait devant. « Doucement, tu vas tomber... », a crié Marie-Laure avec du rire dans la voix. Le second départ, huit heures dix, c'est toujours papa. Il aime bien siroter tranquillement un rab de café. Moi, je suis en face avec mon thé et, même si on ne se dit rien, on apprécie de se retrouver un petit moment seuls, tous les deux, comme avant.

Huit heures dix, huit heures vingt... Monsieur-l'heure-c'est-l'heure était en train de se mettre en retard. Attendait-il que je descende ? Et quoi encore ! Pourquoi ne serait-il pas monté, lui ? Il a fini par se décider : la porte s'est ouverte et fermée sur le maître de maison. Sortie de la voiture du garage, grincement de portail. Peut-être regardait-il ma fenêtre ? Peut-être aurait-il suffi que j'y montre le nez pour que le monde recommence à tourner comme avant ? La voiture s'est éloignée.

J'ai descendu mon bagage et j'ai appelé Ava. « Mais qu'est-ce qui t'arrive ? » a demandé la voix ensommeillée. Je pouvais à peine parler : « Est-ce que je peux venir ? » Elle n'a pas hésité une seconde : « Dépêche-toi, je t'attends. »

Chez Steph, c'est une voix d'homme plutôt sèche qui m'a répondu : « Je crois qu'il dort, mademoiselle, puis-je transmettre un message ? » J'hésitais, lorsque Steph a pris l'appareil : « C'est drôle, a-t-il remarqué, quand le téléphone a sonné, j'ai su que c'était toi, pourtant, personne ne m'appelle jamais. – Peux-tu venir me chercher à Bourg-la-Reine ? ai-je demandé. Je t'expliquerai. » Pas un pli : « J'arrive. » Il voulait même arriver si vite qu'il en oubliait de me demander mon adresse.

Après avoir raccroché, je suis restée un moment assise près du téléphone : « Je t'attends »... « J'arrive »... Je n'étais pas complètement abandonnée, mais aucun de ces mots ne pouvait remplacer celui que j'avais espéré depuis mon réveil : « Reste. »

Mon paquet cadeau avait disparu. Je l'ai retrouvé derrière le rideau du salon. J'ai dénoué le beau ruban, défait le papier sans déchirer. J'ai sorti l'appareil, les disques dorés, qu'il sache au moins, s'il les jetait à la poubelle, que c'était sur Mozart, Verdi et les copains qu'il se vengerait.

En attendant Steph, j'ai bu un jus de fruit. Ma gorge était toute desséchée, comme après l'amour quand on croit que c'est vraiment l'amour et que la vie va enfin changer. Mon bol était sur la table ; qui donc y avait mis le sachet de thé ? Miss-solidarnosk ? Cela faisait plaisir quand même ! « Alors, comment vont toutes mes femmes, ce matin ? » pavoisait papa une fois sur deux en débarquant à la cuisine. Le vrai sultan !

Steph est arrivé vers neuf heures. Il avait une mine de déterré. J'ai demandé : « Tu es malade ? – Pas plus que toi, apparemment », a-t-il répondu en riant. Aucun commentaire sur ma coiffure. Je la retrouverai un de ces jours sur une BD.

J'ai montré mon bagage :

– Peux-tu déposer ça à l'hôtel ? Je m'installe chez ma mère. Je suivrai en deux-roues.

– Pour le sac, c'est O.K., pour le deux-roues, pas question ! Tu as une tête à passer sous les roues du premier autobus venu. Pense au malheureux conducteur.

– Et la chorale, j'irai comment ce soir ?

– Je t'accompagnerai.

J'étais si heureuse qu'il se décide enfin à venir que je

n'ai pas insisté. Et puis, laisser mon véhicule au garage, c'était dire à Jean-Baptiste Forgeot quand il rentrerait : « Ne crois pas t'être complètement débarrassé de ta fille. »

Avant de monter dans la belle voiture de sport, j'ai couru jusqu'au saule, appuyé mon front à l'écorce : « Ce n'est peut-être pas pour tout de suite, mon vieux, mais un jour, bientôt, je bouquinerai à ton ombre et ce qui se passe aujourd'hui sera du mort et enterré. » Il a approuvé avec son bruit de pages tournées. Lors des turbulences, j'ai plus tendance à regarder devant, quand la tempête sera calmée, que de pleurer sur hier quand c'était le beau temps.

J'ai fermé, plutôt trois fois qu'une, porte et portail.

Sur la route, j'ai tout raconté à Steph, y compris le « merde » à Guérard qui voulait recommencer son cirque avec moi, le salaud ! J'en ai profité pour l'engueuler : « Pourquoi n'es-tu pas venu au cours ? Les autres m'ont tous lâchée. » Ma gorge était bêtement serrée, pourtant les autres depuis le temps je m'en fous. Pas triche ? Il s'est contenté de répondre sans me regarder : « Les histoires de famille, ne crois pas être la seule à en avoir. » Point final.

Il s'est arrêté devant l'hôtel, a fait signe à un type en uniforme qui s'est précipité sur mon vieux sac pourri. Nous sommes convenus qu'il reviendrait me chercher le soir même, à six heures. J'avais peine à le quitter. Il avait beau habiter les quartiers chics de Saint-Cloud, il me semblait être le seul lien qui me rattachait encore à un p'tit pavillon de Bourg-la-Reine.

À la réception, on m'a annoncé qu'une chambre avait été réservée pour moi par ma mère, la 433, au même étage. Je devais l'appeler dès mon arrivée. « Nous n'avons pu vous rapprocher plus, mais si la chambre voisine se libère, comptez sur nous, mademoiselle Loriot. Nous vous souhaitons un bon séjour. »

Ne pas dépasser la bordure du tapis, ne pas respirer avant le quatrième étage, compter à toute vitesse jusqu'à 33 avant d'ouvrir la porte… sinon, sûr et certain, Jean-Baptiste Forgeot et Mlle Loriot passeraient sous un autobus avant d'être arrivés à se dire qu'ils s'aimaient.

Penser au malheureux conducteur.

CHAPITRE 29

– Dès que je t'ai vue, j'ai compris que tu n'étais pas faite pour cette vie-là !

Aucun triomphe dans la voix d'Ava : une constatation joyeuse. Elle a ouvert la porte à la volée, m'a regardée, m'a souri. J'ai couru vers elle, la douceur d'une femme, les seins d'une femme contre les miens, parfum de nuit, parfum de mère mêlés, je viens de naître, elle n'est pas encore partie. Heureusement, l'employé est entré avec mon sac sinon j'étais à nouveau bonne pour les grandes eaux, elle qui n'aime pas ça !

Nous nous sommes installées sur le lit :

– Maintenant, raconte.

J'ai seulement raconté l'ultimatum de Duguesclin, je n'ai rien dit de l'engueulade paternelle au sujet de Mme Sans-Cœur.

– Et pour quelle vie ne suis-je pas faite, d'après toi ?

– Celle d'une petite employée de bureau.

Son dédain me pique au vif :

– Je n'ai jamais eu l'intention d'être une « petite employée de bureau », mais il faut bien penser à gagner sa vie, à être indépendante un jour, c'est tout.

Les mots de papa. Auprès d'Ava, je le soutiens. Avec lui, je défends Ava. Et moi, dans tout ça, où suis-je ?

– L'indépendance, bien sûr ! Mais avoue qu'on ne t'a pas donné grand choix.

Elle se lève, s'étire, les manches de son déshabillé de soie coulent comme une caresse le long de ses bras. Elle va s'asseoir devant la coiffeuse, « ma » coiffeuse. La chambre 433 est aussi spacieuse que la 408, éclairée par deux grandes fenêtres. Moi qui n'aime que les arbres, je suis servie : sous mes yeux, tous les soldats de bois des Tuileries. Un rayon de soleil caresse les branches, cela sent déjà l'éclosion, le grand chambardement. C'est moins l'hiver ici qu'à Bourg-la-Reine.

– Et pour quelle vie suis-je faite ?

Ma mère prend une grande inspiration :

– Une vie large, où tu ne passeras pas ton temps à compter, où, lorsque tu regarderas ta montre, ce sera pour te plaindre que le temps file trop vite.

Je ne réponds pas : on a tous envie de cette vie-là ! On est tous faits pour, mais comment ? Je la regarde. Elle, c'est sa beauté qui lui en a ouvert les portes, vais-je le lui reprocher ? Elle se penche vers le miroir, examine son visage, vulnérable soudain, fragile enfin. Je viens derrière elle. Je voudrais lui dire que je l'aime mieux moins éclatante, nature, comme ce matin. Que ces petites rides qu'elle lisse du bout des doigts au coin de ses yeux m'attendrissent. Je voudrais que tu sois vieille, moche et fanée pour t'aimer quand même.

Nos yeux se croisent dans la glace et elle se rejette en arrière, comme prise en défaut :

– Qu'est-ce que tu as à me regarder comme ça ?

Je réponds :

– Tu es belle !

– Tu le seras, me promet-elle.

Elle se lève comme elle le fait toujours, d'un coup d'aile, entoure mon visage de ses mains, plonge ses yeux dans les miens. Mon cœur bat : je sais ce qu'elle va me dire et je ne suis pas prête.

– Viens avec moi aux États-Unis, j'en serai si heureuse ! Et Jimmy est d'accord pour te prendre dans sa boîte.

J'essaie de plaisanter :

– Et qu'est-ce que je ferai dans la boîte de Jimmy ?

– Tu travailleras dans du beau, du vivant, du qui bouge : la mode !

– Et papa, tu as pensé à lui ?

– « Papa »... « papa »... Tu ne vas quand même pas répéter « papa » toute ta vie ! Elle se lève : Il t'a eue pendant vingt ans, c'est bien mon tour, non ?

Cette nuit, il a dit : « Elle est en train de t'acheter, elle doit y voir son intérêt quelque part. » Je la regarde bien en face.

– Pourquoi veux-tu m'emmener aux États-Unis ? Elle éclate de rire :

– Mais parce que tu es ma fille, *darling* ! Parce que je t'ai retrouvée et que je n'ai pas envie de te reperdre, c'est tout. Ça ne suffit pas ?

Bien-être, cœur plein : mais si, cela suffit ! Ma mère a tout simplement envie que je reste avec elle. Pourquoi toujours la soupçonner de calculs, de mensonge ? Elle ne m'a jamais menti. Même lorsque je lui reprochais de m'avoir laissée elle ne se cherchait pas d'excuses : « Je ne me sentais pas très mère... » Ava est comme elle est, et s'accepte ainsi. Où est le mal ?

– Alors ? Qu'en penses-tu ?

– Je ne peux pas te répondre si vite ! C'est une... immense décision. Et puis je suis complètement K.O. Pas assez dormi cette nuit...

– Moi itou, dit-elle. Je suis même complètement dans les vaps... Elle me fait un clin d'œil. Voilà ce que je te propose : un gros dodo jusqu'à midi. Elle va vers mon lit, tapote les oreillers : Mais si on appelait Jimmy avant ? Juste pour lui dire : « *Hello.* » Il va être fou de joie de te savoir là.

– Pas maintenant !

Réflexe. Cri du cœur. Pourquoi ? Ava me regarde, stupéfaite. Je me sens rougir :

– Je suis trop moche, je dois avoir une tête pas possible.

– Justement, c'est comme ça que tu lui plais, avec ta « tête pas possible », constate ma mère d'un rire un peu étonné. Cela doit le changer des filles tirées à quatre épingles de Robertson USA. Enfin, c'est à toi de décider. Mais tu sais que vous n'aurez plus guère l'occasion de vous rencontrer : il part pour Genève en fin de matinée et, vendredi prochain, ce sera le retour aux États-Unis. J'espère que tu accepteras quand même de lui dire au revoir.

– Le retour aux États-Unis ? Toi aussi, tu pars ?

– Voyez comme elle m'expédie ! Non, moi, je prolonge un peu. Encore à faire du côté de la boutique.

Elle ébouriffe mes cheveux, va fermer les rideaux. Mes diaboliques antennes ? Il m'a semblé entendre un léger flottement dans sa voix, comme si, pour une fois, elle ne disait pas toute la vérité. Je retire mes bottes. Les sacs, plus tard.

– Et ce soir ? Si j'organisais quelque chose ? propose-t-elle. Que dirais-tu d'un souper-spectacle ?

– Ce soir, je suis prise.

– Tu es prise ?

Son air incrédule me déroute. Malaise. On dirait qu'à partir du moment où je suis venue là, Ava entend disposer entièrement de moi.

– Je fais partie d'une chorale. Nous donnons un concert vendredi en huit, à Saint-Germain-des-Prés, tu te rends compte ? Nous avons répétition. Impossible de manquer. Un ami viendra me chercher.

– Quel ami ?

Voix sèche, visage contrarié. Je me sens coupable.

– Stéphane de Montrembert, je t'ai déjà parlé de lui.

– Ah ! oui, celui à qui tu as emprunté son nom, c'est ça ? Que fait-il déjà, ce Montrembert ?

– La même boîte que moi : Duguesclin. C'est juste un bon copain, je te l'avais dit aussi.

Pourquoi avoir ajouté « bon copain » ? Comme si j'avais à me justifier ? Je m'en veux. Je n'ai de comptes à rendre à personne. En attendant, le sourire d'Ava est revenu.

– Bien ! dit-elle. Moi, je vais demander mon breakfast, j'ai faim. On s'appelle plus tard. Arrivée à la porte, elle décroche l'écriteau « Ne pas déranger », me le montre, le suspend à la poignée extérieure, m'envoie un petit baiser : Dors...

« Dors, mon petit cœur », disait papa. Je fermais les yeux et je berçais mon petit cœur blessé. Je lui racontais des histoires, le plus souvent la même : j'allais au concert, la chanteuse avait un malaise, je la remplaçais, ma voix subjuguait la salle, au premier rang une belle jeune femme pleurait. Ses larmes étaient pour moi le signe de l'amour, le feu vert pour dormir.

Je suis étendue sur un lit du grand hôtel Inter-Continental. Sous la porte, passe un rai de lumière. Je viens d'apprendre à ma mère la grande nouvelle : je chante ! Cela ne l'a pas intéressée du tout. La seule chose qui l'intéressait était de savoir si je couchais avec le garçon qui viendrait me chercher.

Je ferme les yeux. J'ai envie de rêver que je n'ai pas grandi, que j'attends maman, que je vais enfin la retrouver.

CHAPITRE 30

Souvent, papa et oncle Jacques parlaient de cette mamie qui, malheureusement pour moi, avait disparu trop tôt pour que nous puissions faire connaissance, la mamie à qui je ressemblais avec ma tête de bois. Ils se rappelaient que, le temps venu pour elle de mourir, elle avait durant une nuit entière retenu sa vie pour voir le jour encore une fois. Et ils remarquaient, en hochant la tête avec tristesse et admiration : « Lorsque le mourant a passé le cap de la nuit, bien souvent c'est pour lui une journée de gagnée. »

Je veux bien mourir la nuit. Je sais qu'à mon âge c'est facile à dire, « mourir ». On n'y croit pas vraiment pour soi, c'est trop loin. Mais Gabrielle, par exemple, qui n'a que deux ans de plus que moi, en a une peur bleue. Quand j'étais invitée à dormir chez elle, elle venait toute tremblante dans mon lit se serrer contre moi. C'étaient les seuls moments où elle avait l'air de m'aimer. Je crois que sa peur vient de ce qu'elle n'a pas encore vécu : tante

Claire l'en a empêchée, même pas certain qu'à vingt-deux ans elle ait fait l'amour. Alors, elle dit : « Pas encore, pas tout de suite. »

La nuit a toujours été pour moi la délivrance, le voyage, les retrouvailles. Je ne suis pas folle des étoilées que l'on déchiffre comme un livre pour montrer sa science, en oubliant de les admirer. Mes préférées sont les nuits mouillées, à la campagne : celles qui tombent après une bonne pluie dans la paix retrouvée. Les étoiles sont en réserve, les odeurs montent comme un merci, les arbres s'égouttent sous les soupirs du vent, flic-flac, je resterais des heures à écouter, respirer et il me semble, comme la terre, que je me régénère.

Depuis l'enfance, je ne manque jamais de me mettre quelques minutes à la fenêtre avant de dormir pour présenter mon visage à la nuit, comme on trempe le bout de son pied dans la mer, histoire de la goûter avant de s'y plonger.

Ô Nuit, viens apporter à la Terre
le calme enchantement de ton mystère.

Ce soir, dans la petite église de Bourg-la-Reine, j'ai chanté la *Nuit* de Rameau.

Tout le monde connaît ce morceau par cœur. Certains le dédaignent, le mettent dans le même sac que *la Sonate au clair de lune* de Beethoven ou l'*Ave Maria* de Schubert : musique facile ! Ils préfèrent une musique qui s'adresse moins aux sentiments, ça les ennuie d'être émus. Chaque fois que j'entends la *Nuit*, j'ai l'impression d'être comprise par quelqu'un, et je pense que si un jour, moi aussi, je crache dessus, cela voudra dire qu'une partie de ma sensibilité se sera épaissie comme l'écorce d'un vieil arbre où la sève se fait rare. Je serai de ceux qui ne regardent plus les étoiles avant de dormir sous prétexte qu'elles seront encore là demain, alors non merci !

Comme Delamarre me l'avait demandé, j'ai retenu mes sentiments personnels pour exprimer la joie, la souffrance, l'espoir de chacun. Mais je sentais au fond de l'église la présence de mon Petit Prince débranché qui, lui, craignait la nuit parce qu'il « rêvait noir », et j'ai essayé d'être la lumière d'une étoile amicale parmi les milliers de belles indifférentes éclairant sa planète.

– Tu y es presque, m'a félicitée Delamarre après la répétition. La dernière fois, tu en mettais un peu trop, cette fois c'était plutôt pas assez, la prochaine sera la bonne.

La prochaine répétition aurait lieu, avec orchestre, dans l'église Saint-Germain-des-Prés, à Paris.

Je voulais présenter Stéphane à notre chef de chœur mais il avait disparu. Je l'ai retrouvé assis en tailleur sur une aile de sa voiture, faisant le clown, un paquet de cigarettes en équilibre sur sa tête. Ce n'était pas drôle du tout, cela signifiait qu'il ne se sentait pas capable, du moins pour l'instant, de parler de ce qu'il avait éprouvé, alors j'ai ravalé mes questions, je suis montée dans la voiture comme si je sortais de n'importe où et il a daigné venir s'asseoir près de moi.

Je lui ai demandé de passer par ma rue, mais surtout sans s'arrêter quand nous serions devant la maison. C'était allumé au salon et dans la chambre des parents.

Dix heures. Papa savait que j'avais chorale le lundi. M'attendait-il ? On ne voyait rien derrière ces sacrés volets. J'avais du mal à croire que j'étais encore là ce matin, il me semblait être partie depuis une éternité et j'ai eu très envie de rentrer. Mais comment faire ça à maman ?

– Avec ta mère, ça s'est bien passé ? a demandé Steph-le-devin.

J'ai pris son paquet de cigarettes et je l'ai mis sur ma tête. Il n'a pas insisté.

Nous n'avons plus rien dit jusqu'à l'hôtel : discuter de la pluie et du beau temps, comment ? Je l'ai invité à entrer prendre un verre et, à mon grand étonnement, il a accepté. Milord a laissé ses clés de voiture au portier.

Le bar était plein d'étrangers chahuteurs, nous sommes montés dans ma chambre, nous avons étalé sur le lit tout le contenu de mon bar à moi : champagne, jus de fruits et alcools divers dans des bouteilles de poupée, sans compter cacahuètes, gâteaux salés et fruits séchés miniature. Adossés aux oreillers, nous avons commencé à pique-niquer ; c'est là que Stéphane s'est décidé à parler et j'ai pensé que, peut-être, comme le disait Delamarre, ma voix avait fait frémir au fond de lui la corde secrète qui vous murmure que vous n'êtes pas complètement seul dans la vie.

– Quand j'étais petit, raconte-t-il, ma mère m'emmenait chaque après-midi faire quelques tours de manège au bois de Boulogne. Elle me regardait du bord et j'avais l'impression d'être un héros, le plus vaillant des cavaliers, le plus intrépide des aviateurs. Avant la fin du tour, un homme agitait une sorte de singe à longue queue épaisse au-dessus de nos têtes et celui qui parvenait à attraper la queue avait droit à un tour gratuit. J'y étais devenu très habile, j'en rêvais la nuit. Un dimanche, j'ai supplié mon père de venir avec nous, je voulais lui montrer. J'ai réussi à attraper plusieurs fois la queue du singe. Ma mère applaudissait, j'étais si fier. Sur le chemin du retour, mon père m'a dit que c'était très bien, mais n'étais-je pas un peu trop grand pour ce jeu-là ? Ne devrais-je pas laisser ça aux petits ? Sans queue de singe à attraper, le manège ne m'a plus intéressé. J'avais l'impression de tourner pour rien. Il me fait la grimace : Eh bien, tu vois, ça n'a pas changé. Personne n'agite plus de singe au-dessus de ma tête pour que je sois le meilleur, ma mère n'applaudit plus du bord et il me semble que je tourne pour rien.

Il ouvre une petite bouteille de gin, mélange l'alcool à du jus de fruits, fait le partage dans nos verres. Le gin, je n'aime pas tellement, mais je prends pour l'accompagner. Nous trinquons à la queue du singe.

– Quel imbécile, ton père ! Dire un truc pareil à un gosse ! Il ne connaît rien aux enfants ou quoi ?

– M. Hautes-Études avait déjà de grandes ambitions pour Fils unique, dit-il en copiant ma façon de parler. De bien plus belles queues de singes à attraper…

Nouvelles grimaces, grand soupir, vraie douleur.

– Fils unique l'a déçu : ce sont mes sœurs qui font les hautes études.

– Fils unique dessine formidablement !

– Le dessin aussi, il faut laisser ça aux petits.

Sa voix s'est cassée : chez lui, on ne doit pas follement apprécier la BD.

– Ma mère aussi a de grandes ambitions pour moi,

dis-je. Et j'ai bien peur de n'être pas à la hauteur. Nous revoilà dans l'Avenir... On aurait dû inviter Guérard. Tu sais comment j'ai appelé le devoir que je n'ai pas rendu ? « Moi Schubert. »

– Si j'intitulais le mien. « La queue du singe » ? plaisante Steph.

Mais son rire sonne faux. On dirait que la corde a déjà cessé de vibrer, il s'éloigne, je lui tends la bouteille de champagne.

– On ne va pas laisser ça !

Il l'ouvre docilement, remplit nos verres. Je heurte le mien au sien :

– Ni aux parents, ni à Guérard, à NOUS ! NOUS DEUX !

Dans ses yeux, qu'il détourne vite, des larmes.

Alors j'ai posé ma tête sur son épaule, comme l'autre jour lorsque c'était moi qui ne pouvais plus parler et qu'il m'avait aidée. Je le sentais partir dans sa solitude à la vitesse d'une étoile filante, je ne savais pas de quelle façon le retenir. J'ai appuyé mes lèvres à son cou : j'y ai senti battre son cœur, il serrait fort ses paupières comme pour lui ordonner de se taire. Je n'avais pas vraiment envie de faire l'amour avec Steph, je voulais simplement l'empêcher de s'éloigner, lui montrer que j'étais là, lui offrir quelque chose, pourquoi pas moi ? J'ai posé ma bouche sur la sienne, il ne l'a pas ouverte et quand j'ai descendu ma main, il l'a bloquée.

– Merci non ! Tu vois, de ce côté-là aussi, c'est la panne.

Il a quitté la chambre presque en courant : une fois de plus, j'avais tout gâché. « Pat-conne », comme dit Lucie les jours d'amabilité.

CHAPITRE 31

Quand, à Bourg-la-Reine, le réveil sonnait, quand Miss-sado venait me tirer de ma couette : « Patriche, c'est plus que l'heure », que la dégueulasse odeur de café montait exprès pour m'écœurer, je râlais : « Ah, si j'avais pu rester au lit, saleté de Duguesclin, chienne de vie ! »

Depuis trois jours, rien ni personne ne m'obligeait à me lever. Lorsque j'ouvrais les yeux après avoir dormi tout mon saoul, le jour me saluait derrière les fleurs orangées des rideaux, je pouvais, au choix, me tourner de l'autre côté et me rendormir ou commander le plateau bien garni du petit déjeuner : « Passez une bonne journée, mademoiselle. »

Ava m'appelait vers dix heures : « Alors, comment ça va ? As-tu bien dormi, au moins ? C'est vrai qu'à ton âge, on dort toujours bien ! Qu'as-tu envie de faire aujourd'hui ? » Elle, elle avait toujours envie de faire du shopping, m'offrir des cadeaux. À Bourg-la-Reine, l'achat d'un vêtement, un sac ou un objet important était un événement, on discutait de son utilité, du prix que l'on voulait y mettre, de sa qualité selon l'endroit où on l'achèterait et cela me rappelait les œufs de Pâques quand j'étais petite. « Qu'est-ce que tu préfères ? demandait papa, un petit œuf d'excellente qualité ou un gros œuf de qualité moyenne ? » Je choisissais toujours le gros avec un peu de regret pour l'excellent. Ma mère pointait le doigt vers une vitrine : « Veux-tu ça ? Est-ce que ceci te ferait plaisir ? » Qualité, quantité, je pouvais avoir les deux à la fois. Je refusais, mais j'allais volontiers avec elle voir comment cela se passait chez Robertson et, là, je me prenais au jeu : lorsque des clientes entraient, je vantais la marchandise, j'avais envie qu'elles emportent tout le magasin. « C'est le métier qui rentre », remarquait Ava, l'œil brillant.

Lorsque j'habitais « Cher Pavillon », je trouvais que je n'avais jamais assez de temps pour chanter : devoirs, leçons, repassage, rangements, sans compter Lucie-pot-de-colle. Dans ma belle chambre capitonnée de l'Inter-Continental, je pouvais, sans gêner personne, répéter autant que je voulais mais j'avais du mal à m'y mettre. Vendredi en huit, notre concert ? Impossible. Je me sentais hors du temps, débranchée, en sursis, en suspens.

Que s'était-il passé ?

Il y a un mois, même si je râlais, ruais dans les brancards, ma vie allait son chemin, bien tracé, rassurant : la maison – où je n'étais pas si mal au fond –, Duguesclin-la-Stratégie-de-l'Avenir, Luc encore un peu, en attendant le vrai, le grand amour. Il faudrait bien qu'il vienne, ce jour où exploseraient ces forces que je sentais bouillir en moi, où seraient comblés ces appétits qui se disputaient mon cœur et mon corps. C'était d'impatience qu'il m'arrivait de gueuler à la chorale ou de passer à la torture douce Lucie-folle-dingue.

Et puis, un soir, avec la petite phrase d'oncle Jacques, ma vie avait déraillé, un tourbillon m'avait emportée, ballottée, tourneboulée, pour finir par me déposer là, dans ce palais, sur ce lit, face à cette coiffeuse dorée, ces rideaux damassés où, en quelques jours, pour satisfaire mon petit confort, ma mère dépensait plus que le salaire mensuel de mon père.

J'aurais voulu que quelqu'un m'aide à comprendre ce qui m'était arrivé, à savoir ce que je désirais au fond. Je m'apercevais que je n'avais aucune véritable amie, rien que de bonnes petite copines avec qui partager les petits plaisirs, les petits potins, une petite toile, une petite bouffe, une petite boum.

Seul, Stéphane…

Chaque fois que je pensais à lui, la honte, le regret, m'étouffaient. La honte… Je m'étais offerte à lui sans même avoir envie de faire l'amour. « Je voudrais tant que ma fille ne devienne pas une pute comme les autres qui font ça avec n'importe qui, sans y attacher d'importance… » Moi, la pute ? Le regret… Stéphane s'était confié à moi, il réclamait mon aide et tout ce que j'avais trouvé : l'obliger à avouer son impuissance ! Je me souvenais des moments passés ensemble au café de L'Étoile, de cette confiance, de cette chaleur, ces moments où nous étions tellement plus proches que lorsqu'on b… Était-ce vraiment fini ? Steph me manquait, mais je n'osais l'appeler de peur de tomber à nouveau sur M. Hautes-Études. Et que lui dirais-je si je l'avais au bout du fil : « Pardon, je ne recommencerai plus » ? J'avais envie de retourner à Duguesclin pour le voir.

J'avais envie de retourner à Duguesclin pour être un nom en haut d'une page, un numéro, une inscription, une élève. Pour m'emplir la tête de données, de chiffres, de tableaux, qui combleraient le flou dans ma tête. « Gestion prévisionnelle »... quelle sécurité !

Qu'attendait papa pour venir me chercher ? Se battre pour me garder comme il l'avait fait autrefois ?

Puis deux coups frappés à ma porte, et la vie entrait avec cette femme. Elle venait se glisser près de moi dans le lit, elle adorait me toucher, me flairer, regarder mon corps que, personnellement, je n'aime pas trop montrer. Elle était pleine de projets, elle disait tout le temps « nous », cette femme que j'avais si longtemps espérée, que dans mes rêves j'appelais maman, à qui je ne parvenais pas à le dire à haute voix.

« En voilà une petite mine ! s'exclamait-elle. Qu'est-ce qui ne va pas ? Tu t'ennuies, c'est ça ? Non, ce n'est pas ça ? Alors laisse-moi deviner, ça y est, j'y suis, c'est Jean-Baptiste, bien sûr, il te tourne dans la tête, mais qu'attends-tu pour l'appeler, lui expliquer que tu as envie de vivre un peu autrement ? Tu as vingt ans, il devrait comprendre ! Écoute, s'il le faut, moi je suis prête à le rencontrer. Pas question ? Il ne marchera jamais ? Ah ! je vois bien qu'il n'a pas changé, toujours la même tête de bois, Jean-Baptiste. »

Elle approchait son visage du mien, ouvrait de grands yeux suppliants, son ton devenait enfantin, c'était la petite fille en manque d'amour qui parlait, celle de la DASS : « Écoute, j'ai réfléchi, voilà ce que je te propose : on part ensemble en Californie, tu restes juste quelques jours pour voir, dès que tu en as assez, tu rentres, c'est promis. À propos, ton passeport est-il en règle ? »

Et lorsque ma mère me parlait ainsi, me regardait avec ces yeux-là, je me disais : « Pourquoi pas ? Quelques jours, ce n'est rien et comme ça je serai fixée. » Mais, en même temps, j'avais peur de me retrouver là-bas sans l'avoir vraiment voulu, comme je m'étais retrouvée ici.

Elle quittait la chambre, le silence retombait, vertigineux comme la liberté. Il fallait me rendre à l'évidence : j'étais venue ici de mon plein gré, ma mère ne m'emmènerait pas de force, mon père ne viendrait pas me chercher par la peau du cou, cette fois ça y était : j'étais « grande » pour de bon, à moi de décider.

Et je ne m'en sentais pas la force.

Jeudi matin, Jimmy m'a téléphoné de Genève. Il rentrait ce soir à Paris, lui ferais-je l'honneur de lui réserver mon dîner de vendredi ? Il tenait à me voir avant son retour aux États-Unis, il avait à me parler de choses importantes. « Figurez-vous que ma mouette chanteuse me manque », a-t-il remarqué avant de raccrocher ; et j'ai poussé une petite trille… avant de replonger, plus profond encore dans le brouillard.

Jeudi soir, à six heures, j'ai appelé la maison, cette lâcheuse de Lucie. Déjà passé, le spleen ? C'est elle qui m'a répondu, quelle engueulade j'ai pris, quel bonheur !

– Ça fait vingt fois que je téléphone au numéro que tu as marqué sur ta glace, attaque-t-elle d'une voix furieuse. Chaque fois un crétin me répond qu'il n'y a pas de Mlle Forgeot à l'hôtel Inter-Continental.

Un manège tourne dans ma poitrine, ma tête : la joie ! Elle a essayé d'appeler vingt fois... Et la crétine, c'est moi ! Il n'y a pas de Mlle Forgeot à l'Inter-Continental. Il n'y a qu'une Mlle Loriot.

– Rappelle... Je te jure que cette fois tu m'auras...

– Quand est-ce que tu reviens ? demande-t-elle d'une voix boudeuse. Ça fait déjà quatre jours.

– Je ne sais pas encore, ça dépend... Et à la maison, raconte, comment ça se passe ?

– La crise ! Papa a recommencé à fumer et maman pleure tout le temps.

À nouveau, le manège : Papa, qui avait arrêté de fumer pour Lucie, recommence à cause de moi.

– Hier, après le dîner, il m'a emmenée prendre une glace coco-chocolat chez Tongyen. Il m'a demandé si tu m'avais parlé de ta maman, poursuit Lucie. J'ai raconté pour les coquetiers.

Ma gorge se noue :

– Et alors ?

– Alors, rien ! Rien, de rien, de rien. Même quand j'ai dit que je savais où tu étais et qu'on ferait mieux d'aller te chercher vite fait.

Je ris et larmoie en même temps. Décidément, on ne changera jamais les pères : ceux qui invitent leur fille à manger une glace pour parler et... rien, de rien, de rien.

– C'est bien, ton hôtel machin-truc ? demande Lucie.

Je regarde ma chambre royale où tiendrait facilement tout un étage de Bourg-la-Reine. Je n'ai pas encore allumé et la nuit mange lentement mes ors, mes satins, mes cristaux. La petite brume dans mes yeux n'arrange rien.

– Bien ? Tu veux dire génialoïde, ma chère ! Télé pour moi toute seule : une vingtaine de chaînes… Films-zizi à volonté, croissants au lit chaque matin, pluie de cacahuètes, robinets de Coca…

– Alors, tu ne vas pas revenir ? m'interrompt Lucie d'une petite voix.

– Justement, je me demande… Figure-toi que, même avec tout ça, machin-truc, c'est moins bien qu'à la maison.

J'ai encore la main sur l'appareil et la voix de Missgazette dans l'oreille quand la sonnerie retentit :

– Mademoiselle Loriot ! M. Forgeot vous demande à la réception.

Pas trop tôt ! Je vole.

CHAPITRE 32

Oncle Jacques !

– J'étais venu te déposer ça, et puis on m'a dit que tu étais là.

Il me montre une enveloppe mais, lorsque je tends la main pour la prendre, il l'enfouit dans sa poche.

– Tu veux parler ?

Si seulement j'en étais capable. Il montre le bar :

– Ici ?

J'arrive à articuler :

– Comme tu veux.

– De toute façon, dans cette tenue tu n'iras pas bien loin !

Je réalise seulement que je suis en chaussettes ! La voix a dit : « M. Forgeot vous demande », j'ai volé. Qu'est-ce qui m'a pris de penser que ça pouvait être mon père ?

Le bar est désert : dix-huit heures, ce n'est pas encore l'heure de l'apéritif à l'Inter-Continental. On y dîne tard, on soupe plutôt. Nous nous installons au fond. J'ai toujours préféré les pièces du fond, on est calé, on peut moins vous attaquer. La musique semble sortir des murs, le canapé de cuir sent bon, ambiance confessionnal de luxe. Le malheur, dans un grand hôtel, n'a pas tout à fait la même couleur que dans un bistrot du vingtième arrondissement. Je m'installe sur mes pieds.

– En arrivant ici, j'avais peur de croiser ta mère, remarque oncle Jacques. Et puis, quand, à la réception, on m'a parlé d'une Mlle Loriot, j'ai souhaité l'avoir en face de moi pour régler nos comptes.

Tout en notant la commande, le garçon me sourit : chaque soir, depuis son arrivée, Mlle Loriot vient ici déguster avec sa mère une coupe de champagne mêlée de mûre. Ce soir, Mlle Forgeot se contentera d'un jus de fruit. Whisky pour oncle Jacques.

– Tu comptes rester là longtemps ?

– M'étonnerait… Ce n'est pas dans mes moyens et maman repart bientôt pour les États-Unis.

– Tu repars avec elle ?

Coup de boutoir dans ma poitrine comme chaque fois qu'on choisit pour moi, qu'on me largue.

– Elle me l'a proposé.

– Je m'en serais douté ! Et tu as répondu ?

– Rien pour l'instant. Mais vous, à force de me pousser dehors, vous allez finir par m'y retrouver.

– Te pousser dehors ?

L'indignation de mon parrain me fait du bien. « Un parrain, une marraine, c'est fait pour remplacer les parents auprès des enfants en cas de malheur », m'expliquait papa. Ma marraine avait été mal choisie, elle s'était brouillée avec la famille : jamais de cadeau de ce côté-là. Le plus beau cadeau de mon parrain, c'étaient les quinze jours de grandes vacances que je passais chez lui en Bretagne. Tante Claire n'avait pas l'air ravie de m'avoir ; lui, au contraire. Il me regardait tout le temps comme s'il voulait me manger. Dès qu'elle avait le dos tourné, il m'attrapait, et hop ! sur ses genoux pour jouer à l'ogre. « J'en croquerais bien un bout de cette petite mamzelle... » Je m'approchais encore plus près : « Pas un bout, tout entière, vite, comme ça on ne se quittera plus. » Cela me ferait au moins une personne au cas où papa s'en irait lui aussi.

Il me semble que je n'ai plus personne.

– Nul ne t'a poussée dehors, Patricia. Mais ta mère a tout fait pour que ça éclate chez toi : les photos dans la presse, le voyage à Deauville, tous ces cadeaux... Il me regarde de bas en haut : Et cette tenue, cette coiffure... Rien de tout cela n'était gratuit, crois-moi ! Elle s'est arrangée pour que tu te retrouves ici. Elle veut te récupérer.

– Elle voudrait bien que je reste avec elle, c'est vrai. Mais elle ne me force pas. Vous croyez toujours qu'elle calcule tout. Et pourquoi ne se serait-elle pas mise à m'aimer un petit peu ?

– Ava n'a jamais rien fait gratuitement, affirme-t-il. Même aimer. Elle n'a jamais agi que par intérêt.

– Tu parles comme papa.

Le garçon vient poser les consommations devant nous. Je ne sais pas ce qu'il me glisse à l'oreille, je dis « oui » pour qu'il s'en aille.

– Ce n'est pas ton père qui m'envoie, reprend oncle Jacques. Je n'ose penser à ce qui arriverait s'il me voyait ici. Je suis venu de moi-même, pour te parler de toi, Patricia, du choix devant lequel tu t'es fourrée. Et dont je me sens un peu responsable..., ajoute-t-il plus bas.

Il plonge le nez dans son whisky. « Ava est revenue »...

la phrase fatidique. Mais même si tout est bouleversé, si je ne sais plus où j'en suis, si j'en bave, je ne regrette pas de l'avoir entendue, cette phrase. Pouvais-je rêver ma mère toute la vie ?

Deux couples entrent dans le bar – des Américains – je reconnais bien l'accent maintenant. Eux, doivent avoir la cinquantaine ; un petit ventre, de l'assurance, des hommes « arrivés », Steph ? Elles, sont beaucoup plus jeunes, ravissantes ; je trouve qu'elles ont l'air libres. Lorsqu'elles passent près de nous, leur parfum me dit qu'elles appartiennent au monde d'Ava : celui auquel elle me convie ?

Je me tourne vers oncle Jacques :

– Et devant quel choix me suis-je fourrée ? P'tite vie rangée ou grand large ? Duguesclin ou Robertson ? Papa ou maman ?

– J'exprimerais ça autrement, répond-il. Le choix entre tes racines, une éducation, l'amour qui t'a été donné sans compter, ou, comme tu dis : « le grand large », les amarres larguées, la fuite en avant. Il regarde autour de lui : Probablement le fric, mais la solitude en prime.

Ma gorge se noue :

– La solitude, tu sais, on peut aussi l'éprouver chez soi, quand on ne peut pas parler, quand personne ne vous écoute vraiment. Et, pour les racines, elles me virent. Chaque fois que ton frère me regarde, il voit le diable, chaque fois que j'ouvre la bouche, il entend Ava. Il ne me supporte plus.

– Tais-toi ! ordonne oncle Jacques.

Il pose si brusquement son verre sur la table que l'Amérique interrompt sa conversation. Décidément, les Forgeot ne savent pas se tenir dans les grands hôtels.

Les Forgeot s'en foutent.

– Cesse de dire qu'on t'a virée alors que c'est toi qui a claqué la porte.

– Après avoir été traitée de pute.

Il sursaute.

– Mais oui, tu as bien entendu : ton frère m'a traitée de pute. De pute, comme Elle.

– Mon frère est malheureux comme les pierres, constate-t-il d'une voix enrouée. S'il a dit ça, il doit s'en mordre les lèvres. Mais n'attends pas qu'il vienne te chercher, ce serait au-dessus de ses forces. Surtout ici, ajoute-t-il plus bas.

– C'était au-dessus de mes forces de savoir ma mère à Paris et de ne pas essayer de la rencontrer. C'est au-dessus de mes forces de devoir rejeter l'un ou l'autre. Pourquoi j'aurais pas les deux comme tout le monde ?

Les larmes brûlent mes yeux. Malheureux comme les pierres, papa ? Ce serait trop beau. Et il a recommencé à fumer... Et Marie-Laure pleure tout le temps, a dit Lucie.

Je termine mon verre d'un trait pour dégager ma gorge. Insuffisant ! J'attrape le verre d'oncle Jacques et lui fait subir le même sort. Il se plonge dans la contemplation du décor pour me laisser le temps de récupérer et, quand le garçon passe, il renouvelle la commande, mine de rien.

– À part ça ? dis-je au bout d'un petit moment.

– Est-ce que tu te sens bien ici ?

– Au moins, ici, personne ne m'engueule. On serait même plutôt contente de me voir.

Il se penche en avant :

– Patriche, qu'attends-tu de la vie ?

Rien que ça ! Il n'y va pas de main morte, le parrain. Et voilà qu'en réponse, elle éclate en moi, la vie : une grosse bulle qui m'éclabousse le cœur. C'est immense une question pareille. Même si elle vous fauche toutes les réponses.

Je ris :

– Je sais plutôt ce que je ne veux pas.

– Vas-y, je t'écoute !

Cela sort en vrac : pas envie de vivre dans une maison dont les volets restent fermés les trois quarts de la journée. Pas envie de mettre des chaussons pour ne pas rayer les planchers. Peur d'avoir une vie minable et de ne même plus m'en apercevoir, d'être un jour coincée dans une maison, un boulot, des horaires, des habitudes, d'ordonner à mes enfants de mettre des chaussons pour ne pas rayer les planchers. Peur d'oublier d'exister, que la vie passe sans que je m'en aperçoive : je me réveillerai un beau matin, un sale matin, et il sera trop tard. À part ça, ce n'est pas ma mère qui m'a fourré ces idées dans la tête, elles y étaient déjà avant, elles germaient. Reconnaissons qu'elle les aura fait exploser.

... Mais en même temps, et cela je ne te le dirai pas, mon parrain chargé de s'occuper de moi en cas de défection du père... mais, en même temps, j'ai envie que quelqu'un me prenne par la main et me dise : « C'est par là. » Je ferai ma lourde, je tirerai en arrière, je râlerai comme une vache mais je saurai, au fond, que c'est pour mon bien. J'ai envie d'être sûre et certaine que tu es là pour mon bien. Mais alors, maman, pour mon mal ? Je voudrais pouvoir croire encore que les grandes personnes ont toujours raison.

Ma grande personne ne dit plus rien. Elle se remet du déluge en buvant le whisky qu'on vient de lui resservir. J'en profite.

– Et toi, oncle Jacques, ce que tu attendais de la vie à mon âge, tu l'as eu ?

Il réfléchit. Alors, c'est non ! Si vous avez besoin de réfléchir pour répondre à une question pareille, c'est forcément non ! C'est non pour la plupart des adultes, ils prétendent que oui, ils disent qu'ils ont mis de l'eau dans leur vin, un frein à leurs ambitions mais que ça va très bien quand même. Ça me tue !

– Tout ce que je sais, dit oncle Jacques, c'est que ce n'est pas en traversant la mer avec juste des « pas envie » et des « j'ai peur », que tu te sentiras mieux.

– C'est bien possible, mais je vous ferai remarquer, monsieur, que vous n'avez toujours pas répondu à ma question.

Monsieur ne répondra pas. Monsieur ne m'entend plus. Son regard est fixe et je devine avant de l'avoir vue.

Superbe dans sa fourrure bleu nuit, toque assortie, Ava se dirige vers la réception. Elle est comme une flamme, elle est comme l'eau vive. Voilà pourquoi tous les regards sont attirés vers elle : elle est la vie. Celle qu'elle attendait ? Ses rêves réalisés ? Je suis fière d'elle : c'est ma mère !

Jimmy l'accompagne, portant un attaché-case. Il revient de Genève, elle est allée le chercher à l'aéroport. Voici le groom avec la valise, ils s'arrêtent à la réception où l'on donne son courrier à Mr. Robertson, un gros paquet, ça m'impressionne. Dans le paquet, il y a une carte idiote de Patriche, où elle accepte, petits dessins à l'appui, le dîner de jeudi, demain ! Elle n'a pu s'empêcher de lui écrire cette carte. Il faut dire qu'ici, elle n'a rien d'autre à faire qu'à divaguer.

– Elle est restée la même…, murmure oncle Jacques. Elle n'a pas changé du tout…

Le cou tendu vers Ava, il la dévore des yeux et je comprends qu'il l'a désirée. Comme on désire le grand large quand on a vingt ans ? Il me prenait sur ses genoux : « J'en croquerais bien un bout de cette p'tite mamzelle... » C'était elle qu'il voyait ? Elle qu'il n'avait pas pu croquer ? Il ne l'en a que mieux détestée lorsqu'elle est partie, abandonnant les frères Forgeot. Et il a vécu avec tante Claire.

Ils disparaissent vers les ascenseurs. Oncle Jacques se laisse retomber en arrière. Pour détendre l'atmosphère, j'essaie de plaisanter :

– Toi qui voulais régler tes comptes, on dirait que tu as laissé passer l'occasion !

Il tourne vers moi un visage fragile, défait par le passage trop bref du rêve.

– Tu ne peux pas comprendre, Patricia ! Quand je l'ai vue... Il y a une chose que je dois te dire : son Américain, son Bob, c'est dans cet hôtel qu'Ava l'avait rencontré. C'est pour cela que ton père ne pourra jamais venir t'y chercher. Imagines-tu ce que cela représente pour lui de te savoir là ? Ava adorait les grands hôtels, elle y passait des heures, seule. Le luxe la rendait folle. En la voyant entrer avec cet autre homme, j'ai eu l'impression que tout recommençait.

– Veux-tu dire que ma mère chassait dans les palaces ? En tout cas, pour cet Américain-là, tu peux être rassuré, ce n'est pas son petit ami, mais son patron. Il s'appelle Jimmy Robertson. Il nous a accompagnées à Deauville. Figure-toi qu'il voulait m'offrir un cheval, un cheval à moi, rien que ça !

Qu'ai-je dit là ? Son visage se fige, son regard est devenu glacial. À qui est-il en train de me comparer, lui aussi ? Il fait signe au garçon :

– La note, s'il vous plaît.

Le garçon se trouble, me regarde :

– Je croyais... J'ai mis sur la chambre de mademoiselle Loriot, excusez-moi...

Un moment, j'ai cru qu'oncle Jacques allait l'étrangler. Il a lancé un gros billet sur la table, il s'est levé sans attendre sa monnaie, il marchait vite, je le suivais sur mes chaussettes. Arrivé à la porte-tambour, il s'est quand même arrêté.

– Et ma lettre, alors, je n'y ai pas droit ?

– Elle était adressée à Patricia Forgeot, a-t-il répondu. Rassure-toi, je ne viendrai plus troubler ta fête.

CHAPITRE 33

Jimmy aurait pu m'emmener chez Maxim's par exemple, ou un autre bistrot du même genre – il disait bien « bistrot » et cela m'a fait rire –, mais avec moi il avait envie de neuf, de découverte, d'aventure. Et surtout, il me voulait pour lui tout seul. Rencontrer des compatriotes ? *Devil !* Alors il avait choisi un restaurant sur une île, au cœur du bois de Boulogne.

Au dernier moment, Ava s'était décommandée. Elle était venue me trouver dans ma chambre, elle ne s'était pas changée : « Cela t'ennuie si je reste ici ? Je me sens patraque. De toute façon, Jimmy sera bien plus content d'être en tête à tête avec toi. »

« Patraque » ? Pour la première fois, j'avais eu l'impression qu'elle trichait et j'avais insisté pour qu'elle vienne : elle se trompait, Jimmy serait déçu si elle ne nous accompagnait pas. Mais Ava n'avait pas cédé.

Comme je passais mon anorak sur la belle robe noire de Deauville, elle avait poussé les hauts cris : elle allait me prêter une fourrure, un châle, n'importe quoi, mais pas cette horreur, c'était un crime.

Je n'avais pas accepté : criminelle je serais !

Une limousine nous a déposés, mon Robertson et moi, au bord du chemin qui menait à l'embarcadère. Il y a quelques années, j'étais venue pique-niquer ici en famille. De notre carré d'herbe, nous pouvions apercevoir les lustres éclairés du restaurant. « Pourquoi ils laissent allumé alors que c'est la journée, ça coûte cher », avait rouspété Lucie-Picsou. Marie-Laure avait ri : « Pour eux, ce sont des choses qui ne comptent pas. » J'étais rentrée dans le cercle de ceux pour qui « ça ne comptait pas », qui, si ça leur chantait, pouvaient bien laisser allumé toute leur vie.

Il pleuvait : une pluie fine, serrée, qui enveloppait le paysage comme d'une résille. Le chauffeur de la limousine a déployé un grand pépin sur nos têtes et nous a accompagnés jusqu'au bac qui a démarré aussitôt. Neuf heures trente. Dans une semaine, à cette heure-ci, je chanterai à Saint-Germain-des-Prés. Au programme : Schubert et la *Nuit* de Rameau, avec en soliste Patricia Forgeot. Mon cœur s'est serré : c'était trop beau. Au dernier moment, quelque chose m'en empêcherait et mieux valait m'y résigner tout de suite. Depuis l'enfance, avant les grands moments, j'ai toujours cette certitude : cela ne se fera pas, trop beau pour moi.

– Qui a volé son sourire à ma mouette ? a demandé Jimmy.

Je le lui ai dit et il a ri :

– Oh *yes, yes,* vous chanterez. Son visage s'est assombri : Mais je ne serais pas là pour vous applaudir.

Il a pris mon bras, je me suis sentie rassurée.

Deux tables seulement étaient occupées dans la grande salle du restaurant. On nous a placés près de la verrière sur laquelle descendaient des perles d'eau. Une gaze lumineuse formait un halo autour des lampadaires extérieurs. Dans ma robe de soie légère, je me sentais vulnérable. « Pas de slip sous ton collant, avait recommandé ma mère, on verrait la marque. »

Lorsque les coupes de champagne ont été devant nous, Jimmy a sorti un paquet de sa poche et l'a posé sur mon assiette :

– Un cadeau de Genève.

C'était une jolie montre au bracelet mêlé or et argent. Elle donnait l'heure de la France et d'un autre pays au choix. Jimmy l'avait réglée sur la Californie : deux heures de l'après-midi là-bas, dix heures du soir ici. Il m'a montré qu'il portait la même :

– Ainsi, vendredi prochain, lorsque vous chanterez, je pourrai vous écouter de loin.

Tandis qu'il l'attachait à mon poignet, j'ai pensé à oncle Jacques. S'il avait pu nous voir à cet instant, qu'aurait-il dit ? Un vertige m'a saisie : Jimmy portait le même nom que l'Américain qui avait enlevé ma mère. Je l'avais rencontré pour la première fois à l'hôtel Inter-Continental, comme Ava avait rencontré Bob. Le hasard ? Ou n'était-ce pas, comme le prétendent certains, le destin qui jouait avec nous ? J'ai eu peur que la liberté n'existe pas vraiment.

Pendant le dîner, je n'ai pas arrêté de parler. Toute ma vie a défilé : papa, Lucie, Duguesclin. C'était comme si je brandissais un bouclier de paroles devant moi pour empêcher Jimmy de prononcer celles qu'exprimaient son sourire, sa main qui parfois se posait sur la mienne. En somme, je clamais haut et fort : « Regardez, je n'y suis pas mal au fond, dans cette vie ! Aucune raison de me plaindre, aucune d'aller chercher ailleurs ! »

Il s'est décidé au dessert. Il a mis un doigt sur mes lèvres :

– Maintenant, laissez-moi parler ! Et, *please*, ne m'interrompez pas avant que j'aie fini, c'est déjà assez difficile comme ça.

Jimmy Robertson était tombé amoureux de moi dès notre seconde rencontre. Il ne savait pas comment cela lui était arrivé, il n'était pas du tout le genre à s'intéresser aux gamines en jeans et baskets, mais voilà, l'amour lui était tombé dessus lors de l'inauguration de la boutique de ma mère. Il pouvait même dire le moment exact : quand j'avais commencé à dévaster le buffet. Savais-je qu'aimer voir manger quelqu'un était signe d'amour ? Je le savais. Parfois, à table, quand je regarde papa, je sens une grande vague de tendresse m'emplir, je fonds. On se demande d'ailleurs pourquoi puisque, à d'autres moment, il m'énerve à se nourrir si soigneusement, si sérieusement, en poussant de petits grognements d'animal satisfait, on dirait un ours et son miel.

Donc, Jimmy Robertson m'avait regardée piller le buffet, en commençant par caviar et saumon, en me léchant les babines et il avait eu envie de me nourrir encore et encore, du meilleur, du plus beau. Puis cela avait été Deauville et mon air d'orpheline dans ma robe noire, mon air comme ce soir, qui donnait envie de me protéger. Enfin, la mouette chanteuse sur la plage.

Tandis qu'il parlait, je regardais les gouttes de pluie descendre sur le carreau, former des fleuves, des rivières, disparaître. Je suivais leur trajet le plus longtemps possible. Était-ce vraiment à moi que Jimmy s'adressait ? Patricia Forgeot, petite Française de Bourg-la-Reine, de Duguesclin, de rien du tout ? Bien sûr, je savais que je lui plaisais, j'avais senti son désir à Deauville. Mais de là à m'aimer, cet homme, l'âge de papa, riche, puissant, Américain… Il a pris ma main.

– Pat… Si vous venez en Californie, je vous offrirai… *the world.*

Le monde… Je lui ai dit :

– Jimmy, moi, je ne suis pas amoureuse de vous.

Il a eu un petit rire :

– *I know it, little girl*, mais si votre cœur est libre et que vous ne me trouvez pas *a too old cow-boy*, je m'arrangerai bien pour que vous le deveniez.

J'ai demandé :

– Et votre femme ?

Son visage s'est rembruni :

– Sally ? Voilà longtemps que nous ne nous entendons plus.

– Et vos enfants ?

J'entendais ma voix, agressive, enrouée, mais quelque chose montait qui commençait à m'étouffer. « Ce soir, je me sens patraque », avait dit Ava et je ne l'avais pas crue.

– Mes enfants seront comme la plupart de leurs copains… de parents divorcés. Le tout est de le faire sans histoire.

Je les ai revus tous les deux, main dans la main, au bord de leur piscine d'eau bleu faux. Quand les parents se séparent, c'est toujours une histoire pour les enfants et celle qui dirait « oui » à Jimmy ferait partie de cette histoire, elle en serait même la vedette : la méchante qui leur aurait pris leur papa. « Pas de slip, ça fait des marques » avait dit aussi ma mère. Je l'ai revue à Deauville, choisissant cette robe noire, où je me sentais nue, me faisant désirable, me faisant pute.

– Jimmy, pourquoi Ava n'est-elle pas avec nous ce soir ? Elle savait ce que vous me diriez ?

– Nous n'avons parlé de rien. Il a ri : Mais vous pensez bien qu'elle se doute : En ce qui concerne l'amour, Ava a des antennes.

« Surtout en ce qui concerne ses intérêts », ai-je pensé. Ma mère avait tout calculé, tout programmé depuis le début.

– Elle devait rentrer aux États-Unis avec vous, n'est-ce pas ? C'est ce qui était prévu ? Demain ? Il a acquiescé :

– Et elle a décidé de prolonger une semaine dans l'espoir de ramener la petite Pat avec elle.

...pour la mettre, elle aussi, dans le lit d'un puissant Robertson ? Le lit du boss ? « Jimmy t'aidera... Jimmy t'aime beaucoup, tu sais... » Jimmy, Jimmy, Jimmy...

– Je l'y ai autorisée de grand cœur, a-t-il dit sans rien voir.

Il s'est penché et il a posé ses lèvres sur les miennes, très brièvement, comme il l'avait fait au retour de Deauville, sur le perron de la maison. J'avais bien aimé. Ava regardait-elle par la portière ?

« Si tu choisis d'être une pute comme ta mère », avait dit papa.

– Pardon, Pat, a soupiré Jimmy, mais j'en avais tellement envie. Vous avez une bouche merveilleuse.

La bouche d'Ava ?

– C'est parce que je lui ressemble que vous êtes tombé amoureux de moi ?

Il a éclaté de rire :

– Mais qu'allez-vous chercher là ? Vous ne lui ressemblez pas du tout ! On a l'impression, comme ça, en vous voyant la première fois, et puis on s'aperçoit qu'on s'est trompé. En voulez-vous une preuve ? Ava mange comme un... moineau. Pat, *it's you, only you...*

Je ne pouvais plus respirer du tout. J'ai demandé :

– Est-ce qu'on ne pourrait pas marcher un peu ?

Il m'a regardé deux secondes, puis il s'est levé. Il a jeté une carte de crédit sur la table, fait signe au maître d'hôtel : « *Quick !* » Il a été prendre lui-même nos vêtements au vestiaire, le personnel n'y comprenait rien, tout le monde courait dans tous les sens et j'avais envie de rire aussi. Il ne faut pas croire que la souffrance, c'est une grosse vague qui vous noie d'un coup : ce serait trop facile. On remonte : « Tiens, le ciel est bleu », on redescend, on se débat, on se regarde surnager, survivre – Jimmy, l'homme qui donnait envie de rire quand on avait envie de pleurer –, et en moins de temps qu'il fallait pour le dire, le vœu de la princesse était exaucé et nous marchions dans la nuit mouillée, la nuit retrouvée, et je respirais à nouveau.

– Je ne voulais pas vous faire du mal, Pat. Qu'est-ce qui se passe, dites-moi.

Comment dire ? Ce moment où je n'avais plus su qui j'étais, ce coup de grisou : personne. Plus personne. L'avertissement d'oncle Jacques, hier ? Ce que ressentait Steph lorsqu'il se disait « débranché » ? J'ai répondu :

– Un p'tit passage à vide, ça va déjà mieux.

Il me tenait par les épaules, j'ai passé mon bras autour de sa taille et je me suis serrée contre sa hanche. Il était gentil, Jimmy, et il s'était laissé avoir lui aussi. Pourtant, il la connaissait, cette femme. Il a posé ses lèvres sur mes cheveux. Peut-être, en effet, aurais-je pu me mettre à l'aimer. Mais comme un arbre, un vieux, à l'écorce rude, qui en a vu des vertes et des pas mûres mais est resté debout quand même. J'aurais vécu à son abri, protégée des vents mauvais...

J'ai ri : Jimmy le séquoia de Californie... Il m'a écartée de lui pour voir ce qui se passait :

– Et voilà qu'elle rit à présent, sait-elle seulement pourquoi ? a-t-il dit d'un ton soulagé.

Il me parlait comme à une petite fille et il avait raison. Je l'aurais aimé pour qu'il me dispense de grandir. Je lui aurais dit : « Mange-moi », comme à papa, comme à oncle Jacques. Lorsqu'on est mangé, on n'a plus à choisir, c'est pratique.

Elle était vaste, cette île, plantée d'arbres à malice qui vous lâchaient de grosses gouttes sur le nez lorsqu'on avait l'impudence de le lever vers leurs majestés. Et, avec ses chuchotements, ses soupirs, ses caresses humides, ses senteurs de terre, d'herbe, de nostalgie, c'était une nuit à placer dans mes préférées. Sans compter un amour impossible.

Avant de reprendre le bac, Jimmy s'est arrêté. Il m'a entourée de ses bras :

– Viendrez-vous, Patricia ?

J'ai enfoui mon visage le plus profond possible dans son manteau – toi le cow-boy, moi la petite indienne perdue – et j'ai dit : « Non », en espérant qu'il n'entendrait pas complètement.

À l'intérieur de la belle limousine, durant le trajet du retour, nous nous sommes embrassés vraiment et j'ai eu très envie de lui. Elle venait de partout, cette faim : de mon ventre, mais aussi de ma solitude, elle était comme un cri brûlant, et, quoi que racontent les pères, même si je n'aimais pas Jimmy d'amour, l'amour entre nous aurait été très bon, très fort, plein de rêves, de voyages et de « regrets aussi », l'amour pour la première et la dernière fois.

Mais c'étaient déjà les flamboiements de l'Inter-Continental. Le chauffeur retirait sa casquette pour nous ouvrir la portière : « À six heures trente, pour Roissy », lui a dit brièvement Jimmy et je n'avais pas envie qu'il s'en aille à six heures trente pour Roissy, pas envie de le perdre.

– Voulez-vous faire halte un moment dans ma chambre ? m'a-t-il proposé lorsque nous avons été dans l'ascenseur. Et il a ajouté avec un rire triste : Cela ne vous engagera pas à prendre un billet pour San Francisco.

J'ai failli dire oui. « Pas de slip sous ton collant », avait prévu ma mère. J'ai décliné l'invitation.

Sans un mot, Jimmy m'a accompagnée jusqu'à ma porte. Je n'arrivais pas à ouvrir, les clés d'hôtel, ce n'est pas vraiment mon fort ; lui y est parvenu tout de suite. il a jeté un bref coup d'œil à ma chambre :

– C'est le pigeonnier de Bourg-la-Reine que j'aurais voulu connaître, a-t-il murmuré. Je suis sûr qu'il vous ressemble.

J'ai ri :

– Un désordre noir, un tas de vieux trucs que je

n'arrive pas à jeter, des poupées handicapées profondes, des boîtes de peinture sèche, des stylos sans plume, tout et n'importe quoi, une chatte n'y retrouverait pas ses petits...

La gamine en désordre noir avait un mal fou à ne pas se jeter dans les bras de cet homme qu'elle venait de rejeter : tout et n'importe quoi. Il m'a regardée quelques secondes et son visage, tendu par le désir, était beau.

– Écoute, petite, a-t-il dit d'une voix sourde. Si un jour tu as envie d'aller chanter sur une plage avec quelqu'un qui t'aime, appelle-moi. Où que je sois, je viendrai.

Il a pris ma main, il a embrassé mon poignet, là où le cœur bat, et il est sorti de ma vie.

CHAPITRE 34

Le téléphone me réveille. Voix de maman : « Je monte. » Derrière les rideaux, le jour : neuf heures. Corps, tête, cœur barbouillés. Il vole. Jimmy vole, l'homme qui hier m'a proposé l'amour et la grande vie.

Elle frappe déjà à la porte. Avec elle, entre une bouffée d'air frais : elle est allée accompagner le « boss » à l'aéroport. Pour parler de quoi, de qui ? Si Patricia Forgeot ne s'était pas manifestée, ils repartaient ensemble : ni vue ni connue la fille, la mouette.

Je tends mon front, elle l'ignore, traverse la chambre d'un pas guerrier, jette sa fourrure sur le canapé, va tirer les rideaux comme si elle voulait les arracher, obliger le jour à entrer, m'obliger à y voir clair.

– Te rends-tu compte de ce que tu as fait ?

Vide au cœur, vertige. Cette voix sèche, cinglante, c'est bien celle de ma mère : une femme dont le plan a échoué. Je ne me suis pas trompée. Je regagne l'abri de mon lit, elle me suit, s'arrête lorsque ses genoux touchent le drap.

– Tu as laissé passer la chance de ta vie !

Jimmy lui a raconté ! Je me sens trahie. Lui a-t-il dit aussi que j'avais aimé l'embrasser ?

– Sais-tu que toutes les femmes courent après Jimmy Robertson, toutes ? C'est de toi qu'il tombe amoureux et tu le jettes.

– Je ne l'aime pas.

Elle rit. Laid, son rire. J'en rajoute :

– Et, en plus, il est marié.

Là, c'est plutôt la pitié dans son regard.

– Et après ? Qu'est-ce que ça peut faire ? De toute façon, il avait décidé de quitter sa femme. Quand je pense qu'en jouant bien, il t'aurait épousée, gémit-elle.

– Mais je ne joue pas, moi !

C'est Patriche qui a crié. Papa serait content. Les larmes montent. Pas envie d'avoir une mère comme ça, qui me pousse dans les bras d'un homme que je n'aime pas, un homme marié, un homme père de famille. Mais plein de fric. Pas envie de penser que ceux qui la traitent de pute ont raison.

– Écoute…

La voix s'est adoucie, elle s'assoit au bord du lit, son sourire revient, sa main cherche la mienne. Elle me fait peur.

– Tu ne joues pas, *darling* ? Mais tout le monde joue, c'est comme ça ! Tout le monde cherche à avancer ses pions le mieux possible et quand la chance passe et qu'il te tombe un joker, si tu ne le prends pas, tu es sûre de le regretter un jour.

Elle prend mon menton, m'oblige à la regarder.

Elle, c'est la reine noire sur un échiquier, la pièce maîtresse.

– Jimmy t'offre une chance de sortir d'une petite vie

médiocre, de vivre largement, de faire ce que tu voudras, voir le monde, tout ! Tu ne l'aimes pas ? Et après. Le grand amour, regarde ce qu'il devient au bout de quelques années de vie commune – et je suis large ! Regarde autour de toi : ils en ont tous assez, ils ont tous envie d'autre chose, ils se trompent tous, quand ce n'est pas avec leur corps, c'est avec leur tête, leurs yeux, leurs rêves. Le grand amour, c'est tout simplement le grand désir et le désir passe, c'est comme ça, et un jour tu te réveilles coincée dans une vie que tu n'as pas choisie et c'est trop tard.

Trop tard... l'angoisse m'étouffe. C'est toute ma peur : trop tard ! Je me réveillerais un jour ligotée dans une petite vie et il serait trop tard pour changer, et je n'aurais peut-être même pas envie de changer : je me serais fait mon trou dans cette petite vie. Ava a visé dans le mille ! Cent fois j'ai crié cette peur à papa, hier encore je la disais à oncle Jacques et je l'ai écrite dans mon devoir sur l'Avenir.

La reine noire me sourit : elle veut le roi pour moi.

– Je ne te dis pas de faire une croix sur le grand amour, tu as vingt ans ! Tu le rencontreras forcément un jour. Mais au moins, avec Jimmy, tes arrières seront assurés. Sais-tu qu'il est prêt à tout pour toi ?

Elle rit : À moins que tu ne veuilles finir comme Constance...

Constance ? Mon cœur bondit : que vient-elle faire là, Constance ? Il me semble que je me réveille.

– Évidemment, on ne t'a rien dit, soupire Ava, « secret de famille » ! Figure-toi que ta tante était tombée amoureuse du médecin qui soignait ses parents : un bel homme, qui gagnait bien. L'incroyable est que c'était réciproque. Quand les vieux sont morts, il lui a proposé de vivre avec lui. Seulement il était marié, alors elle a refusé. Cela n'a pas empêché le bonhomme de divorcer quelques mois plus tard et de s'en trouver une autre. Tête de ta tante ! Je mettrais ma main au feu qu'elle n'a retrouvé personne.

J'aboie :

– Elle m'a retrouvée, moi ! Quand tu es partie, c'est elle qui s'est occupée de moi. Je me demande comment on aurait fait sinon. Parce que, tu sais, pour la gouvernante, papa n'avait pas les moyens.

Ava me regarde, stupéfaite. C'est la première fois que je lui parle comme ça. C'est Constance.

« Qu'est-ce que c'est, une vieille fille ? demandais-je à papa. – C'est une femme qui ne s'est pas mariée, qui n'a pas eu de bébé parce qu'elle a préféré offrir sa vie aux autres », répondit-il. Et moi j'aurais préféré que Constance ne m'ait pas offert sa vie, ce qui empêchait ma maman de revenir. Et je m'essuyais la joue après qu'elle y ait laissé sa bave d'escargot.

Ma maman marche dans la chambre, s'admire dans la glace, tire un paquet de cigarettes de son sac, en allume une. Ma maman porte un joli tailleur pied-de-poule, de très hauts et fins talons. Ma maman abandonnée, ma maman enfant de la DASS sans même une Constance pour l'embrasser de force. Elle regardait les belles poupées des autres, elle qui n'avait que les cassées et elle se promettait d'avoir un jour toutes les poupées, tous les jouets qu'elle voudrait par n'importe quel moyen. Et la vie lui apparaissait comme une bataille – on dit un jeu – où il fallait être la meilleure, avoir le plus d'atouts possible, et elle a acheté une pouliche en Normandie pour courir à ses couleurs, lui faire honneur, et elle m'a pris dans son jeu comme un bon joker.

– C'est à cause de Jimmy que tu veux m'emmener ? Cela t'arrange que je plaise au « boss » ? S'il m'épousait, ce serait bon pour le commerce ? Je suis un bon produit comme ta pouliche ?

Elle me regarde, incrédule, blessée ? Jimmy vole. Hier, dans ses bras, je n'étais plus moi-même. Qui étais-je ?

– Bien sûr, cela m'a fait plaisir qu'il te trouve à son goût, admet-elle. Mais qu'il t'aime… Au début, je n'arrivais pas à y croire, je pensais que tu l'amusais, c'est tout. Après, j'ai été fière de ma fille. Et puis je me suis dit qu'on allait faire de grandes choses tous les trois.

Elle écrase sa cigarette dans un cendrier, revient vers moi. Elle fume comme elle se nourrit : trois petites bouffées, trois petites bouchées et c'est fini. Ils sont ailleurs ses appétits ; et ceux-là, quelque chose me dit qu'ils ne seront jamais rassasiés. Elle prend ma main, mes mains aux ongles rongés dans les siennes aux ongles longs, vermeils. Des mains qui nous racontent comme la racontent aussi ses talons-aiguilles, comme me disent mes baskets pourries. Ma maman m'offre une vie en talons-aiguilles et ongles longs. Je voudrais lui retirer mes mains mais le courage me manque lorsqu'elle me regarde avec les grands yeux pleins d'espoir d'une petite fille qui n'avait que des poupées cassées.

– Tu sais pourquoi je suis encore là ?

– Jimmy me l'a dit : pour moi.

– Parce que je n'ai pas envie de perdre à nouveau ma fille.

– Tu ne m'as pas perdue, tu m'as laissée.

– Je ne savais pas, murmure-t-elle.

Elle baisse les yeux. Ils s'arrêtent à ma montre. Je peux suivre sa pensée : un cadeau de Jimmy. Si je l'ai acceptée, c'est que tout n'est pas perdu. D'ailleurs, revoilà son sourire, la flamme dans ses yeux. « Lorsque Ava veut quelque chose, elle finit toujours par l'obtenir : *a very dangerous woman* », a dit Jimmy.

A very dangerous mother ?

– Allons ! dit-elle en se levant de son coup d'aile. Ne parlons plus de tout ça ! Nous nous sommes retrouvées, n'est-ce pas l'essentiel ? Ce soir, que dirais-tu d'une petite sortie entre femmes ? En attendant, je vais prendre mon bain, toi, tu déjeunes, c'est un ordre. Tu as une mine…

Elle reprend son manteau. En passant près de la table où est posé mon walkman, elle l'effleure du dos de la main :

– Et un de ces jours, il faudra que tu me montres comme tu chantes bien. Jimmy prétend que tu as une voix d'ange…

En fin de soirée, j'ai trouvé à la réception une lettre à mon nom. Je suis vite montée dans ma chambre pour la lire. Depuis toujours, avant d'ouvrir une enveloppe, il faut que je regarde le timbre, le tampon, que j'enregistre bien tout, sinon, sûr et certain, ce sera une mauvaise nouvelle ; au mieux, il n'y aura rien dans l'enveloppe. Lorsque les lettres pour papa portaient des timbres étrangers, il me semblait que mon cœur s'arrêtait. Je les cachais de peur que Constance ne les dérobe, Constance qui ne voulait pas que ma maman, la plus belle, la plus tendre, revienne prendre la place qu'elle lui avait volée.

Le cachet de cette lettre-là indiquait Saint-Cloud,

jeudi, dix-sept heures. Dans l'enveloppe, il y avait un dessin représentant une queue de singe très fournie accrochée à une étoile. D'en bas, une main se tendait pour la saisir mais on voyait bien qu'elle n'y parviendrait jamais. Dans ce qui devait être le ciel, s'inscrivait des notes de musique, me disant que je faisais partie de l'histoire, que j'étais pardonnée ? C'était signé STEPH-PAF.

J'ai glissé le dessin dans le rebord doré de la glace. Steph-Paf ? Steph-Boum ? Steph-le-débranché ? Plus je le regardais, plus il me semblait entendre un appel et, à un moment, cela a été si fort que j'ai couru décrocher le téléphone. Mais, à Saint-Cloud, M. Hautes-Études devait être rentré, je risquais de tomber sur lui. « Personne ne m'appelle jamais » avait dit Steph. Et alors que cela aurait dû être une raison de plus d'appeler, j'ai lâchement reposé l'appareil.

C'est à ce moment-là que j'ai décidé de retourner à Duguesclin. Je présenterais à Guérard toutes les plates excuses qu'il voudrait, je retrouverais mon ami. Et comme je prenais cette décision, une chaleur m'a emplie, un soulagement. Vite, que passent ces deux jours. Vite, lundi, Bourg-la-Reine où j'irais chercher mes affaires de classe, en douce, quand tout le monde aurait quitté la maison.

Ma maison.

CHAPITRE 35

Une grive au ventre moucheté, ou une merlette – nulle, la fille – s'est envolée quand j'ai ouvert le portail. Chaque année, on trouve un ou deux nids dans la haie. Une fois, Lucie a piqué les œufs dans l'intention de les couver elle-même, consternée devant le résultat : un truc verdâtre qui empestait. Une façon comme une autre de découvrir que rien ne remplace la chaleur maternelle.

J'avais tout mon temps ; j'étais partie lâchement avant le réveil d'Ava à qui, durant tout le week-end, je n'avais pas osé parler. Retourner à Duguesclin, c'était dire « non » à la Californie et elle avait été si gentille avec moi, si gaie, tendre ; pas une seule fois elle n'avait évoqué Jimmy.

Au coin de la pelouse, toutes fleurs jaunes déployées, le forsythia faisait le paon. Près du mur du garage, un bouquet de primevères lui répondait modestement : pas de doute, le printemps était là, le jardinier devait se régaler.

Une bonne âme avait recouvert mon deux-roues avec la vieille toile cirée sur laquelle, l'an passé, nous prenions encore nos repas. Sa mise à la retraite avait été l'objet de passionnantes discussions : était-il vraiment temps de la remplacer ? Comment serait la suivante : à fleurs, à carreaux, unie ? Ça vit des lustres, une toile cirée, faut pas se tromper ! Moi, chaque fois que le sujet venait sur la table, je faisais la gueule. Je les déteste toutes : elles sentent toujours l'éponge humide, la miette de pain du quotidien.

J'ai sorti mon petit cube dans le jardin, vérifié qu'il démarrait bien, puis je suis rentrée dans la maison en évitant la marche au chat crevé, celle qui porte malheur aux petites filles de porcelaine, sûres et certaines de se casser en mille morceaux si elles n'obéissent pas aux mystérieux avertissements du destin.

L'odeur du petit déjeuner – café-pain grillé – rôdait encore dans l'entrée. Les trois couverts du soir – pauv'Lucie – étaient mis à la cuisine. Le lundi, pas de surprises à attendre du menu : un potage – vite pendant que c'est chaud –, et les restes froids du dimanche.

Pour moi, ce soir lundi, comme tous les autres jours de la semaine, ce serait fruits de mer, viande sauce compliquée, plateau de fromages et chariot de pâtisseries. J'aurais dû apporter la carte, tête de Marie-Laure ! Soudain j'avais envie de plaisanter, je me sentais toute gaie, bien dans mon assiette... Même si celle-ci n'avait pas été prévue.

Pour fêter ça, je me suis offert un sachet de thé sur un coin de toile cirée en écoutant le silence d'une maison habituée à passer ses journées toute seule. À la fois, je me sentais chez moi et j'avais l'impression de squatter. J'ai effacé toutes mes traces.

Sur la glace de Miss-exaltée-chronique, j'ai taggué deux cœurs enlacés, puis je suis montée dans ma chambre, trois marches par trois marches sans respirer jusqu'à la porte, sinon inutile d'espérer revenir un jour vivre dans cette baraque.

Tout était resté tel que je l'avais laissé voilà exactement une semaine. Une semaine seulement ? Sur mon miroir à moi, le numéro de l'Inter-Continental appelait pour rien les pères aux lunettes noires, aveuglés par leur refus d'oublier le passé, les pères aux oreilles bouchées, sourds aux SOS de leur fille. Ma couette avait glissé à terre, l'oreiller portait encore l'empreinte de ma tête, j'ai eu très envie de rester, très envie de chanter.

Dans mon plus gros sac à dos, j'ai entassé le matériel pour Duguesclin, sans oublier « Moi, Schubert », mon génial devoir sur l'Avenir que je remettrais à Guérard avec mes excuses. J'avais hâte d'être là-bas, assise à côté de Stéphane, bercée par le flot grisant des expertises, bilans et amortissements. Et ce soir, en l'église Saint-Germain-des-Prés, répétition avec orchestre, solo de Miss Patriche. Un grand jour ! J'ai rajouté dans le sac ma tenue de concert : jupe noire et chemisier blanc.

Soudain le téléphone a sonné. La terre a arrêté de tourner : Ava ? Je lui avais laissé un mot à la réception de l'hôtel : « Je ne déjeunerai pas là, à ce soir, je t'expliquerai. » Cinq, dix sonneries, j'étais pétrifiée. Et lorsque le silence est retombé, il menaçait.

À présent, j'avais envie de filer au plus vite. J'ai descendu mon sac dans l'entrée, un petit tour quand même au salon-volets-clos pour constater que cher vieux tourne-disque était toujours à sa place. Mon beau cadeau avait-il rejoint, dans les sacs à vieilleries, les souvenirs condamnés ? J'ai sorti mon passeport du secrétaire : encore valable trois ans. Je pouvais partir quand je voulais, où je voulais, avec qui je voulais. Liberté ! Mais la liberté, cela pouvait être aussi de refermer un tiroir sur son passeport. Je me demande bien pourquoi je l'ai mis dans mon sac.

C'est à ce moment-là que Marie-Laure est entrée.

Nous nous regardons, aussi stupéfaites l'une que l'autre. Presque en même temps l'une dit :

– Tu es revenue ?

Et l'autre s'étonne :

– Tu ne travailles pas aujourd'hui ?

C'est elle qui répond la première :

– J'ai demandé mon après-midi. Constance a eu un accident. Je prends le train tout à l'heure pour Rouen.

Constance ? Coup de gong dans la poitrine. J'entends la voix d'Ava : « À moins que tu ne veuilles finir comme Constance… »

– Qu'est-ce qu'elle a ?

– Elle s'est cassé la patte en cherchant à s'échapper.

– Quand ? Où est-elle ?

Marie-Laure me regarde, étonnée de la mitraille.

– Quand ? Hier soir, enfin, au début de la nuit.

Elle est à Bon Secours. Tu veux venir avec moi ?

Je fais « non ». Aujourd'hui, je ne peux pas, mais j'irai, oui, j'irai. Je ne veux pas qu'il soit trop tard pour Constance.

– Et toi ? s'enquiert Marie-Laure d'une voix faussement légère.

– Je suis passée prendre quelques affaires.

Elle a un rire aigre :

– J'aurais cru que tu n'avais besoin de rien... que ta mère te rachetait tout, en dix fois plus beau.

Je ne réponds pas ; pas envie de parler de ma mère.

– Veux-tu boire quelque chose ? propose Marie-Laure.

– Non merci. Je n'ai pas soif !

Pas envie non plus de me sentir invitée chez moi. Si j'ai soif, je bois ! Et voilà que le téléphone sonne à nouveau. Vertige. Marie-Laure y va. Mais ce n'est pas Ava, c'est Jacques. C'est une famille qui s'inquiète pour l'un des siens. Ils parlent un moment de Constance, puis elle raccroche sans dire que je suis là.

– Assieds-toi. Tu as bien une minute, quand même !

Je prends place dans le fauteuil du seigneur. Elle retire son anorak et vient s'asseoir en face de moi.

– Est-ce que tu te rends compte de l'état dans lequel se trouve ton père ? Sa sœur qui perd la boule, toi qui disparais sans rien dire, qui plaque tes cours juste avant les examens, après tout ce qu'il a fait pour toi. Au moins, on s'explique !

Je ris :

– S'expliquer avec papa ? Tu sais bien que c'est impossible. Ma mère : sujet tabou ! Tu ne trouves pas, toi, que c'était normal que j'ai envie de la connaître. Et même que j'accepte ses cadeaux, pourquoi pas. C'est quand même grâce à elle que je suis là !

– Non ! tranche Marie-Laure.

Non ? J'ai mal entendu. On peut tout retirer à Ava, sauf ça : elle m'a portée dans son ventre, nourrie d'elle, mise au monde. Qu'elle m'ait larguée à quatre ans ne change rien à l'histoire : je suis sa fille, je suis d'elle. Et tiens ! Elle m'a même reconnue en beauté à Deauville : « J'aurai quand même fait quelque chose de bien dans ma vie ! »

– Pourquoi « non » ? Je ne comprends pas.

Marie-Laure se lève, tournicote dans le salon, revient vers moi : Tu veux vraiment que je te le dise ?

Je ne veux pas ! Mais je ne m'en irai pas d'ici avant de le savoir. J'incline la tête. Cette fois, elle reste debout.

– Quand ta mère s'est retrouvée enceinte, elle a décidé… de ne pas garder l'enfant. Ce n'était pas encore autorisé à l'époque, mais elle a trouvé une adresse. Elle n'a rien dit à personne. C'est là-bas que ton père est allé la chercher, pratiquement sur la table d'opération. Je suppose que c'est ce jour-là qu'il lui a promis de tout lui donner pour qu'elle ne recommence pas. Tu vois bien que si tu es là, ce n'est pas de la faute de cette femme. C'est ton père qui t'a mise au monde.

J'avais huit ans et, à la télé, on parlait tout le temps de l'avortement à cause d'une loi qui allait changer. On parlait aussi de la pilule, tout ça. Je faisais ma savante : « Puisque maintenant c'est les mamans qui choisissent pour les bébés, et puisque ma maman ne voulait pas rester à la maison, pourquoi elle m'a souhaitée quand même ? » Papa m'attrapait dans ses bras, il prenait sa voix pas vraie : « D'abord, un bébé, ça peut arriver par surprise : on ne s'y attend pas et "coucou le voilà". » Il appuyait son front au mien pour me regarder jusqu'au fond de la comprenette : « Cette fille-là a été la plus belle surprise de ma vie. »

Acte II : comment, vingt ans plus tard, on devient également une bonne surprise pour sa mère !

Marie-Laure essuie ses yeux :

– Je n'aurais pas dû te le dire, mais, tu comprends, c'est trop injuste qu'elle veuille te reprendre maintenant.

– C'est papa qui t'a raconté ça ?

– Penses-tu ! Il ne sait même pas que je suis au

courant. C'est Constance ! Elle avait deviné l'état de ta mère, ce qu'elle tramait, elle a averti Jean-Baptiste.

« Tu mets toujours ton nez dans ce qui ne te regarde pas », reprochait papa à Constance. Elle était trop curieuse, trop bavarde. Elle se nourrissait de la vie des autres. Lui, il devait mourir de peur qu'elle finisse par me dire la vérité, surtout après le « traînée » que j'avais surpris. C'est pourquoi, dès que j'avais su m'habiller toute seule et traverser l'avenue au feu pour aller au CM2 grande section, il avait cédé à mes prières, et Constance n'était plus venue que le dimanche pour le poulet fermier et les frites.

Si elle n'avait pas mis son nez dans le ventre de maman…

– Tu m'en veux ? demanda Marie-Laure d'une voix inquiète.

– Mais non.

D'ailleurs, je ne sens rien. Je ne suis pas née. Des limbes, là où l'on n'a pas accès à la lumière, je regarde une belle jeune femme sur la table d'opération. Je vois papa venant la chercher. Il la tire par le bras ? Il engueule la sage-femme ? Il balaie du revers de la main les instruments chirurgicaux ? C'est quand il balaie du revers de la main les instruments chirurgicaux pour me sauver la vie que j'ai envie de pleurer : dites donc, à un poil près, j'y passais ! À une herbe de la pampa près. À un pou de mer près. Mais après tout, qu'est-ce qu'un pou de mer ?

– J'aimerais bien que cela reste entre nous, chuchote Marie-Laure comme si Maigret se cachait derrière les rideaux fleuris. Jean-Baptiste ne me pardonnerait pas de t'avoir parlé, il a toujours voulu te protéger de tout ça.

– Ce n'est peut-être pas ce qu'il a fait de mieux !

Je me lève. Je vais tranquillement à la porte. Qu'est-ce que j'attends pour souffrir ? Hier, Ava Loriot m'a dit : « Je n'ai pas envie de perdre à nouveau ma fille », et elle semblait sincère.

Les marches du perron, mes deux pieds bien plantés, longuement plantés sur celle qui porte malheur. Toujours vivante lorsque je rejoins Marie-Laure sur la mignonnette. Nous marchons vers mon deux-roues.

– Est-ce que je peux dire à Jean-Baptiste que tu es passée ? Que tu vas... revenir ? Marie-Laure soupire : Il ne dort plus, tu sais, et il a recommencé à fumer, tu n'as pas senti, dans le salon ?

J'ai senti la fabuleuse odeur du poison, et si les cendriers n'avaient pas été vides, j'aurais compté les mégots comme on tire les pétales des marguerites : il m'aime un peu, beaucoup...

– Ne lui dis rien pour l'instant. Il faut d'abord que je règle la situation avec ma mère. Imagine qu'elle se pointe ici, tu vois le tableau ?

– Oh ! là, là !

C'est un vrai rire, cette fois. Puis Marie-Laure s'éclaircit la gorge :

– Est-elle vraiment si... extraordinaire que ça ? demande-t-elle d'une petite voix timide.

Je regarde la femme de mon père, tirée à quatre épingles dans sa tenue de secrétaire de direction. Pas une bouclette qui dépasse, pas un pétale froissé : un petit bouquet de primevères heureux de son sort dans un jardinet de Bourg-la-Reine.

– Oui ! Elle est vraiment extraordinaire ! Mais un brin carnivore sur les bords.

Nous sommes arrivées au portail. Elle soulève mon sac, m'aide à enfiler les bretelles :

– Mais qu'est-ce que tu as mis dedans ? Il pèse une tonne, ce sac !

– T'inquiète... C'est juste l'argenterie de la maison.

Rire du bouquet de primevères. Je demande :

– Et Luciefer ?

– Elle s'ennuie de toi. À propos, il faut que je te raconte : sa grande copine, tu sais, Anne-Sophie, elles en faisaient de belles toutes les deux, quand Lucie allait dormir là-bas. La mère les a retrouvées devant la télé à une heure du matin. Devine ce qu'elles regardaient ?

– Je crois deviner ! Ne t'en fais pas, le fond est extra...

Avant de mettre le contact, je lui montre la clé de la baraque :

– Je peux la garder ?

C'est ma façon de lui demander : « Toi aussi tu souhaites que je revienne ? » Elle fait oui de la tête. Nous nous fixons quelques secondes et j'ai une drôle d'impression : il n'y a plus une belle-fille face à sa belle-mère, il y a une femme face à une autre femme. C'est nouveau.

Et dans la rue, tandis qu'elle me suit des yeux, un moment, je plane.

CHAPITRE 36

À l'Étoile, un petit groupe de camarades discutaient avec animation autour d'une table couverte de chips et de boissons variées. Me voyant approcher, ils se sont interrompus et j'ai senti que je les gênais.

– Je cherche Stéphane, personne ne l'a vu ?

Ils se sont regardés et, après un silence, se sont contentés de répondre « non » de la tête. « Et toi, où étais-tu passée ? » a demandé une fille. Je lui ai souri : « Un coup de fièvre, mais ça va mieux. »

Je les ai laissés. Je ne savais trop que faire de moi : j'avais tant compté sur Steph ! Peut-être était-il simplement resté en classe ? J'ai galopé. Mais personne… Alors j'ai déposé mes affaires en gardant une place pour lui et je suis allée frapper à la salle des profs.

Là aussi, lorsque je suis entrée, il m'a semblé troubler l'atmosphère. Plusieurs professeurs entouraient Guérard. Ils se sont séparés. Comme une menace rôdait…

Après, lorsqu'on sait, on se dit qu'on aurait dû comprendre tout de suite, mais que l'on retardait le plus possible le moment, que l'on se mettait un bouclier devant le cœur.

J'ai dit à Guérard :

– Je vous prie de m'excuser pour l'autre jour, est-ce que je peux revenir au cours ? Et je lui ai tendu « Moi, Schubert ».

Il a pris mon devoir machinalement. Ni ricanements ni sermon, rien de ce à quoi je m'étais préparée. J'ai demandé :

– Mais qu'est-ce qui se passe, enfin ?

– Venez vous asseoir une minute, a-t-il soupiré et j'ai seulement remarqué que les autres profs avaient quitté la pièce.

Nous nous sommes installés l'un en face de l'autre, près d'une fenêtre. Les carreaux n'étaient pas opaques comme les nôtres, on voyait les gens marcher dans la rue, tout près, à les toucher, et cela faisait un drôle d'effet. On avait envie d'enjamber pour les rejoindre ; d'autant que la journée était claire et qu'ici on commençait à avoir sérieusement la trouille.

– Je vois que vous n'êtes pas au courant pour votre ami, a dit Guérard.

J'ai tout de suite compris, je me suis sentie tomber, pour en finir plus vite, j'ai hurlé :

– Il est mort, n'est-ce pas ?

– Ne dramatisez pas tout de suite, a répondu Guérard fortement. Il est bien vivant et il s'en tirera.

Les larmes ont jailli : pas Steph, pas lui ! Le seul avec qui je pouvais parler, le seul qui me comprenait. La première sonnerie a retenti. Elle indique qu'il est temps de regagner sa classe, mais la plupart des élèves attendent la seconde sonnerie, le dernier moment pour aller travailler ; et il y a eu seulement quelques pas, quelques voix dans le couloir.

– Nous avons été avertis ce matin par un appel de M. de Montrembert père, a repris Guérard. Cela se serait passé dans la nuit de vendredi dernier : des somnifères. On l'a heureusement trouvé à temps.

Vendredi soir, j'avais reçu le dessin de Steph, il m'avait crié son désespoir, mais, de peur de tomber sur son père, j'avais lâchement renoncé à l'appeler.

– M. le directeur a cru bon d'en faire part à votre classe, a poursuivi Guérard. Vos camarades sont tous au courant, j'ai donc pensé qu'il valait mieux vous avertir.

J'ai incliné la tête. Marie-Laure aussi avait pensé qu'il valait mieux m'avertir... qu'à un poil près je n'aurais pas existé. Comme, à un poil près, Stéphane aurait pu y passer. « Bien vivant », avait dit Guérard. Non ! Pas « bien vivant », mal vivant. Mais ça ne se dit pas, ce n'est pas français et il n'y a rien entre bien, bon ou joyeux vivant et « mort vivant ».

Seconde sonnerie. Cette fois, c'est un troupeau d'éléphants qui a écrasé le plancher du couloir. Guérard a baissé les yeux sur mon devoir. Il a lu le titre à mi-voix : « Moi, Schubert », il a relevé les yeux en fronçant les sourcils. J'ai dit :

– Ceux qui ne comprenaient pas Schubert l'appelaient « petit champignon » ; ceux qui comprenaient son message, son talent, l'avaient baptisé « le voyant ». Il est mort avant d'avoir pu prouver qui il était. On a tous du mal à prouver qui on est.

Je ne sais pas pourquoi j'avais dit ça. Sans doute pour que Guérard comprenne que je ne plaisantais pas avec l'Avenir, pas plus que Steph. Et même Steph, plus il avait l'air de plaisanter, plus il était sérieux : rire trop fort, c'est comme pleurer, les enfants le savent bien, qui ont peur du rire des clowns.

– Vous qui étiez amie avec lui, avez-vous une idée... de ce qui lui est arrivé ?

J'ai montré les hideux néons au plafond, la lumière qui cadavérise :

– Il nous l'a dit l'autre jour, mais personne n'a vraiment entendu, une histoire de branchement : Boum !

Guérard a détourné les yeux. Je n'avais pas cherché spécialement à l'accuser, lui : il n'était que le prof, j'étais l'amie, c'était moi la plus coupable, mais ce ne serait pas plus mal qu'il commence à comprendre que M. de Montrembert fils était autre chose qu'un petit rigolo gâté par la vie.

Il s'est levé. Il avait « perdu sa superbe », comme on dit. Sa superbe assurance, sa superbe indifférence. Mais quelques jours, quelques cours et elle reviendrait. Et moi j'aurais moins mal. Je n'ai pas pu supporter cette idée, je lui ai dit :

– Vous savez, monsieur, grandir, il me semble que c'est plus difficile pour nous que ça l'était pour vous, je ne saurais pas expliquer pourquoi, il y a sûrement des tas de raisons, mais c'est comme ça, nous, on n'a pas envie, on ne se sent pas tellement tirés.

Il m'a regardée quelques secondes en silence, puis il a mis la main sur mon épaule :

– Allons-y, vos camarades nous attendent.

Nous avons longé le couloir. Mes camarades... C'était au-dessus de mes forces de rentrer maintenant dans cette classe, je le lui ai dit lorsque nous avons été devant la porte. Sa main s'est resserrée :

– Pour grandir, mademoiselle Forgeot, il faut parfois aller au-dessus de ses forces.

Et, avant que j'aie pu résister, ce salaud a ouvert la porte et m'a jetée aux fauves.

Dans le plus grand silence, j'ai gagné ma place. Dans le plus grand silence, Guérard est monté sur l'estrade. Il a posé sa serviette sur la table, il a demandé :

– Quelqu'un pourrait-il prendre des notes pour notre ami Stéphane de Montrembert ?

Plein de doigts se sont levés et il a commencé son cours.

Je pense qu'il a eu raison de m'obliger à y aller, sinon, Duguesclin-la-Stratégie-de-l'Avenir, pas sûr que j'y aurais jamais remis les pieds.

Le français dure seulement une heure, c'est le parent pauvre. Ensuite, on passe aux choses sérieuses : compta-analytique et contrôle de gestion. À cinq heures, nous étions libres.

À six heures, toute glacée, je mettais pied à terre à Saint-Cloud, devant une grande bicoque entourée d'un jardin où j'ai reconnu une petite voiture dans laquelle j'avais été bien. C'est l'une des sœurs de Steph qui m'a ouvert. Sa mère était à l'hôpital, où l'on gardait son frère encore quelque temps en observation. Elle m'a proposé d'entrer. J'ai demandé : « Est-ce que je peux voir sa chambre ? » C'était la seule pièce qui m'intéressait et, en y montant, mon cœur battait : il me semblait qu'il y serait, je l'y sentais. Je me suis souvenue que Jimmy avait, lui aussi, souhaité connaître mon pigeonnier. Les yeux m'ont brûlé : mon cow-boy m'aimait donc un peu plus que pour faire l'amour avec une jeunesse ?

Les murs de la chambre de Steph n'étaient qu'une suite de dessins, certains très beaux, d'autres à mourir de rire. Une fresque racontant l'histoire d'un petit garçon, d'un grand garçon, qui tournait en rond sans savoir pourquoi et riait pour ne pas pleurer. Et, à force de rire, le petit-grand garçon dégringole du manège ; c'est une chose qui peut arriver à tout le monde.

Mlle Hautes-Études regardait les dessins avec moi.

– Voilà ce qu'il fait de bien, ai-je dit.

– Essayez de le faire comprendre à son père, a-t-elle répondu.

CHAPITRE 37

– D'où viens-tu ?

Debout près de *ma* fenêtre, dans *ma* chambre, cette femme me toise. Elle est rentrée chez moi en mon absence, elle a forcé ma porte, a-t-elle aussi fouillé mes affaires ? À la maison, nul ne se le permettrait : cela s'appelle le respect.

– Et ça, qu'est-ce que c'est ?

Elle désigne le sac que je viens de laisser tomber sur la belle moquette nacrée. Je n'ai pas envie de répondre. Je veux être seule.

– Alors ? Tu as perdu ta langue ?

– Ce sont mes affaires de classe. Je suis retournée à Duguesclin.

– Petite conne !

Trou noir, vertige. Qu'elle parte, qu'elle dégage… Elle vient coller son visage au mien : parfum de fagot, parfum de mort ; elle était sur la table d'opération quand papa est venu me chercher.

– Voilà donc ce que tu veux ? Moisir toute ta vie ? Calculer toute ta vie ? Mener une minable existence de gratte-papier, du gris, du gris, du gris ?

Elle, c'est du noir : le trou noir au milieu des étoiles dont parlent ceux qui s'occupent du ciel. Je tourne les yeux vers la glace : le dessin de Steph n'y est plus. Je crie :

– Qu'est-ce que tu en as fait ?

Elle désigne la corbeille :

– Je n'avais pas envie que les femmes de chambre se moquent de ma fille.

– Tu n'avais pas le droit !

Je le récupère dans la corbeille. Elle a son vilain rire :

– Steph-Paf !... de Montrembert, je suppose ? Et je suppose aussi que c'est lui qui a passé la soirée dans ta chambre lundi dernier ?

– Tu m'espionnes ?

Rire de mépris :

– Qu'est-ce que tu crois ? Le maître d'hôtel voulait savoir s'il devait réapprovisionner ton bar. Ta première nuit ici, et tu vides tout, pardon, « vous » videz tout, sur le lit qui plus est, bravo ! En voilà un qui fait honneur à son nom !

Mais qu'est-ce que je fous là ? Pourquoi je reste ? Pourquoi j'écoute cette femme ?

– Tu m'as menti, accuse-t-elle. C'est à cause de ton Montrembert que tu as refusé Jimmy.

Je crie :

– Mon Montrembert est à l'hôpital, il est très mal, si tu veux savoir, il a essayé de se flinguer, maintenant laisse-moi.

Quelques secondes, elle soutient mon regard, puis elle hausse les épaules et se dirige vers la porte. Je viens de dire à ma mère que mon ami avait failli mourir et elle a haussé les épaules... Et, arrivée à la porte, elle se retourne et constate à mi-voix :

– Décidément, ma pauvre fille, tu ne fréquentes que des ratés.

Je l'ai rattrapée dans le couloir, la haine me brûlait, consumait mon cœur. Je l'ai suivie dans sa chambre où toutes les lumières étaient allumées, où du petit linge, des chaussures, des bijoux traînaient partout – les femmes de chambre étaient faites pour ranger.

– Ferme la porte, au moins, a-t-elle soupiré.

J'ai fermé la porte, au moins. Elle est tombée dans un fauteuil.

– Alors, qu'est-ce que tu as à me dire ?

Je lui ai dit qu'elle n'arrivait pas à la cheville d'un seul de mes ratés : mon raté de père qui avait su construire du bonheur autour de moi, ma ratée de Constance qui, en me donnant tout sans rien demander en retour, m'avait appris à donner un peu, mon raté de Montrembert qui, contrairement à elle, avait un cœur et des yeux pour voir les autres sans passer par leur porte-monnaie.

Je lui ai crié que pour moi la vie ne serait jamais un jeu, qu'elle n'espère pas me voir entrer dans le lit d'un type, fût-il le meilleur joker du monde, en vue d'assurer mes arrières. Pour moi, la seule chose qui comptait – qu'elle rigole, si elle voulait –, c'était d'aimer : un parent, un enfant, un ami, un homme, qu'importe mais AIMER. Parce qu'il n'y avait pas d'autre moyen de se supporter à peu près, quitte à se tromper de personne, à confondre désir et amour, amour et passion, quitte à prendre pour de l'amour maternel ce qui n'était que du calcul sordide.

Elle ne riait plus. Son visage parfaitement maquillé, parfaitement encadré par ses boucles rousses, elle me fixait de ses grands yeux à la couleur rare, vert doré. Non, elle n'avait pas changé depuis l'époque où mon père, et peut-être oncle Jacques, l'avaient désirée. Elle était toujours aussi belle, Ava Loriot : une flamme qui captait tous les regards, mais pas du feu qui éclaire, de celui auquel on se brûle, qui dévore les cœurs.

Je lui ai dit que ce n'était pas des robes, des bijoux, du luxe, que j'avais attendu d'elle mais un peu de ce dont j'avais été privée pendant seize ans : par exemple, une réponse à trois coquetiers avec des oiseaux bleus dont le plus beau était pour elle, était elle. Par exemple, un brin de curiosité vis-à-vis de la petite fille qui, mangeant la soupe aux légumes de cette ratée de Constance – une cuillerée pour papa, une cuillerée pour oncle Jacques, une pour le petit Jésus –, avalait en douce toutes les cuillerées pour maman, bien qu'elle se soit promis de ne pas grandir loin d'elle. Mais cela, mais l'amour, encore l'amour, oui, elle ne pouvait me le donner car elle n'était capable que de s'aimer, elle.

J'allais parler de la DASS lorsqu'elle m'a dit : « Taistoi. »

Elle l'a dit très bas, en serrant fort ses mains l'une contre l'autre, puis elle a ajouté :

– C'est toi qui ne m'aimes pas, Patricia, d'ailleurs, tu ne m'as jamais appelée « maman » !

J'ai regardé ses yeux. Ils étaient secs. « Jamais je ne l'ai vue pleurer, avait dit papa, mais pour obtenir ce qu'elle veut, elle fait très bien semblant. » J'ai vu papa venant me chercher sur la table d'opération.

– Pourquoi t'appellerais-je maman ? S'il n'avait tenu qu'à toi, tu sais bien que je ne serais pas là.

Elle a poussé un petit cri et caché son visage dans ses mains. Je l'ai laissée.

Je marchais dans ma chambre sans parvenir à me calmer. C'était la tempête dans ma tête, un tourbillon de mots, d'idées dont je ne parvenais à attraper aucun. Alors, c'était vraiment fini, ma mère ? J'avais rompu ? « Décidément, tu ne fréquentes que des ratés… » Une seule petite lumière dans la nuit qu'elle avait cessé d'éclairer : je ne laisserais plus jamais personne dire que je ressemblais à cette femme qui haussait les épaules quand on lui parlait du suicide d'un ami.

J'ai rempli la baignoire à ras bord et j'ai joué à me noyer. Je me laissais glisser dans l'eau, cheveux et tout et je restais le plus longtemps possible sans respirer. C'était parfaitement dégueulasse parce que Steph, lui, l'avait fait vraiment, alors que moi je n'avais pas l'intention de mourir. C'était plutôt comme ce matin, lorsque je m'étais plantée sur la marche au chat crevé, par défi, pour voir, peut-être pour en finir avec les petites manies, les soi-disant avertissements du ciel, qui vous donnent de bonnes excuses pour ne pas bouger – le destin l'a dit – pour ne pas aller au-dessus de ses forces, n'est-ce pas, M. Guérard ?

Lorsque le téléphone a sonné, j'ai hésité à répondre. Mais ce n'était pas elle, c'était Luc.

– Je viens d'avoir Lucie. Elle m'a donné ton numéro. Où est-tu ? Qu'est-ce qui se passe ? Pourquoi n'est-tu pas venue à la répétition ? Delamarre est aux cent coups. Le concert, c'est vendredi prochain, tu n'as pas oublié, au moins ?

Ce soir avait eu lieu la répétition avec orchestre dans l'église Saint-Germain-des-Prés. Je m'en étais fait une fête. Je m'étais fait une fête de ce lundi. Je me suis entendue demander :

– Est-ce que tu peux m'héberger quelques jours ?

– Tu veux dire... chez moi ?

J'ai ri :

– Où veux-tu que ce soit ?

Luc a mis un moment à répondre. Chez lui, dans la chambre au-dessus de la croix verte qui clignotait pendant que nous faisions l'amour et disait, nous en blaguions : « Attention ! Sida, précautions, préservatifs, responsabilité », et à moi, plus encore : « Gaffe à ne pas être une pute comme l'Autre. »

– Quand veux-tu venir ? a fini par répondre Luc.

– Je passerai demain matin déposer mes affaires.

– Si je suis parti, tu sais où est la clé.

Je l'ai remercié et, lorsqu'il m'a répondu : « Il n'y a pas de quoi », j'ai détesté cette phrase d'étranger. Pas de quoi ? Il me sauvait.

En laissant les frusques que m'avait offertes Ava, j'avais assez de place dans mes sacs pour le reste. La montre, je l'ai gardée. *Hello*, Jimmy ! Dix heures du soir en France, deux heures de l'après-midi en Californie. Nuit ici, soleil là-bas. C'était toujours « soleil là-bas » quand la petite fille fermait les yeux et, dans la musique d'opéra, s'embarquait pour le rêve.

Un peu plus tard, on a frappé. Je n'ai pas répondu. Une voix masculine a dit :

– C'est le maître d'hôtel, mademoiselle, pouvez-vous ouvrir s'il vous plaît ?

Nœud pap', lunettes hublot, mon témoin s'est avancé dignement, poussant sa table roulante : témoin de mes retrouvailles avec ma mère, témoin de ma rupture avec Ava. Il a regardé les sacs. J'ai mis un doigts sur mes lèvres.

– C'est de la part de votre maman.

Il a dressé le couvert de la princesse et disposé les mets : œufs de saumon dans une coupe glacée, pâtes carbonara à laisser au chaud sous la cloche. Tout ce que j'aimais et une rose en plus.

– Bon appétit, mademoiselle.

Je n'ai rien pu avaler. Jimmy aurait été déçu. Mais les mouettes, il arrive que ça se goudronne, que ça se brise les ailes… J'avais réussi à défroisser un peu le dessin de Steph-Paf, Steph-Boum ! Les notes de musique dans le ciel me disaient que la main vide se tendait aussi vers moi ; à moins que cette main ne soit la mienne ?

J'ai enfin réussi à pleurer, comme une vieille égoïste : sur mon sort.

CHAPITRE 38

Lorsque, à sept heures trente du matin, j'ai rendu la clé de la 433 à la réception, ils ont ouvert de grands yeux : la chambre n'avait-elle pas été retenue jusqu'à vendredi, date du départ de Mrs. Loriot ?

– J'ai décidé de la libérer aujourd'hui, ai-je balbutié.

Je m'en voulais de me sentir en faute ; j'aurais mieux fait de partir sans rien dire, comme je l'avais envisagé un moment, mais cela m'avait paru trop lâche. Et puis, ma mère devait comprendre que c'était fini. Et puis, pas triche, je n'avais pas envie de la revoir.

Ils ont quand même vérifié sur le registre. C'était bien ça. « Mrs. Loriot est-elle au courant de votre départ, mademoiselle ? » a demandé celui qui portait les clés d'or au revers de sa veste. Comme je ne répondais pas, il a tendu la main vers le téléphone. J'ai dit : « Mrs. Loriot déteste être réveillée », et il a laissé tomber.

Dans la grande galerie qui menait vers la sortie, les lustres flamboyaient pour moi toute seule. La première fois que j'étais venue ici, il m'avait semblé pénétrer dans le rêve ; le rêve avait éclaté, les scintillements du cristal et du marbre, les dorures, même la musique, avaient perdu leur magie, n'étaient plus qu'un décor savant. Mais, dans ce décor, j'avais appris à me sentir à l'aise, ce luxe m'avait plu. J'ai pensé que cela devait être agréable de faire escale ici à deux, d'y être heureux à deux. J'aurais aimé !

Avant de monter dans le taxi, j'ai tourné une dernière fois la tête vers mon quatre étoiles et j'y ai tout inscrit : le champagne comme le vinaigre.

La croix verte de la pharmacie Delcourt clignotait lorsque le chauffeur m'a laissée à Bourg-la-Reine. J'y ai aperçu les parents de Luc, servant des clients. Sa chambre est indépendante de leur appartement, je ne pense pas qu'ils m'aient vue entrer dans l'immeuble.

La clé était dans sa cachette. À l'époque où nous nous voyions régulièrement, Luc m'avait proposé de m'en faire un double mais j'avais refusé : Surtout, ne pas m'engager ! Accepter de s'engager, cela faisait-il partie du programme pour grandir ?

Il avait laissé un mot pour moi sur la table : « Bonjour ! » Ce n'était pas le Pérou mais cela m'a fait du bien. « *Happy day* ! » Après tout, il ne pourrait être pire qu'hier, ce jour. J'ai déposé mes sacs et je suis allée à Duguesclin par les transports en commun.

Nous avons étudié comment Mlle Simon – qui a volé un chèque – peut être confondue par Mme Moreau qui tient le journal de banque. De quelle façon M. Arnold doit justifier ses commandes de pièces de rechange par une fiche d'inventaire permanent remise à M. Delcourt.

Comment Mme Martin... Derrière les carreaux opaques, on entendait les gens passer. Je regardais tout le temps ma montre, je ne pouvais pas m'en empêcher. Ava devait avoir pris son petit déjeuner. Avait-elle déjà formé le numéro de la 433 ? Le maître d'hôtel aux lunettes-hublots lui avait-il dit que j'avais fait mes sacs ? L'employé de la réception l'avait-il avertie que j'avais rendu ma clé ? « N'a-t-elle rien laissé pour moi ? – Rien, Mrs. Loriot. »

Il y a seize ans, lorsqu'elle était partie, m'avait-elle laissé autre chose que le désespoir ? Alors pourquoi me sentais-je coupable ?

À midi, je suis allée récupérer mon deux-roues près de l'hôtel en rasant les murs. Oh ! Steph, si tu avais pu être là ! Chaque fois que je pensais à lui, j'étouffais. Il me ramenait à ma mère, et je tombais dans le vide.

Nous avons vu comment M. Bertrand, viticulteur, contrevenait à l'article 257 en vendant hors taxes son vin à M. Berthelot, restaurateur. Comment M. Lerouge, qui avait fourni à M. Lenoir un lot de casseroles, ne rentrerait jamais dans ses frais, M. Lenoir ayant déposé son bilan avant d'honorer ses traites. J'ai fait rire tout le monde en soupirant : « Pauvre M. Lenoir », alors que pour la fisca, c'était M. Lerouge la victime. Quatre heures... Que faisait Ava ? Avait-elle essayé d'appeler à la maison ? Et si je la trouvais à la sortie de Dugesclin ? Mon cœur a bondi : je ne parvenais plus à écrire tant mes doigts tremblaient. Ma mère, c'était fini !

J'ai quitté la boîte en courant et sans regarder autour de moi.

Cette fois, Luc était là. Il m'a embrassée sur les deux joues. Ses parents m'avaient-ils vue monter ? Il valait mieux pas. Il avait l'air gêné, on aurait dit qu'il avait peur de se retrouver seul avec moi dans sa chambre. Il m'a invitée à dîner à la pizzeria ; nous nous y sommes rendus très vite.

Nappes en papier, fleurs en plastique, pas de maître d'hôtel pour me présenter un siège, pas de champagne dans un seau à glace, mais je m'y suis sentie bien.

– Il faut que je te dise... je suis avec une fille ! a annoncé Luc.

Voilà pourquoi, hier, il avait hésité à me dire : « Viens » tout de suite et pourquoi il était préférable que ses parents ne me voient pas.

Vous avez cessé d'aimer quelqu'un, vous l'avez viré de votre vie – et pas très gentiment à la réflexion –, il est exclu que vous lui reveniez, c'est une affaire terminée, et pourtant... Lorsque Luc m'a parlé de Marie, je me suis sentie abandonnée. Comme si j'avais voulu qu'il continue à tenir à moi, à m'aimer quand même, à souffrir peut-être. J'avais perdu le pouvoir de le faire souffrir, il était heureux avec cette autre fille, c'était lui qui, aujourd'hui, me proposait son amitié et j'avais envie de râler : « Il ne lui aura pas fallu longtemps pour m'oublier... »

Je me suis obligée à sourire, je lui ai dit : « Raconte... », avec appétit. Il n'attendait que ça.

Marie avait le même âge que lui et, elle aussi, faisait pharmacie. « Le fabuleux », m'a-t-il fait remarquer, c'est qu'ils se connaissaient depuis toujours, pratiquement des amis d'enfance, et soudain vous vous découvrez, cela fait un drôle d'effet, cela a presque un goût de défendu... J'allais sûrement rire, mais ils pensaient à se marier, Marie habitait chez ses parents, le style vieux jeu et il n'était pas question pour elle de s'installer complètement avec quelqu'un sans passer par mairie et église, « le grand jeu ». Il m'a confié qu'il était son premier garçon... que je ne m'imagine pas pour autant que Marie était bégueule.

Marie, Marie, Marie... Il y avait de la lumière dans les yeux de Luc et une petite flamme dans sa voix. Nous, même dans les premiers temps de l'amour, lorsque nous pensions que c'était sérieux, nous n'avions jamais parlé mariage et, s'il l'avait fait, j'aurais sûrement rigolé. Cela ne m'a pas empêchée de me sentir blessée qu'il y ait pensé avec une autre.

Au dessert, il s'est souvenu de moi :

– Et toi, tu ne m'as même pas raconté ce qui t'arrivait ?

Parler de Marie, Marie, Marie, avait pris tout le temps de la pizza, parler d'Ava a à peine duré celui d'une boule de glace : j'avais retrouvé ma mère, elle souhaitait m'emmener aux États-Unis où elle vivait mais ça n'avait pas collé entre nous, voilà ! Une histoire de pou de mer entre des milliards de pous de mer, rien d'extraordinaire à voir. Pourtant, ma gorge était plombée chaque fois que je prononçais son nom.

– Puisque ça n'a pas collé avec elle, pourquoi ne rentres-tu pas chez ton père ? s'est étonné Luc. Il est sympa, ton père.

Là, les choses ont été moins simples à expliquer. Rentrer chez mon père sympa, comme si rien ne s'était passé : on efface et on recommence, je ne pouvais pas. Pas question d'effacer et recommencer comme avant, ça ne marcherait pas.

– Alors, qu'est-ce que tu veux ?

– Je veux que mon père sympa me regarde comme je suis, pas comme une autre.

– Et tu es comment ?

– C'est là où ça se complique. À part une fille sympa, je ne sais pas !

Il a ri, moi itou, et cela m'a fait un bien fou.

Nous sommes rentrés chez lui en flânant. Dix heures n'étaient pas encore sonnées et Bourg-la-Reine avait déjà baissé le rideau : pas un chat dans les rues, lumières bleues des télévisions derrière les voilages, pourtant ça commençait à sentir sérieusement le printemps, à bourgeonner partout. Comme nous passions près de l'église, j'ai découvert la grande affiche qui annonçait notre concert :

Église Saint-Germain-des-Prés
Vendredi 12 mars, 20 heures 30
Schubert
Les chœurs de Bourg-la-Reine

Je me suis arrêtée.

– Ils auraient dû mettre aussi : « Rameau, la *Nuit*, avec la grande soprano Patricia Forgeot », a plaisanté Luc. À propos, j'ai promis à Delamarre que tu l'appellerais sans faute ce soir… Mais qu'est-ce qui t'arrive ?

Je pleurais, je riais : comment voulait-il que la grande soprano soit au rendez-vous vendredi ? Déjà parler, elle avait du mal, alors chanter…

– C'est à cause de ta mère ?

J'ai cherché à me réfugier dans l'église, mais – attention, vandales – elle était bouclée : débranchée la prise de ciel ! Je me suis laissée tomber le long du mur, Luc m'a imitée. Plus entêté…

– C'est à cause d'un ami qui a avalé un peu trop de tes petites pilules pour dormir et qui a failli ne pas se réveiller. On manie de l'explosif dans ton métier, tu réalises, au moins ? Boum ! ai-je fini par lui dire.

Il n'a pas haussé les épaules. Il m'a obligée à tout lui raconter. J'ai fait comme j'ai pu, n'empêche qu'au fur et à mesure que les mots voulaient bien sortir, l'air revenait dans mes poumons, cela faisait un mal de chien. Hier, m'immergeant dans la baignoire, c'était peut-être un peu plus qu'une plaisanterie de mauvais goût.

Je lui ai dit que la dernière répétition ici, à Bourg-la-Mort, avait joué un rôle dans la décision de débrancher de Steph, je le savais. Et je n'arrêtais plus de le voir au fond de cette église, la tête dans ses mains, tandis que j'interprétais la *Nuit*. Je le verrais aussi à Saint-Germain-des-Prés, et dans toutes les églises du monde où la musique irait réveiller les points sensibles, touiller les douleurs, faire tourner à nouveau les manèges défoncés de l'enfance. Et Delamarre serait bien avancé si, au beau milieu de son solo, la géniale interprète craquait !

Luc se souvenait très bien de Steph : un grand échalas qui, après la répétition, m'avait emmenée dans une chouette voiture de sport. À voir comme ça, il avait l'air plutôt marrant.

– C'est bien lui, ai-je dit.

– Est-ce que tu l'as revu… depuis ?

J'ai recommencé à chialer : le grand échalas était encore à l'hôpital où les visites, sauf celles de la famille, étaient interdites.

– Vas-y quand même, a ordonné Luc. Tu te débrouilleras bien pour passer. Sinon, je te connais, tordue comme tu es, tu ne chanteras plus jamais. Il faut le faire sortir de l'église.

Il connaissait peut-être mes petites manies, ma marche au chat et quelques autres, mais il ne pouvait pas deviner que je devais aussi faire sortir Steph du lit où je l'avais dragué et que, finalement, hier, j'avais été soulagée de ne pas le trouver chez lui parce que j'avais une frousse bleue de le revoir.

– Alors, tu décides quoi ? Tu chantes ou tu ne chantes pas ?

Ils trouvent parfois des remèdes de cheval pour vous faire chanter, les apprentis potards ; mais puisque c'était marqué sur l'ordonnance, j'ai décidé d'y aller demain. Le mercredi après-midi, nous avons congé. Même qu'autrefois, au temps du bon temps, je gardais Lucie et nous cherchions les secrets de Marie-Laure sous ses petites culottes pur coton.

Et demain aussi, promis, j'appellerais Delamarre.

Cette fois, la croix verte de la pharmacie de papa était éteinte. Que leur disait-elle, à Luc et à Marie pendant qu'ils b… « Amour toujours ? Enfants ? Bonheur ? » Luc employait-il des préservatifs avec sa pure jeune fille ? Ma parole, j'étais jalouse.

Il a disposé de gros coussins par terre pour lui, je me suis installée dans son lit. Nous avons éteint tout de suite et, dans l'obscurité, nous avons continué à parler, nous étonnant de la vie : elle va son cours, plutôt tranquille, sans vagues, et soudain voilà qu'elle s'emballe, le grand chambardement, les repères sens dessus dessous, moi, ma mère, lui, Marie ! Sans compter mon dessinateur. Nous chuchotions comme des enfants à qui les parents ont dit, fermement cette fois : « Maintenant, il faut dormir, c'est l'heure ! » Et voilà que je me sentais mieux. S'étonner de la vie, n'est-ce pas recommencer à l'aimer ? Voir des surprises possibles ! Des renaissances ? Et voilà que les ailes de la mouette repoussaient.

J'ai demandé à Luc pourquoi nous n'avions jamais

parlé comme ça avant. Il ne savait pas, moi si, peut-être… Avant, les corps s'en mêlaient, il y avait toujours, entre nous et les mots, des baisers, des caresses, des brûlures, le désir. Le désir tuait-il les mots ? La passion obscurcissait-elle la vue ? Et si elle avait raison, la dame de l'Inter-Continental qui préférait garder les yeux ouverts et assurer ses arrières ?

– Toi, qu'est-ce que tu en penses ? a demandé poliment la voix endormie de Luc.

– Tu demanderas à Marie de te répondre, maintenant, dodo !

Tournée du côté du mur, je l'ai appelé, celui qui saurait me donner les caresses et les mots, à qui je saurais offrir le plaisir et l'écoute. J'ai décidé de tout vouloir : la passion qui brûle la peau, l'amour qui comble le vide, la tendresse qui rafraîchit l'âme et aussi le patati-patata tout neuf de ceux qui s'émerveillent de ne plus être seuls, d'être enfin compris.

Tout. Tout à la fois, même l'impossible. L'impossible en priorité.

CHAPITRE 39

– Un petit quart d'heure, pas davantage s'il vous plaît, a recommandé l'infirmière.

On pouvait le voir par une vitre, couché sur le côté, replié sur lui-même, les genoux presque à hauteur du menton, endormi ? J'ai refermé la porte sans bruit. Aucune difficulté pour entrer, personne ne m'avait demandé mon nom.

Je suis venue m'asseoir au bord du lit, en pesant le moins possible, mais pas question de me servir de la chaise, d'être en visite. Si j'en avais eu le courage, je me serais glissée sous le drap près de lui. Sans ouvrir les yeux, il a demandé : « C'est toi ? » Bêtement, j'ai répondu : « C'est moi », alors qu'il pensait forcément à quelqu'un d'autre : sa mère, une sœur. Ma voix était un vrai désastre malgré mes efforts. Monsieur a enfin daigné se retourner et il m'a souri.

– Sais-tu comment j'ai deviné ? Tes baskets ! Dans la

famille, toutes les femmes sont en cuir et talons hauts : clic-clac. Toi, c'est chut-chut…

Il s'est redressé et Chut-Chut, que les larmes étouffaient, a tenté de faire diversion en jouant à la nounou, bordant le drap, retapant les oreillers.

Avec ses cheveux en bataille, son regard perdu, il avait la tête d'un enfant arraché au sommeil, jeté dans un monde où il ne se retrouve pas. La tête d'un enfant-clown aux joues couleur farine, avec trop de noir autour des yeux et trop de rouge dans son sourire peint.

– Tu vois, a-t-il dit, j'ai appuyé sur le bouton supplémentaire de l'ascenseur, celui du bas, sous le sixième sous-sol, et je me suis retrouvé ici. Ça ne devait pas être le bon.

– Faudrait savoir, ai-je râlé. Tu dessines le ciel et tu prends l'ascenseur qui descend. À part ça, merci d'avoir pensé à moi : tu ne t'es pas demandé comment je m'en tirerais sans toi ?

– Tu sais, il y a des moments où on ne se demande plus grand-chose, a-t-il murmuré.

Il a regardé ailleurs, mais qu'y a-t-il à regarder dans une chambre d'hôpital, sans fenêtre qui plus est ? Soi, et encore soi, épinglé sur le blanc lisse des murs comme un papillon. Steph, le papillon ; Patriche, la mouette. Je le sentais aussi loin que l'autre soir, à l'hôtel, lorsque j'avais si mal essayé de le retenir. Comment communiquer l'envie de vivre ? De remonter sur le manège pour faire quelques tours de plus ? On vous dit : « L'amour, l'amour. » Moi-même, je l'avais crié à Ava : l'amour, il n'y a que l'amour. Eh bien, non ! Pour certains, cela ne suffisait pas, ou bien c'était trop tard. L'amour, Steph n'en manquait pas : sa mère, ses sœurs, peut-être même son père, à sa façon. Alors ? Mauvais récepteur, Steph ?

Artères bouchées ? Quand le courant avait-il cessé de passer, d'irriguer son cœur ? Steph-le-débranché.

Avec effort, j'ai posé ma main sur la sienne. Vous donnez tout votre corps sans problème, mais prendre une main pour dire : « Je suis là », cela vous chatouille le respect humain. Voilà où se colle la pudeur. Il a remarqué, et c'était peut-être aussi la pudeur :

– Tu as une jolie montre, c'est ta mère ?

J'ai répondu :

– Ma mère, c'est fini.

– Une mère, ça n'est jamais fini, a-t-il dit.

L'infirmière est entrée, je l'ai fusillée du regard : mon quart d'heure n'était pas terminé. Mais elle voulait seulement prendre la tension du malade et lui donner ses médicaments. Elle s'est assurée qu'il les avalait bien. « Voulez-vous goûter, c'est l'heure ? » a-t-elle proposé. Il a fait « non ». Elle est sortie.

Il nous restait à peine cinq minutes. J'ai été prendre le paquet que j'avais laissé près de la porte et je l'ai posé sur son lit :

– Cadeau ! J'ai pensé que tu n'avais pas eu le temps d'emporter le plus important dans ton septième sous-sol.

Ses mains tremblaient tandis qu'il défaisait le papier. Il a sorti le carton à dessin, les crayons, les gommes. Du bout des doigt, il a tracé quelque chose sur une feuille blanche puis son regard est remonté vers moi :

– Le plus important ? a-t-il demandé d'une voix hésitante.

J'ai répondu :

– J'ai vu ta chambre.

Il a eu son sourire :

– Fils unique n'est capable que de souiller les murs et coûter une fortune en peinture à son père.

J'ai râlé :

– On les emmerde, les pères, laisse tomber la compta et dessine, dessine, dessine... Et j'ai ajouté, même s'il paraît que c'est ringard de parler de beauté, comme de tous les mots qui font vivre : Ce que tu fais est très beau.

Les joues de « petit champignon » ont viré au coquelicot, cette fois, son rire était complètement loupé et les larmes ont jailli. Il ne parvenait pas à me croire, à croire en lui. Personne ne le lui avait appris, ne lui avait dit : « Bravo. » Pourtant, ils étaient vraiment beaux, ses dessins ; forts, rigolos, douloureux, ils étaient comme moi dans les bras de Jimmy : tout et n'importe quoi, la vie ! Et là, au moins, le courant passait encore, et au point où il en était, il ne s'en tirerait pas autrement qu'en gueulant sur du papier et trouvant enfin quelqu'un qui lui dise : « Chapeau, mon vieux », et quand je le lui ai dit, je ne crois pas avoir inventé la flamme furtive qui a brûlé dans ses yeux, comme passe le furet et celui qui l'attrape a gagné.

– Emmerder les pères, tu y arrives, toi ? a-t-il demandé.

– Plutôt bien. Et les mères aussi.

Par le carreau qui donnait sur le couloir, l'infirmière m'a fait signe. Je me suis levée.

– Je reviendrai, l'ai-je averti. Ne compte pas te débarrasser de moi comme ça, je reviendrai tout le temps, que ça te plaise ou non.

Et, disant cela, je pensais à Constance et à ses baisers à la bave d'escargot, ses baisers forcés, matin et soir.

– C'est bien vendredi, le grand jour ? m'a-t-il demandé au moment où j'allais ouvrir la porte.

Je me suis arrêtée, saisie : vendredi, après-midi, ma mère repartait pour les États-Unis. Comment le savait-il ?

– Ce n'est pas vendredi que tu chantes ?

Ma gorge s'est obstruée et j'avais tout sauf la voix d'une grande soliste quand j'ai répondu :

– Justement, je ne suis pas sûre d'y aller. Tu vois, il s'est passé pas mal de choses ces jours-ci, alors chanter…

Steph s'est redressé. Il m'a ordonné : « Chante ! », comme je lui avais dit « Dessine ! », comme on dit « Crie ! », comme on dit « Vis ! »

De retour chez Luc, j'ai appelé Delamarre : « J'avais été souffrante, ça allait mieux, voulait-il encore de moi ? » Il m'a engueulée : souffrante ou non, on avertit, ce n'était pas la gorge, au moins ? Si je voulais chanter la *Nuit*, je devrais passer demain soir chez lui. À part ça, peut-être savais-je que nous répéterions une dernière fois avant le concert ?

Sur ma lancée, j'ai téléphoné à Lucie. Elle était dans tous ses états : depuis hier, ma mère avait appelé trois fois pour savoir si j'étais là et quand Lucie avait répondu « non », elle avait bien senti qu'on ne la croyait pas.

« Tu ne m'avais pas dit qu'elle avait l'accent amerloque… Et toi, où es-tu ? Et les cœurs, les deux cœurs sur ma glace, ça veut dire quoi ? Que tu reviens ? »

Je lui ai annoncé qu'elle était la plus sangsue, la plus tarée des demi-sœurs, et que si, par hasard, je revenais, elle aurait intérêt à filer doux, à satisfaire mes moindres désirs, en commençant par me laisser l'eau du bain en premier, parce que, dans mes palais, on prenait quarante-huit bains par jour si ça vous chantait, alors son eau sale, empoisonnée, luciférienne, non merci !

Puis je lui ai demandé de me passer papa.

« PAPA, VITE, PATRICHE ! »

Son coup de clairon a dû faire trembler la maison. En tout cas, mon tympan en résonne encore, comme des carillons de Pâques, bien que les cloches magiques se soient depuis longtemps envolées à Nostalgy-City.

J'ai donné rendez-vous à mon père pour le lendemain soir, en terrain neutre : un bistrot du côté de chez mon prof de musique.

CHAPITRE 40

Il m'attend dans la salle du fond, à la place que choisissent les pères qui ont décidé d'avoir une explication avec leur fille : une banquette isolée, non loin des toilettes-téléphone. Pour l'explication, la fille ne comprenait pas pourquoi on ne restait pas à la maison : à la maison, au moins, elle n'était pas intimidée alors qu'au café, si ! Et elle avait tout le temps peur que les autres entendent en passant. Il commandait ce que la fille préférait : une glace, un lait-fraise ou un chocolat chaud selon la saison, mais la phrase d'introduction, elle, n'avait pas de saison, c'était toujours la même : « Tu es grande. » Et la fille sentait son cœur rétrécir. Quand on dit : « Tu es grande » à quelqu'un de petit, c'est qu'on va lui donner quelque chose de trop lourd à porter. Il me disait : « Tu es grande, tu dois savoir que ta maman ne reviendra plus, elle a choisi de rester dans son autre vie. » Il me disait : « Tu es grande et tu as bien vu que Marie-Laure et moi nous nous aimions beaucoup, qu'est-ce que tu penserais si on faisait un beau mariage ? » Il m'annonçait, tout joyeux : « La grande fille va avoir une petite sœur, n'est-elle pas contente ? » Et la grande répondait toujours « oui » parce qu'elle était grande, mais elle avait hâte de rentrer à la maison pour redevenir petite à sa guise.

En me voyant, il se lève. Il a très mauvaise mine, mon papa, du bleu sombre sous les yeux, des rides qui se voient davantage, au front et au coin des lèvres. C'est moi ? Ouvre tes bras et j'y tombe, je craque. Mais il n'ouvre pas les bras et il faut que je tende mon front pour qu'il pense à m'embrasser. C'est lui qui semble intimidé.

– Veux-tu te mettre en face ou à côté ?

Je choisis en face.

– Elle a appelé à la maison, attaque-t-il. Elle pensait que tu étais rentrée.

Mon cœur bat :

– Tu lui as parlé ?

– Pas moi, Marie-Laure ; elle a chargé Marie-Laure de te dire que ton billet était pris.

Ava ne renonce jamais... Ava finit toujours par obtenir ce qu'elle veut... A-t-elle voulu faire croire à papa que je l'avais choisie, elle ? Pour qu'il me parle de ce ton agressif, me regarde comme s'il m'avait déjà perdue ? « Elle a tout fait pour que ça éclate chez toi », avait constaté oncle Jacques.

– J'ai vu que ton passeport n'était plus dans le secrétaire, dit mon père.

Et je comprends pourquoi je l'ai pris, ce passeport, pour le mettre au pied du mur, qu'il se décide enfin à se battre pour me garder.

Il est au pied du mur et il ne bouge pas, il abdique. Je demande :

– Pourquoi ne m'as-tu pas appelée ? Tu savais où j'étais, j'avais laissé mon numéro. Oncle Jacques est bien venu me voir, lui.

– Il est venu, Jacques ? Là-bas ?

Touché ! J'enfonce le clou :

– Là-bas, oui ! À l'Inter-Continental. En tant que parrain, il a pensé que ça me ferait peut-être plaisir de le voir, que je pouvais avoir besoin d'aide.

En tant que père, le mien répond :

– C'est toi qui as choisi de partir, tu as vingt ans, si tu ne veux plus de notre vie, personne ne pourra te retenir.

Je suis grande ?

Le garçon a posé un café devant lui ; pour moi, un thé. Eau chaude et sachet dans la tasse. Chaque matin, c'était mon père qui versait l'eau sur le sachet. Je ne bouge pas.

Je lui dis que c'est vrai : j'ai envie d'une vie différente, une vie à « volets ouverts » s'il voit ce que je veux dire : de l'air, de l'air ! Je n'ai pas envie que la couleur d'une toile cirée – décidément, elle me poursuit, celle-là – soit le clou de la discussion pendant une semaine. Pas envie d'entourer de rouge les week-ends sur le calendrier, de calculer mes ponts six mois à l'avance. Moi, je veux entourer de rouge, d'éclatant, tous les jours de l'année, je veux me réveiller en me disant : « Chouette ! », me coucher en râlant : « Déjà ! », je veux aimer ma vie, qu'elle m'intéresse, me passionne, pourquoi pas !

Et ce n'est pas pour ça que je m'appelle Ava Loriot.

Je lui dis que j'ai fait l'amour avec quatre garçons, ça n'a pas duré, je cherche le bon et il se fait désirer, il y en aura sûrement d'autres, je me tromperai sûrement encore, il peut faire son deuil de la pure jeune fille qui se réserve pour celui qui lui passera la bague au doigt.

Mais ce n'est pas pour ça que je m'appelle Ava Loriot.

Il serait peut-être temps qu'il me regarde comme je suis, ni une pute ni une tire-au-flanc, une fille qui, entre une petite vie dans un pavillon de banlieue qu'on n'aura jamais fini de payer et la grande vie au champagne dans un quatre étoiles, voudrait bien trouver sa vie à elle, et pour cela a besoin d'un père qui ne calcule pas ses points de retraite avant même qu'elle ait commencé à bosser, qui accepte de rêver un peu avec elle, bref, qui lui fasse confiance, même si elle lui paraît braque.

Il a baissé les yeux, il regarde ses mains de jardinier, griffées par la taille des rosiers. Quand il se décide à me servir le thé, les larmes m'étouffent. Qu'est-ce que j'attends pour me jeter dans ses bras, qu'est-ce qu'il attend pour me les ouvrir ? Si seulement j'avais choisi la place à côté, j'aurais peut-être la force de poser ma tête sur son épaule.

Je lui raconte que quelqu'un a voulu mourir parce que personne ne prenait la peine de lui demander qui il était, LUI. Ce qu'il avait envie de faire, LUI. Ce qu'il était capable de réaliser, LUI, en dehors des désirs de son père. Personne pour l'encourager, l'admirer, lui permettre d'exister en lui permettant d'être lui-même. Voilà ce qui manque aux pères, le regard de confiance qui donne aux enfants envie de décrocher la lune. Et on s'étonne que les enfants disjonctent, qu'ils zonent, galèrent et cassent tout, à commencer par eux-mêmes, faute de pouvoir construire.

Le regard de papa s'affole : est-ce de moi que je parle ? Je le rassure : aucune envie de mourir, mais envie d'une vie qui s'appelle la vie et pas la peur ou la routine. Envie de respirer à fond les poumons.

Et ce n'est pas pour ça que je m'appelle Ava Loriot.

– Qu'attends-tu de moi ? demande-t-il enfin.

– Que tu me voies, moi. Moi et pas ma mère, dès que je fais un pas hors des rails. Que tu comprennes que j'ai pu avoir envie de la connaître. Envie... besoin...

Il détourne les yeux, se referme. Déjà finie, l'ouverture ? J'étouffe.

– J'aurais voulu que tu viennes me chercher, quitte à la rencontrer, que vous vous expliquiez une bonne fois.

Il redresse brusquement la tête. Je sais ce qu'il va me dire. Il le dit :

– Ne me demande pas de revoir cette femme, jamais ! Et il ajoute en s'arrachant le cœur : Tu ignores ce qu'elle m'a fait.

Pourquoi suis-je incapable de lui dire : « Si, je sais, et il n'est pas question que je parte avec elle, jamais il n'en a été question, la preuve ? Je suis retournée à Duguesclin, j'ai décidé de les passer, tes foutus examens. Avant de voir du côté de la lune. »

Mais je ne peux pas, je ne veux pas l'aider, je veux qu'il me reprenne – qu'il m'aime ? – comme je suis, avec mon vide de mère, mon trop-plein de mère, incertaine, exigeante, lourde des ailes trop vastes que m'ont fait trop de rêves. C'est l'entêtement désespéré des grandes petites filles qui coupent tous les ponts pour voir si les pères les reconstruiront.

Le père allume une cigarette. Je fais semblant de m'étonner : « Tiens, tu as recommencé à fumer ? » Il se contente d'incliner la tête. Pourquoi est-il incapable de me dire : « C'est à cause de toi, parce que je ne supporte pas l'idée de perdre ma fille. » C'est la sclérose d'un père qui n'a plus la force de renverser la table aux instruments chirurgicaux ?

– Ne penses-tu pas que tu es assez grande pour prendre tes décisions toute seule ? dit-il. Et, comme si cela ne suffisait pas, il ajoute : Sache que la maison te resteras toujours ouverte.

Lorsque je reviendrai de Californie ? Si j'en reviens ?

Je me lève, pose un billet sur la table. Peut-être a-t-il remarqué que mon livret de Caisse d'Épargne aussi, avait disparu du secrétaire. Je bouffe mon futur permis de conduire, tant pis, tant mieux, j'ai envie de tout bousiller. Quand il repousse mon billet d'un air dégoûté, je m'entends dire :

– Ne t'en fais pas, ce n'est pas la pute de l'Inter-Continental qui régale, c'est moi, Patriche.

Il est blême. Il demande :

– Où vas-tu ?

Et je réponds : – Chanter !

CHAPITRE 41

Tu comprends, Constance, à l'époque, je ne pouvais pas t'aimer, tu n'avais rien pour toi, tu étais « moins tout » qu'Elle : moins jeune, moins belle et même pas belle du tout dans tes robes de deuil. Deuil de tes parents ? Deuil du médecin que tu avais refusé pour ne pas détruire une famille ? Et puis tu avais pris Sa place. Tant que tu serais là, elle ne reviendrait pas, alors il fallait que tu partes.

Je me souviens d'une nuit. Tu es venue voir si j'étais bien couverte, tu as cru que je dormais et tu t'es penchée sur moi. Tu as murmuré : « C'est moi, ta maman. » J'ai hurlé d'effroi. Papa a cru que c'était un cauchemar. Et toi ?

Les infirmières m'ont dit que tu n'avais plus ta tête ; elles ont été obligées de t'attacher à ton lit pour que tu ne recommences pas à te sauver, parce que, te sauver, tu ne penserais qu'à ça. Pour aller où ? Où te rendais-tu lorsqu'on t'a rattrapée sur le chemin de la gare, traînant ta patte cassée ? Il fallait bien que quelque chose se passe dans ta tête pour que le désir de partir soit plus fort que la douleur. Allais-tu vers ce que tu n'as jamais eu, un mari, un amour partagé, un enfant, une maison pleine qu'on appelle « la maison » et qui, parfois, justifie que l'on vive ?

Il paraît que lorsqu'on devient vieux, l'un des plus grands tourments est de se sentir inutile. Regarde-moi, Constance, donne ta main s'il te plaît, comme tu me disais de te la donner pour traverser les carrefours dangereux. Prends ma main, j'y suis, au carrefour ! Je suis venue te dire que j'avais besoin de toi, et aussi que nous avions fait ensemble, et réussi je crois, un devoir sur l'Avenir. Tu m'as donné la « matière » comme on dit, je n'ai été que la plume.

Écoute...

« L'Avenir : regard d'autrui... » Dans ton regard, j'étais la plus jolie, la plus douée des petites filles et quand bien même je te repoussais, j'ai appris à m'aimer dans tes yeux, davantage que dans ceux, embrumés, de mon père. En cherchant matin et soir, malgré moi, des petits bouts de n'importe quoi à embrasser sous le drap, en acceptant de m'attendre loin de l'école pour que les copines ne se moquent pas de moi, tu m'apprenais l'amour gratuit. Sans regard d'amour sur lui, sans regard qui le reconnaît, l'enfant n'a pas de force pour grandir. J'étais quelqu'un dans ton regard. Malgré tout, je regarde l'avenir avec foi.

« L'Avenir : raison de vivre... » Tu m'avais choisie, m'expliquait papa, comme raison de vivre et, même si je refusais de l'être, cela donnait du poids à ma petite personne qu'une grande personne vive grâce à elle. « Trouvez d'autres mots, précisez, mademoiselle Forgeot, précisez ! » dirait Guérard. Je ne peux préciser davantage : j'avais raison de vivre puisque grâce à moi tu vivais. Tu y es ? Malgré tout, je regarde l'avenir avec les poings serrés, ça s'appelle « pugnacité », j'aime bien.

Enfin, j'ai parlé de « l'Avenir : question d'appétit ». J'ai un ami qui n'a pas faim. Dans ce monde qu'il trouve laid, il a le mal de vivre comme on a le mal de mer, à se ficher à l'eau, à se laisser couler. Tu me nourrissais de belles histoires, tu me montrais le ciel en me disant qu'il était habité et quand papa me reprochait d'avoir, en tout, les yeux plus gros que le ventre, tu applaudissais : « Laisse-la donc, tu verras, elle t'étonnera, ta fille. » En me faisant confiance pour étonner l'avenir, tu me donnais confiance. Malgré tout, je regarde l'avenir avec appétit.

Constance, je suis venue te dire que c'était grâce à toi que je n'avais jamais eu envie d'appuyer sur le bouton du septième sous-sol.

Il m'est arrivé l'autre jour quelque chose d'étonnant : tu te rappelles, les trottoirs ? Quand je longeais les trottoirs et que si je touchais la rainure avec mon pied, c'était fichu, j'avais perdu ? Tous les enfants jouent à ça en rentrant de l'école, mais pour moi ce n'était pas un jeu, j'y croyais vraiment. Et, perdre, cela voulait dire ne jamais revoir ma maman. L'autre jour, près de Duguesclin, des ouvriers avaient défoncé le trottoir. Sous les dalles étroites qui forment le bord, j'ai remarqué des fils en écheveaux de toutes les couleurs et, je ne sais pas pourquoi, mon cœur s'est mis à battre. « Qu'est-ce que c'est ? ai-je demandé aux ouvriers. – Ce sont les communications, mademoiselle », m'ont-ils répondu.

Tu vois, je n'avais pas tellement tort de penser que c'était important, les bordures de trottoirs !

Les communications sont coupées : j'ai rompu avec ma mère, elle est repartie ce matin pour le pays de sa grande vie. Avec papa, impossible de rétablir le courant. Il faut dire que ça fait un moment qu'il ne passait plus vraiment : on se parlait pour ne rien dire, il ne se réveillait un peu que lorsqu'il s'agissait de boulot et alors c'était le monologue. Je ne veux plus de monologue, je ne pourrais plus le supporter, j'ai changé, Constance : je cherche à être moi.

L'autre soir, à la télévision, un philosophe dont j'ai oublié le nom a dit que nous portions tous un manteau d'Arlequin. Nous sommes tous, que nous le voulions ou non, tissés de différentes couleurs selon les influences que nous avons subies. Si je savais peindre, je mettrais dans mon manteau d'Arlequine du bleu breton, la couleur de papa, un peu orageuse sur les bords mais qui se marie bien avec le tendre rose du granit. J'y mettrais des reflets d'eau de mer et de pluie, du vert comme l'espérance et de celui des arbres dont je subis encore l'influence, une bonne dose de Fluo-Lucie, des notes de musique peintes par un ami et, par-dessus le tout, beaucoup, trop, de poudre étoilée du rêve. Cette poudre est en train de s'envoler, soufflée par la réalité, elle est remplacée par le fauve qui est devenu pour moi la couleur de ma mère. Méfiez-vous du fauve, il mord ! Pardon si je ris, Constance, mais quand je parle d'elle, soit je ris, soit je pleure. Ce que je voulais te dire c'est que la trame du manteau d'Arlequine, que je trouve en ce moment un peu lourd à porter, serait faite de ton gris à toi. Sans trame, un manteau ne tient pas, tu lui as donné sa solidité. Ma couleur dans tout ça ? Je t'ai dit : je la cherche encore.

Mais au moins, j'ai compris quelque chose : ce n'est

pas le deuil de ma mère que je dois faire – une mère, ça n'est jamais fini –, c'est celui d'une enfance que j'aurais tant voulue comme les autres. Quand bien même je resterais petite jusqu'à cent ans, je n'aurai jamais cette enfance, alors autant grandir, non ?

Non ?

Regarde-moi, Constance, serre ma main, cligne de l'œil, fais-moi signe pour me dire que tu m'entends un peu, qu'il n'est pas trop tard. Les « trop tard », les « plus jamais », tu vois, je ne peux plus les supporter.

Je suis venue te dire que tu avais une fille.

Et que, tout à l'heure, cette fille chantera pour toi.

CHAPITRE 42

Les lumières se sont éteintes. Des applaudissements ont salué l'entrée de l'orchestre. Delamarre a fait signe aux choristes : « A vous ! »

Comme un long ruban blanc et noir, la même phrase d'une prière, nous sommes allés prendre notre place sur l'estrade au-dessus de laquelle deux grands lustres étaient restés allumés. Les applaudissements ont redoublé. Le premier hautbois a donné le *la*.

L'église était pleine. Au début, on ne distinguait que les visages de ceux qui occupaient les premiers rangs, réservés à la famille des solistes et à la presse, mais on sentait très fort, dans l'obscurité, la présence d'une foule en attente, tous ces regards fixés sur nous. Puis les yeux s'habituaient et l'on remarquait les couleurs plus vives de certains vêtements, des personnes qui se faisaient signe, d'autres qui cherchaient leur place, et, au fond, devant la statue de la Vierge, un fin bouquet de flammes.

J'ai croisé le regard de Luc. Il m'a souri. Du menton,

il a tenté de me désigner quelqu'un : Marie ? Ma voisine a touché mon bras : « Quelle heure est-il ? »

Il serait bientôt neuf heures du soir en l'église Saint-Germain-des-Prés, à Paris. Une heure de l'après-midi n'allait pas tarder à sonner à San Francisco où ma mère devait avoir retrouvé Jimmy Robertson. « Il est l'heure de dormir pour les grandes filles qui veulent être en forme demain à l'école », disait papa en venant m'embrasser une dernière fois dans mon lit. Je le retenais par le cou : « Tu feras ta musique ? » Il essayait de rire : « Je ferai ma musique... » Cette musique qui, à tous les deux, rappelait celle qui était partie.

Je l'ai vu. J'ai vu mon père.

Il se tenait au milieu du quatrième rang. À sa droite, la petite agitée qui faisait des moulinets avec ses bras pour attirer mon attention, comme si elle se trouvait sur les tribunes d'un match de foot et non dans la maison de Dieu, c'était Lucie. À sa gauche, la mignonne jeune femme blonde, c'était Marie-Laure.

Papa était venu m'entendre.

Delamarre est entré avec les solistes et les applaudissements ont repris, bruit de pluie bienfaisante, vivifiante.

Mon père était venu me donner sa réponse ?

Après avoir salué la foule, notre chef de chœur s'est tourné vers l'orchestre, le silence s'est fait, il a levé sa baguette.

Kyrie.

Comme un souffle puissant, venu d'ailleurs, la musique s'est étendue. Delamarre nous a fait signe et nos voix se sont mêlées à celles des instruments, frissonnement lisse, contenu.

« Seigneur, aie pitié. »

Une même imploration sort des poitrines, d'abord avec douceur, puis s'amplifiant : « Christ ! Christ ! » Un instant, elle va éclater, emplir le ciel à la recherche du pardon : « *Eleison.* » Avant que s'apaise le flot, commandé par la voix lointaine du cor.

« C'est comme ça et pas autrement », disait l'homme abandonné lorsqu'il en avait assez des questions de la petite fille. « C'est comme ça et pas autrement, la vie », répète Schubert. Dans des corps trop lourds et qui se savent condamnés, des cœurs qui rêvent d'éternité, des mains tendues vers d'inaccessibles étoiles, des cerveaux qui se délabrent. La souffrance et l'usure, aussi naturelles que les marées, aussi inévitables. Et, malgré tout, l'espoir, la volonté de croire, l'irrésistible appel vers la lumière.

Eleison.

Ava est entrée comme explosait le *Gloria*. Elle est entrée portée par la tempête, elle est venue prendre la place restée libre au second rang, elle m'a cherchée des yeux, m'a trouvée, m'a souri.

Ma mère était venue.

Gloria in excelsis Deo.

Ma mère était restée pour m'entendre.

« Ne me demande pas de revoir cette femme, jamais ! »

Et mon père regardait cette femme qu'il avait tant aimée, qui lui avait tout pris, cette femme qu'il haïssait, et il ne bougeait pas. Et c'était moi qui, ce soir, faisais ma musique, le ligotais avec ma voix. RESTE !

Laudamus te.

C'est une musique grave, avec des accents sauvages. Musique d'amour et de colère : comme parfois vous criez : « Je t'aime », avec désespoir, pour forcer la porte du cœur, quitte à le briser. Les voix masculines et féminines ont dialogué, les hautbois et les violoncelles, les clarinettes et les bassons, se sont tous unis pour demander l'impossible : l'éternité. Lorsque le *Gloria* a triomphé à nouveau, mon père était toujours là.

Les deux ténors et la soprano se sont avancés sur le devant de la scène pour le *Credo*, le violoncelle est venu chercher leurs voix, elles se sont mêlées, tressées, elles ont formé une flamme pour nous affirmer que les « trop tard », les « plus jamais », n'existent pas pour ceux qui croient à l'Amour, né de Marie pour sauver les hommes, l'Amour crucifié puis ressuscité, comme nous tous au jour de lumière.

Et vitam venturi saeculi.

Mon père était toujours là quand le *Credo* s'est achevé.

Il était là pour le *Sanctus*, le *Benedictus* et l'*Agnus Dei* où, d'un même cri fervent, nous avons demandé la paix.

LA PAIX.

La foule s'est déchaînée, les solistes se sont inclinés. Ma mère s'est retournée, son regard a fouillé l'assistance, a trouvé mon père, ils se sont fixés.

Mon père n'a pas bougé.

La soprano s'est avancée pour le premier rappel et le silence est revenu dans l'église. « De Ravel : *Trois Beaux Oiseaux du paradis* », a-t-elle annoncé. Delamarre a levé la main.

Trois beaux oiseaux du Paradis sont passés par ici…

C'est l'histoire d'une jeune femme dont l'ami est parti à la guerre. Trois oiseaux viennent lui en donner des nouvelles. Le premier a son regard plus bleu que le ciel, le second, couleur de neige, pose un baiser sur son front, le troisième, rouge vermeil, lui porte le cœur sanglant de son ami.

Ah, je sens mon cœur qui froidit, emportez-le aussi.

La chanteuse s'est inclinée sous les bravos.

C'était à moi !

La petite fille rêvait que son père l'emmenait au concert écouter une célèbre chanteuse. La célèbre chanteuse avait un malaise et la petite fille prenait sa place.

Je me suis avancée sur le devant de la scène.

J'ai vu les yeux écarquillés de Lucie, l'expression incrédule de mon père. Ma mère avait porté son poing à sa bouche, comme pour retenir un cri.

« De Jean-Philippe Rameau, la *Nuit* », ai-je annoncé. Delamarre s'est tourné vers le chœur. Le chœur a chanté :

Ô Nuit, viens apporter à la Terre,
le calme enchantement de ton mystère.
L'ombre qui t'escorte est si douce,
si doux est le concert de tes voix chantant
[l'espérance.
Si grand est ton pouvoir, transformant tout en rêve heureux.

Tandis que les choristes continuaient à bouche fermée, Delamarre s'est tourné vers moi. J'ai chanté :

Ô Nuit, oh laisse encore à la Terre,
le calme enchantement de ton mystère.

L'ombre qui t'escorte est si douce,
Est-il une beauté, aussi belle que le rêve ?
Est-il de vérité plus douce que l'espérance ?

Je comprenais que le chœur exprimait les voix, les solitudes, les souffrances et les espoirs de tous, depuis la nuit des temps et pour la nuit des temps. Que le soliste exprimait la voix de chacun précisément, ici et maintenant. Il désigne un à un ces femmes et ces hommes, il nomme chacune de leurs souffrances, leurs peurs et leurs secrets espoirs, leur dit qu'ils sont compris, qu'ils n'ont plus à se sentir seuls.

J'ai été chacun d'eux lorsque j'ai conclu :

Est-il une beauté, plus belle que le rêve ?
Est-il de vérité plus douce que l'espérance ?

Alors qu'elle chantait de façon si magnifique, la petite fille découvrait, au premier rang, une belle jeune femme et elle devinait que c'était sa mère. Et lorsqu'elle voyait deux larmes couler sur les joues de cette femme, elle comprenait que c'était l'amour.

Ava pressait un mouchoir dans son poing.

Cette fois, c'était moi qu'on applaudissait. Je me suis tournée vers Delamarre : son sourire resplendissait. Il a pris ma main et l'a serrée tandis que je saluais. Trop vite, les lumières se sont rallumées ; trop vite, les gens se sont levés.

Mes parents sont restés à leur place.

La petite fille descendait de l'estrade et rejoignait sa mère.

Je n'ai pas suivi les autres choristes, je me suis approchée d'elle.

Je lui ai dit : « J'ai beaucoup chanté pour que tu viennes, et tu es venue, c'est bien. »

Elle a eu vers moi un mouvement de tout le corps, je l'ai arrêtée en posant mes lèvres sur sa joue, sa joue mouillée de larmes, des vraies, lourdes comme l'amour. Je lui ai souhaité : « Bon voyage, maman. »

Et je suis allée retrouver mon père.

DU MÊME AUTEUR
AUX ÉDITIONS FAYARD

L'Esprit de famille (tome I).
L'Avenir de Bernadette (L'Esprit de famille, tome II).
Claire et le bonheur (L'Esprit de famille, tome III)
Moi, Pauline ! (L'Esprit de famille, tome IV).
L'Esprit de famille (tomes I, II, III, IV).
Cécile, la poison (L'esprit de famille, tome V).
Cécile et son amour (L'Esprit de famille, tome VI).
Une femme neuve.
Rendez-vous avec mon fils.
Une femme réconciliée.
Croisière 1.
Les Pommes d'or, Croisière 2.
La Reconquête.
L'Amour, Béatrice.

CHEZ D'AUTRES ÉDITEURS

Vous verrez, vous m'aimerez, Plon.
Trois Femmes et un Empereur, Fixot.
Cris du cœur, Albin Michel.

Composition réalisée par INFOPRINT

IMPRIMÉ EN FRANCE PAR BRODARD ET TAUPIN
Usine de La Flèche (Sarthe).
LIBRAIRIE GÉNÉRALE FRANÇAISE - 43, quai de Grenelle - 75015 Paris.
ISBN : 2 - 253 - 06518 - 8

30/9731/8